蒙古族英雄系列

MENGGUZU YINGXIONG XILIE

江格尔

的 故事

纳尔罕◎改编

纳日苏◎译

民族经典

内蒙古出版集团　　内蒙古人民出版社

图书在版编目(CIP)数据

江格尔的故事 / 纳尔罕改编.-呼和浩特：内蒙古
人民出版社，2014.3

ISBN 978-7-204-12781-8

Ⅰ.①江⋯　Ⅱ.①纳⋯　Ⅲ.①蒙古族-民间故事-
作品集-中国　Ⅳ.①I277.3

中国版本图书馆 CIP 数据核字(2014)第 048109 号

江格尔的故事

改　　编	纳尔罕	
翻　　译	纳日苏	
责任编辑	张　钧　贾睿茹	
封面题字	马继武	
封面绘图	马东源	
封面设计	柴津津	
内文插图	王丽丽	
责任校对	段瑞昕	
出版发行	内蒙古出版集团　内蒙古人民出版社	
地　　址	呼和浩特市新城区新华大街祥泰大厦	
印　　刷	内蒙古爱信达教育印务有限责任公司	
开　　本	710×1000　1/16	
印　　张	16.75	
字　　数	260 千	
版　　次	2014 年 8 月第 1 版	
印　　次	2014 年 8 月第 1 次印刷	
印　　数	1-3000 册	
书　　号	ISBN 978-7-204-12781-8/I・2522	
定　　价	39.80 元	

如出现印装质量问题，请与我社联系。联系电话:(0471)4971562　4971659

目　录

第一章
故事从这儿讲起

话说很早很早以前,有个名叫塔海珠拉的可汗。自这位可汗之后,世上涌现出许许多多英雄、勇士。人们将这些好汉都称为塔海珠拉可汗的后裔。

塔海珠拉可汗有个侄儿,其名为汤苏克·本巴可汗。继他之后,世间又出现了不少勇士。

汤苏克·本巴可汗的曾孙是乌仲·阿拉德尔可汗,他有一子,是一位举世无双的勇士。只因他英勇无比且智慧过人,又是个独生子,人们称他为世间孤儿江格尔。

江格尔刚刚两岁时,一个异常凶猛的魔王袭击了他的国土,抢劫了他的牲畜,将年幼可怜的小江格尔遗弃在荒无人烟的野滩。

江格尔环视这被蹂躏殆尽、断了青烟、成为一片废墟的故土,心中十分惆怅、无比愤恨。

那时的人们把丢失领土、百姓被他人奴役视为最可耻的事儿;而对于英雄好汉来说,更以驱逐来犯之敌、保家护国、扬名四海、威震天下为最高荣誉。孤儿江格尔也不例外,他始终以如何报复此仇此恨、洗雪这一奇耻大辱为己任,时刻严阵以待。江格尔有一匹神骑,名曰阿兰扎尔,它奔跑起来快如风。因其毛色是枣红色的,平素人们称它为江格尔神骥赤兔马。江格尔手持一根名曰金柄阿拉牟的长枪,黄斑色气,锋利无比。

一日，小江格尔跨上神骥赤兔马，手握金柄阿拉牟长枪，出征讨伐那曾经袭过他故乡的作恶多端的魔王。其时，江格尔刚满三岁，坐骑赤兔马也只是匹不满三岁的小公马。在征途中，小英雄历尽艰险，吃尽苦头。那个名叫高勒·郭力金的魔王得知他前来复仇，便急急忙忙筑起三大营垒①，严阵以待。当小江格尔单枪匹马驰入魔王领地时，那三大营垒个个横在眼前，看上去好不森严。江格尔毫无惧色，频频摆动阿拉牟金枪，加鞭驰进了魔王布下的第一个营垒。在江格尔凶猛冲击下，魔王的兵卒相互碰撞。丫丫杈杈涌上来者，个个丧失了性命。窥探时机，溃散逃窜者侥幸保住了脑袋。江格尔杀出一条血路，冲出第一营垒，大喊："郭力金魔王在何处！"

前头阻截的第二营垒敌军闻声丧胆，不是在江格尔掣掄、呵斥声中三五成群地吓倒，便在其金枪下，四五十成堆地死于非命。江格尔冲出第二个营垒阵口，放眼一望那第三个营垒，魔王的兵卒有如攒动的蚂蚁、饥饿的蛆虫，密密麻麻地东抓西挠。江格尔怒火胸中烧，不消灭这帮妖兵，不除掉那恶贯满盈的魔王，家乡父老无法过上太平的日子。他对上天祈祷，朝百姓膜拜后，即刻义无反顾地驰进那好似丛林密集、芦苇翻滚的魔王营垒。此刻敌军阵脚大乱，冲进时只似一条小径，杀出后却成了一条宽敞大道。江格尔回头一望，整个阵地他砍下的敌军头颅来回滚动，死尸遍野。

江格尔就这样相继攻破了敌军三大营垒，除掉高勒·郭力金魔王，绝其烟火，凯旋而归。

从此，江格尔威声大震。他连连征服了世间兴风作浪、胡作非为的妖魔鬼怪，使自己家乡安宁昌盛。在他四岁那年，冲破了四大营垒，降服了骚扰众生的黄魔杜尔栋；五岁之际，他凭借神驹赤兔马的飞速、金枪的锋利、随从的力助，生擒了五个妖怪头目；江格尔经过征战洗礼，成为一名威震四方的勇士。

在六岁那年，他攻破了六个营寨，降伏了居住于如画般美丽的宫殿、

---

① 营垒：即关卡、要塞。

智勇兼备的阿拉坦策基,将他奉为自己右翼首席大臣;刚刚七岁时,他相继收复所属七个领地,将他们全部聚于自己麾下,扬名天下。

日月流逝,江格尔成了一位英俊少年,到了娶亲的年龄。他的部下从所属四十几个领地召集来无数美女,向他纷纷引荐,可个个被江格尔拒绝了。

在江格尔驻地东南方,于日出与中午之间的地方,住着个叫诺敏·特古斯的可汗。这位可汗有个十六岁妙龄的姑娘,名叫阿盖·萨布塔拉。她美丽聪慧,是个绝代佳人。江格尔一见钟情,便娶她为妻。

江格尔成亲后,聚集好汉,广集骁骑,又征服了四周十二个可汗的领地,大大扩充和巩固了自己的势力。

江格尔所居毡房,富丽而壮观;江格尔故乡人们长生不老,永远像二十五岁的青年;这里四季如春,没有刺骨的严寒,更无炙人的酷暑;常年细雨绵绵,微风习习,真可谓是本巴①圣地。圣主江格尔的五百万居民,便在这块骑马驰骋五月里程的沃土上繁衍生息,安居乐业。

圣主江格尔驻地东方,有一座银白色沙梁。在旭日东升之际这座沙梁矗立在那里,可构成连接天与地的纽带。梁脚下有个叫沙尔达嘎的湖,是由南北两条河水汇流而成。这片苍茫湖水与那座银白色沙梁交相辉映,闪耀着璀璨的光芒。

圣主江格尔还有一条饮水河,名叫奎屯陶木布。河水在阳光照耀下,不分冬夏,奔流不息,频频撞击着两岸。

圣主江格尔不仅掌管着本巴故土,还把本部四个部落及其所属其他部落牢牢统辖在自己麾下,将世间圣主的美名传遍天下。

一日,江格尔的六千零一十二个勇士聚集于本巴的神圣毡房里,喧嚷要为圣主建造一个齐天的宫殿。随后,他们召来四大洲四十二个可汗商议在何处兴建这座宫苑的事宜。在阿尔泰山西洼,有一座银白沙梁,此山梁右侧,有一片十二条河水汇流而成的名为本巴的海。海岸是一片银白色平川,上面长着五百棵紫檀和白杨。长辈们讲,这是个吉祥而神

---

① 本巴:泛指圣地、福地、仙境,是古代人民的理想乐园。

圣的地方。有人提议就在此处为圣主江格尔建个齐天的宫殿。

巴彦贡葛的阿拉坦策基，是一位能叙说九十九年前往事，预知未来九十九年吉凶的智者，人们都称他为阿拉坦策基①。他听了众人议论，用洪亮的声音说道："宫殿建得齐天，我无异意，可这对圣主本人不利。不如把宫殿顶方三个瞭望台造到距白云三指为妙。"

大家好一翻商议，决定依照阿拉坦策基的提议，兴建这座宫殿。他们从本部四大洲四十二位可汗领地抽调来六千零一十二个能工巧匠，择选祥月吉日破土动工。不日，一座有五面钖那的宫殿巍峨地耸立在原野上。看上去，宫殿好不宏伟壮观：其出口处嵌上火镜，入口处装饰水晶；用珊瑚铺上地板，又以珍珠镶了四边；宫殿内外四角分别嵌镶了火镜与钢铁。

名扬天下的圣主江格尔十层九色金碧辉煌的宫殿，以威震四方仇敌的锐气，高高矗立在那里。宫殿前方挂着一面黄斑虎旗。这面旗子难以形容有多么珍贵：在套子里，自身会闪烁出月亮般银光；若是抽出套子任其迎风飘扬，便射出七个太阳的光芒。

一日，圣主江格尔为宫殿竣工举办庆贺大典，召集来五十万属民，举办了九十九天的盛宴。英名盖世的圣主江格尔端坐在宫殿正中那四十四条腿的宝座上，好似十五的月亮，面露微笑俯视众勇士和属民们。他双肩上披着由十六岁的阿盖·萨布塔拉夫人用金黄色钢剪精心裁剪、众大臣夫人们细心缝制的黑缎子卫拉特外套，捻着燕翅般胡须，向周围群臣宣布了治理政教的旨意。

阿盖·萨布塔拉夫人在圣主江格尔身边落座。她是一位从本部四个可汗所属四十九个领地美女之中选拔出来的绝代佳人。阿盖夫人的脸蛋绯红如血，双颊洁白似雪。她朝左眺望，那边的海水生辉；向右观看，这边的海水发光。头上歪戴的那顶哈里本小帽，又给这位丽人增添了几分姿色。她那蓬散的黑发与美艳的面容交相辉映。阿盖夫人将长发放入盘发的辫筒中甩在脑后。镜子般的银坠子，犹如羔驼粪蛋，在其

① 阿拉坦策基：意为记性好、智慧敏捷。

耳下闪烁发光。

为宫殿竣工大宴助兴,圣主江格尔示意夫人阿盖·萨布塔拉弹奏几曲。阿盖夫人会意地拿起那九十一根弦的银胡琴弹奏起来,优美动听的琴声,宛如芦苇中天鹅的欢唱,又如湖泊中野鸭的啼鸣。琴声在这十层九色的大殿里荡漾。她弹奏着那十二支曲子,也拨动了听众心弦。随着琴声,人们欢腾雀跃,按捺不住激动心情,一齐吟诵起"江格尔赞":

阿兰扎尔神驹奔跑飞快,

频频挥舞金枪与套马杆,

十六岁的阿盖·萨布塔拉哟,

向您请安又奉献上爱。

徘　徘　徘!

在歌声荡漾的地方,

支着七座蒙古包,

世间圣主江格尔,

盘腿款坐于首席。

徘　徘　徘!

闪缎丝绢幕帐,

微微搐搐搦搦,

功德无量的江格尔,

慈祥地端坐在那里。

徘　徘　徘!

臂肘里轻轻挽着,

那黑缎子小靠枕,

左手缓缓地捋着,

那燕儿翅膀似的胡须。

徘　徘　徘!

大殿里,漾溢着琴声、歌声。人们欢快异常,随着那悠扬的胡琴曲调,犹如天鹅合吟,又如骏马比姿翩翩起舞。

席间,圣主江格尔居中,众勇士按照自身份、爵位依次席地而坐。圣主江格尔的颂其①额尔和·图克可汗之子、世间美男子明彦以圣主贴身随从之身份落座于江格尔身旁。由于他是人中豪杰、世间枭雄，且又仪表堂堂，便得以此称号。明彦下手入座的为右手首席大臣巴彦贡葛·阿拉坦策基。他不仅英勇善战，还是个能记叙过去九十九年往事，预知未来九十九年吉凶的聪慧长者。江格尔交给他掌管七十位可汗领地的政教大权，不论遇到任何疑难棘手的事情，他都能迅速而准确无误地卜算未来，采取措施。江格尔左侧第一个入座的头名勇士阿日嘎乌兰·洪古尔。他祖父为图布信·锡日克，是父亲孟根·锡格希日克的独生子。洪古尔在母亲赞丹夫人二十二岁那年出生的，由于他容颜红色，又有一颗赤诚的心，人们便给送这一美称。他是一位披荆斩棘、所向无敌的赤胆雄狮。在征战中，他有时受伤流血、备受磨难，可从不知畏缩后退，而如狼似虎冲锋陷阵，独自一人为圣主江格尔征服了七十个可汗的领土。在本巴地方，可谓功业盖世。挨着洪古尔就座的是古哲根·库恩伯勇士。这是一位若舒展款坐可独占五十二人的位置，若蜷躯而坐也足占二十五人座位的巨人。在神圣的本巴国，古哲根·库恩伯以手中那柄铁插子的技艺，所乘的象蹄乌雅神速而闻名遐迩。他心直口快、口若悬河，每每在席间大谈政教哲理。

右翼首席大臣巴彦贡葛·阿拉坦策基之下就座的是铁臂勇士人中鹰——膂力过人的萨波尔。他的柄长八十一度的巨斧，片刻也不离身。不管有多么大力气的对手，只要被这斧一砍，便当即会滚下马来。他的骑乘是一匹栗色秃头马，当它两岁时，萨波尔认准是一匹骁骥，便用百万奴隶把它换来。左手第三位勇士是宝灵格尔之子、硬汉子哈日·萨纳拉。这位剽悍力士，为了追随圣主江格尔，他不顾及自己父母无子、百万户属民无主、年方十八岁的爱妻无夫，统统遗弃于故乡，到了本巴国。哈日萨纳拉骑着一匹沙花秃头马。

在圣主江格尔富丽堂皇的宫殿里，这些英雄好汉围成七大圆圈就

① 颂其：古代官职，由能歌善舞、善于辞令的人担任。其职务是演唱祝赞词，代替可汗或诸彦向宾客敬酒。

席。此外还有白发苍苍的老翁、慈祥和蔼的老媪、身披貂皮外套红脸蛋上挂着黑须的小伙子、美丽而善良的年轻媳妇们，也各处寻找合适的位置就座。这样，圣主江格尔六千零一十二个勇士以及红花般艳丽的妙龄少女、活泼可爱的孩童一群群、一伙伙会聚在一起，痛饮乳汁与马奶酒，兴高采烈，愉快地度过了这九十九天的庆典。

席间，六千零一十二名勇士酒已半酣，热血沸腾，个个笑语喧哗、手舞足蹈，纷纷摩拳擦掌，大喊大叫：

"咱们何时能碰到射猎的野兽？"

"你找啥时能遇上可较量的对手？"

为杀向战场建功立业，勇士们个个跃跃欲试。

第二章
圣主江格尔召纳各路英豪

一

相传,开天辟地之初,在巍峨、美丽的阿尔泰西麓,居住着一位叫图布信·锡日克的可汗,他的儿子是大力士孟根·锡格希日克。这位可汗有五百万奴隶。

距阿尔泰山不远处,有一座叫额尔敦的白色山梁,在南麓居住着一位叫乌仲·阿拉德尔的可汗。他也有一子,名叫世间孤儿江格尔。

这两位可汗的领土毗邻,常来常往、和睦相处,并有大小相同的营地,牲畜头数也不相上下。

那时节,世间有一个十分昏庸而残暴的可汗,名叫孟贡·特布克。他将各方魔王势力相继纠集于自己麾下后,入侵了驻扎于额尔敦银白色山梁南侧的乌仲·阿拉德尔可汗领地,将那里洗劫一空,没给他留下一条母狗、一个孤儿、一匹有鬃的小马驹、一只带须的山羊羔,只有尚躺在摇篮里的小江格尔,孤零零地被遗弃在这成了一片废墟的故土上。小江格尔忍受不了受凌辱被蹂躏的屈辱,刚满三岁,便攻破三大营垒,制服了高勒·郭力金大魔王;四岁时冲破四大营垒,除掉了图尔登沙日魔王;继而消灭孟贡·特布克可汗收复了失地。将世间七个地区弄到自己麾下,扬名四海威震天下。

当时,居住于阿尔泰西麓的大力士孟根·锡格希日克已继承父业,掌管着所辖领地与属民。他目睹了这一切,认定江格尔日后一定是个成就大业的可汗,便把父亲图布信·锡日克所留下的大印、连同五百万属民一起奉献给了江格尔。

这样,江格尔手持图布信·锡日克的玉玺,成为本巴故土的圣主了。人们称赞本巴是个没有战乱,永远安宁;没有贫困,生活富足;没有孤寡,人丁兴旺;没有冬寒,夏日常存;细雨绵绵,微风习习的人间乐园。

初夏的一天,人们聚集于那离天空只有三指的金碧辉煌的大殿里,畅饮以未经调教骒马乳汁酿造的阿日滋①酒,尽情欢乐。世间孤儿江格尔面对酒至半酣的众勇士道:

"人世间的一切,应归我一人所有。为了召集天下雄狮英雄,为了占领阳光下所有土地,为给父老乡亲掌好政教两权,趁阿兰扎尔赤兔马能飞速奔驰、阿日牟金枪还锋利之际,我想到各处走一走,瞧一瞧。"

马夫呼德尔·哈日宝通②一听可汗江格尔要周游四方,立即走身,跨上那匹栗色烈性杜力都马,去寻找江格尔的坐骑阿兰扎尔赤兔马。他奔上宝力照头梁前的一个灰色山头,从一棵老紫檀树阴下,在一颗小紫檀上栓好马,顺坡放眼一望,坡下的阿兰扎尔神驹好不威风! 它抖动着其上骆驼能行走的宽大腰部,伸开美丽的身躯,舒展了筋骨,四蹄刨地,高高抬起头部。

这当儿,可汗江格尔刚劲的双足蹬进那镶着五十二个泡钉的红靴,宽大的上身披上套有皮肩、缝着护肘的战袍,外面又套好三层铠甲。此刻,马夫刚好将阿兰扎尔神驹牵来,拴在殿前金桩上。眼见江格尔整装披挂就绪,勇士与宝通们一起围了上来,同声祝福:

"我们的圣主江格尔诺彦啊,愿您早日调转金缰,平安返回家园!"

江格尔可汗与众人一一告别,从桩子上解下阿兰扎赤兔马,收紧象

---

① 以奶子酿制的头次回锅酒。

② 意为野猎,《江格尔故事》中以野猎命名勇士,以示其骁勇善战。

10

皮制成的偏缰,靴尖一挨银镫,顿时溅出几颗火星,赤兔马驮着主人围着金黄色宫殿绕了一遭,返回了原处。江格尔向故乡与众人祈祷了一番,加鞭飞驰而去。

赤胆雄狮洪古尔与才智过人的阿拉坦策基二人,爬上大殿顶峰遥望江格尔身影时,他早已奔出十二个月的里程,赤兔马在腾起的尘埃中如蚊子又似土蜂,瞬间便跑得无踪无影了。

二

那时节,世上有位叫做吉雅图·阿拉德尔的可汗。他有一个独生子,名叫憨厚的宝日芒乃。

宝日芒乃在他十岁那年,曾跨上飞快的铁青马,离开家乡去寻找自己的意中人。

这位任性莽汉,周游了各方也没能遇上意中人。无奈赶回故乡一看,其双亲被杀害了,美丽富饶的家园变成了一片废墟,找不到一口嗽嘴的水,一棵牲口可食的草。他走遍各处,想询问一下是哪个可恶的敌人入侵,把家园蹂躏成这个样子,可连个能说话的人也找不到。

憨厚的宝日芒乃扑倒在双亲的尸体上悲痛欲绝,不知不觉昏迷了过去,就地沉睡了七七四十九个日夜。那匹不停蹄地赶了四十九个月里程的铁青马,也伴随着主人在悲哀中度过了这四十九个日夜。

在最后一天头上,宝日芒乃梦中与父母双亲相遇。首先,阿爸①对他讲:

"当你离开家乡后,有个叫杜希芒乃的可汗领来四万部众,把家园围个水泄不通,杀绝了居民与奴隶,抢走了牲畜与金银财宝。"停了稍许,老人继续说:"北方有个叫本巴的国家,那里没有战乱,永远太平;没有死亡,人丁兴旺。这个国家有一位洪福齐天的可汗,是世间孤儿江格尔,是个以宏恩治理天下的圣主。我的儿啊,你可去投在他的麾下。"言罢,用

---

① 蒙语中意为父亲,还可引申为大伯或大叔。

指头指了指他右面的荷包,隐身而去。

接着,额吉①的乳房突然下了奶,她用手抚摸着他的脸颊说:

"儿啊,要记住!杜希芒乃是个残暴不仁的东西,竟忍心杀绝所有生灵,把个不满九岁的小孩孤零零地扔在这片废墟上。日后,这个仇一定要报。要听额吉的话,眼下去投奔明彦的家园。那里上无诺彦,四周没仇敌,是七世同堂的乐园。征战时助他一臂之力,平素在那儿寻个栖身之地!"言罢,以手指了指左侧的荷包,须臾便没了影踪。

不一会儿,上空龙啸雷鸣,阿爸与额吉腾云驾雾,刹那间消失在无边无际的天空。孤单单的宝日芒乃从梦中惊醒,急忙跳起来四下张望,可什么也没有瞧见。他盘腿坐到地上,回忆二老灵魂的托梦,将信将疑地把手伸进右边的荷包,拉出一块五光十色的丝绢;伸进左边的荷包,拉出了一块洁白而软绵绵的缎子。宝日芒乃手里拿着双亲所赐之物正黯然伤神,相伴主人度过了这四十九天的铁青马突然口吐人言:

"你我与其这般悲哀,不如鼓起勇气干出一番事业来呢!"

宝日芒乃依照额吉的话,向坐骑道:

"那眼下,我们只有去投奔七世同堂、扬名四方的明彦诺彦了。"

"这就对了,快上来吧!"铁青马说。

宝日芒乃起身跳上坐骑,勒紧右边扯绳,直向明彦故乡飞驰而去。

为给主人寻觅意中人而跑遍世间各处的铁青马,奔驰到十天头上,力气衰竭了,瘦得胯骨上能挂箭壶;再往前跑时,它的后腿交叉,前腿打弯,胸脯开始左右摇晃起来了。宝日芒乃跳下来,心痛得双手抱住与自己同甘共苦的铁青马脖子,眼里流出了两行泪水,眼见坐骑不能行驶走了,它忍痛把它像捆羊似的捆了起来,扛在肩上继续赶路。宝日芒乃一路跌跌撞撞,不知走了多少天,一日进入了明彦领地边界。

途中,他与前来问寻的牧羊人们互相请安,彼此寒暄,不一会儿,便赶到明彦诺彦的花白宫殿之前。他将铁青马放下来,解开捆绳,拴到吊赛马的一棵金桩子上,径直走入宫殿,见了世间美男子明彦。他从荷包里

_____

① 蒙语中意为母亲,还可引申为大娘、大婶。

掏出父母所赐的丝绸与缎子,当做洁白的哈达献上去,请安后入了座。

明彦那十五月亮般的夫人昂吉尔乌兰,面露笑容,对佣人道:

"快去给这位远方的少年端来又甜又美的阿日滋酒!"

宝日芒乃喝足了酒,吃够了肉后,明彦坐在那把翘起的金椅子上问:

"来自远方的这位小英雄,不知你是何人之子,时下又奔向何方?"

宝日芒乃急忙起身,走向诺彦面前,双膝下跪禀报:

"当我离开家园去寻找意中人之际,一个叫杜希芒乃的可汗带来四万兵马,杀死了我的双亲与奴隶,把家园洗劫一空。"

"那你到我这里想干什么呀?"

"去世的阿爸额吉二位老人在梦中嘱咐说,明彦诺彦的故乡好比天上的灿烂阳光,是个七世同堂的乐园,便让我来投靠您,打仗时助您一臂之力,平时在您这儿找个栖身之地。这样,我单身一人,扛着坐骑就来了。"

"你说的话句句在理。"明彦听了宝日芒乃的肺腑之言十分高兴。扭过头来吩咐夫人:"去告知接客的希日管家,把小客人安顿在水晶宫中,让他舒舒服服地歇息一下,随后给他吃一顿以无烟火做成的美食。客人的坐骑,用甘露泉水洗好后,拴到金槽上喂些嫩草。"

这样,铁青马嚼起了可口的美食,而主人宝日芒乃甜甜蜜蜜地进入了梦乡。

三

英名盖世的圣主江格尔豪情满怀,放纵神驹赤兔马任其奔驰。主人与坐骑没吃一粒食、没喝一口水、没睡一会儿觉,不知跑了多少日日夜夜,走遍了太阳下所有的地方,欣赏了四十九万处奇观异景。一天中午时分,来到一个肥美无比的地方。这里长满葡萄和梨树,泉水潺潺,微风习习。江格尔眼见这如画似锦的景色,十分惬意。他将赤兔马拴在一棵檀树上,搭起一座住上一万人也不显得拥挤的金黄色帐篷,凿石做了一口锅,烧茶煮肉,喝了个足,吃了个饱,然后呼呼地进入了梦乡。

次日黎明,江格尔一觉醒来,便跨上赤兔马,飞一般地登上了铭乌拉山。

看上去,整个乌拉山犹如铺满了绸缎子,一片花团锦簇。据说,野兽吃了它的嫩草,毛色会变得鲜艳;山脚下流着一条河,叫蒙郭勒河,人们喝上它的水,就会变得机灵壮实。

圣主江格尔找棵树拴好了坐骑,自己盘腿坐在一块方石上,仔细欣赏眼下这山光水色,观看山四周游牧的庶民生活情景。这里草木青青,五颜六色的花争奇斗艳,好不舒适宜人;百姓安定幸福,生活自由自在;上面没有欺压人的诺彦,四周没有来犯的仇敌;人与人之间相互平等,处处飘扬着赞美这一乐园的歌声。

"这片乐园的主人究竟是谁?"江格尔不由自主地思索着。

四

世间美男子明彦第二天大早起床后,便对昂吉尔乌兰夫人道:

"哎,好奇怪,昨夜我做了个梦,梦见平安无事的铭乌拉山上,一万匹战马扬起了尘埃。"

夫人听后不觉一怔,劝夫君去瞧一瞧。明彦应声起身,跨上坐骑,放缰驰去。这时,圣主江格尔还坐在那块乳白方石上,赤兔马仍吊拴在那棵树上。明彦神不知鬼不觉"腾"的一声飞奔到他的跟前,怒气冲冲地质问:

"我这片领土一向很平安。自古以来,这里就连生灵都未曾踏过足,蜘蛛也没有拉过网!你是何人?到这儿想干什么?"

江格尔听了,轻轻捋了捋黑色的胡须,以龙虎般的声音大笑道:

"瞧你外表,很像一个妙龄姑娘,可一听言语竟是一位好汉。你的故乡在何处?是何人之后?"

"我是额尔和·图克汗之子，名叫世间美男子明彦。背靠铭乌拉山，饮着蒙郭勒河水，家有千百万奴隶。"明彦介绍罢自己身世，接着说道："虽说眼下我只身一人，还能守护住这家园。是一只能够追啄敢于来犯之敌的海青鹰。"

江格尔听后，也做了自我介绍：

"乌仲·阿拉德尔可汗之子、世间孤儿江格尔便是我。巍峨美丽的阿尔泰山脚下、仙境似的本巴乐土是我的故乡。太阳与月亮之下的一切土地应归我所有。时下，我正在周游各方，广集天下好汉与勇士呢。你是规规矩矩地归顺于我，还是想成为一名找卜的俘虏？"

世间美男子明彦是条烈性汉子，听了对方挑逗性的言辞，也不甘示弱：

"你这个恶棍，真不自量力！我看你啊，活像个脱了秧的西瓜，怎敢口出如此狂言！"说罢，举起了黑鞭子，照着江格尔脑门打去。

江格尔急忙跳上赤兔马，在铭乌拉山坡上，两位勇士拼命厮杀，两匹战马转圈狂奔。他们抽出宝刀你劈我砍，流出的鲜血又返回了原处；挽弓搭箭互射，射到对方身上的箭头像是碰上坚冰般又滑了下去；江格尔最后操起阿力牟金枪直戳对方心口，可明彦那匹银合马扬蹄狂奔，一一躲了过去，没让主人受一点伤。

世间美男子明彦在厮斗中，突然发现江格尔脸上长着一颗令人生畏的痣，他的坐骑又是一匹世上罕见的神驹。

双方厮杀了几天天几夜不分胜负。英名盖世的圣主江格尔大吼一声，收回了金枪，调转马头道："你小子等着，明年我带领勇士、宝通再来收拾你！"说罢，驰向远方。美男子明彦没有去追他，从其背后观看了一番，心想这真是一位福运无量的英雄。

此时，憨厚的宝日芒乃从沉睡中醒来，走进明彦诺彦的宫殿请安时，昂吉尔乌兰夫人对他讲：

"宝日芒乃啊，你听我说，咱们背后有一座叫铭乌拉的山，山顶上，除了明彦的黄色银合马，其他人的坐骑都未曾来过。不知怎么回事儿，前些天突然有一个陌生人登了上去，坐在那里。明彦想看个究竟，骑马去了。"她叹了口气,继续说:"他们在那儿已经厮斗了七天七夜,第八天时便听不到动静了,你能不能去瞧一瞧?"

古雅图·阿拉德尔可汗之子宝日芒乃:"嗷!"一声应了下来,拿起男子汉五样武器,跨上铁青马,扬鞭驰去。他飞过了蒙郭勒河对岸,径直跃上铭乌山顶,"腾"的一声停在明彦身旁。问道:

"喂!我的哥哥明彦,我曾许过愿,在厮杀时助你一臂之力。跟你较量了七天七夜的那个人,如今在何处?"

"你来得正好,咱们好好商量商量。"明彦并示意让对方下马。

这时,江格尔早就跑得无踪无影了。

憨厚的宝日芒乃接着问:

"哥哥,你为啥放走了他?"

明彦笑了笑道:

"你有所不知,我们整整厮杀了七天七夜未见胜负,无奈就此罢手了。"

随后,二人仔细察看了江格尔坐骑的蹄印,大小与锅口不相上下;而自己坐骑的蹄印,与其相比只是个小勺子。宝日芒乃提议:

"咱们追上去,探探究竟怎么样?"

明彦沉思了一阵儿说:

"这样也好。"

二人商量罢,飞身上马,顺着蹄印追赶了十天十夜,连江格尔的影踪也未瞧见。不一日,他们进入本巴国领地。一座黄色大殿映入他们的眼帘。信步走去一问,便知是大力士孟根·锡格希日克的驻地。明彦二人将马拴在桩子上,步入宫殿,分主宾入座,彼此请安后,饮用了阿日滋、胡日滋①美酒。席间,主人孟根·锡格希日克问道:

"二位英雄,到这儿不知有何贵干?"

"是在追寻一位洪福齐天的贵人。"世间美男子明彦回答。

"为了啥呀?"

---

① 以奶子酿成的第二次回锅酒。

"我与这人厮杀了很久。看得出,他是个智慧力气兼具、世间少有的英雄。我们想投靠他。"

宝日芒乃接着说:

"他盘腿坐过的那块方石上,还印留着江格尔主宰世界的痕迹哩。"

大力士孟根·锡格希日克听二人所言,抿嘴笑了笑:"这是你们的归宿!"言罢,吩咐佣人端出最好的阿日滋、最纯的胡日滋,盛情款待两位远方的客人。

五

英名盖世的江格尔离开世间美男子明彦的铭乌拉山,凭着自己钢铁般毅力,骑乘赤兔神驹疾奔。一日,赶到一个红色的山谷时,恰好同鬼蜮的八十一个鬼使相遇。仇敌相逢分外眼红,不由分说当即厮杀了起来。江格尔一口气砍掉了八十个鬼使的脑袋,幸存的一个抱头逃回了鬼蜮。江格尔趁胜把坐骑吆喝着抽了七千下,无声地打了八千鞭,追随那鬼使的踪迹,直奔希布格图查干山而来。鬼使上气不接下气地逃回来,向鬼蜮魔王毕尔曼禀报:

"可汗,大事不好!那个乌仲·阿拉德尔可汗之子世间孤儿江格尔大叫着'天下一切应归我一人所有'气势汹汹地正向我们杀来。他斩了咱八十个弟兄,只剩下我一人……"

没等鬼使禀报完,江格尔便赶到了宫门前。他大喝七声,气势宏大,威震下界;神驹赤兔马扬蹄刨地,溅起了火花,动摇了四方。毕尔曼魔王一时吓得滚下了宝座,可不一会儿镇静下来,转身坐到另一把椅子上,壮着胆子叫嚷:

"别怕! 这个该死的家伙此番来这儿之时,正是他国土覆没、葬身之日。咱们把这小子消灭在眼睛瞧不见,耳朵听不着的地方好啦!"言罢,毕尔曼魔王奔向希布格图查干山。

再说,有个叫古哲根·库恩伯的勇士,专门把守着四方魔王与四十万妖怪的出入路口。正当圣主江格尔纵缰追赶毕尔曼魔王的途中,他的

手下宝力德与铁木尔二人突然从一处树林中闪了出来,上前给他请安。江格尔勒缰发问:

"二位好汉,从哪里来? 要到哪里去?"

"我们是来求见天神的化身江格尔的。"

"你们是什么人?"

两人同声回答:

"我们是塔尔布斯可汗之子古哲根·库恩伯手下的勇士。"

"那你们可汗是何许人?"

"我们可汗专以把守四方魔王、鬼蜮四十万个妖怪来去路口为己任。在风口处与山普力山坡上有他放牧成亿畜群的领地。"

经过一番交谈,互相认识之后,江格尔面露喜色道:

"这样很好。"

"圣主,您要去哪里?"两位勇士问。

"我眼下正在追赶着那个毕尔曼魔王呢。"

两位勇士听罢,十分高兴。接着说:

"来时,可汗一再嘱咐:让我们去寻找天神的化身江格尔圣主,征战时助您一臂之力,消灭了敌人便把您请来。"

随后,圣主江格尔带上两位勇士继续追赶毕尔曼魔王。

鬼蜮大大小小妖怪们一提起他们的克星古哲根·库恩伯的名字,个个胆战心惊,乖乖地站在那里,合掌祈祷:千万别碰见他。魔王毕尔曼得知巨人古哲根·库恩伯的手下两个勇士来援助江格尔捉拿他,立即慌张起来,一边召集多如蚂蚁的兵卒加强防御,一边忙把自己灵魂藏入一座七十层铁房子中。

当江格尔三人赶来时,鬼蜮魔王毕尔曼没用一锹土一块石,只令众妖怪守卫那城堡。这些妖孽,仅从城堡墙缝间见到一些光亮,用牛蹄勺子饮水,把个希布格图查干山防守得严严实实。

江格尔等三人到了城堡脚下,大力士宝力德抢起钢杵一打,"嗵"的一声砸出了一个口子。大力士铁木尔用铁棒又一击,"哗啦"一声砸出了一条能容万人通行的豁口。江格尔趁势驰进城堡,赶到那座七十层的坚

固铁房子跟前,唤来大力士宝力德与铁木尔令道:

"毕尔曼魔王灵魂就在这里,除掉这灵魂,老魔王现了原形就好办了。"

宝力德依照江格尔旨令,挥起钢杵砸出了一个豁口子,即刻从铁房子中逃出一匹山丘般大的黑秃头马,而马腹中怀有七条蛇崽,这便是那毕尔曼魔王的灵魂。站在一旁的铁木尔眼疾手快,上去一把揪住了马的短尾巴。这时,江格尔迅速赶来,用阿力牟金枪轻轻一挑马的胸窝,它像幼驹般嘶叫了一声后死去,腹中的七条蛇崽一个接一个爬了出来。江格尔用宝刀斩死了六条,把剩下的那条装进了荷包。

江格尔三人赶到宫殿跟前,他嘱咐两位勇士把守好宫门,自己急速走进宫里一看,那毕尔曼魔王已经奄奄一息。江格尔大声喝道:

"太阳下八千个地方的七十个部族庶民百姓,欠下了你一只山羊羔、一只绵羊羔债吗? 为啥那样折磨他们! 你给我如实招来!"

毕尔曼魔王勉强支撑起来,气呼呼地操起黑色大杵,杀将过来,江格尔连忙掐死荷包中的蛇崽,魔王当即变成一团团火焰喷射过来。江格尔见状,当下施展十二种求雨术,降下了冰雹,扑灭了这条条熊熊燃烧着的火舌。

江格尔除掉了毕尔曼魔王奔出来一瞧,魔王七十万兵卒一起涌上来,围成七十层喧嚷着:"你小子怎敢杀害了我们的可汗!"这使得他寸步难行。这帮鬼蜮妖孽呼喊着鬼蜮的乌拉①,团团围住了江格尔。

江格尔发出雷鸣般一声呐喊,挥起黄斑宝剑,朝着左右侧的妖兵砍去。铁木尔、宝力德二勇士随即搬来一座大山,堵死进出口,转身前来援助浴血奋战的江格尔,从左右两侧包剿杀入敌阵,没过多久,便把妖魔杀得没留下一个活的。圣主江格尔又令大力士铁木尔砸开魔王宫门锁头。他应声用手指一敲,"哗啦"一声宫门大开,从里面涌出七十个异族七十万个俘虏。他们见到圣主江格尔齐声喊叫:

"您是拯救我们的恩人!"

———————————————

① 旧时迷信用语,意为招魂,招福。

接着给毕尔曼魔王做佣人的老头老妇们也纷纷围了上来,个个向江格尔请安。有个叫阿吉的老婆子,走至圣主马前,跪在地上顿首请求道:

"我们这些人过去是毕尔曼魔王的仆人,今后愿做圣主江格尔您的属民,请您以无量的恩德接纳我们吧!"

"老人,快快请起,我一定容纳你们!"圣主江格尔面露喜色,转身向大力士铁木尔、宝力德二人交代:"你们两位把这些父老护送到我的本巴家园!"

这样,圣主江格尔消灭了魔王毕尔曼及其兵卒,收起这里的珍珠如意宝石等细软珍品,带领七十个异族的黎民百姓,赶着魔王所有畜群,宝力德等两位勇士紧跟他身旁,踏上返回美丽富饶本巴故土的征途。

六

一日,圣主江格尔来到位子沙尔达格河流域赛日胡特勒草原上的古哲根·库恩伯勇士领地。当他信缰小跑时,有无数年轻人放出一群凶猛的嘎日吉①狗。这些狗平素见外乡人,便会毫不客气地咬死,而今遇上江格尔,却一个个如见了主人摇头摆尾跟在身后。江格尔离开这片绿油油的原野,驰到塔斯格纳图沙梁尽头时,由上界天国而降的一万峰凶猛白公驼胯蹭胯地奔了上来。赤兔马受了惊,刚欲腾空而起时,追随其后的那些年轻人上去赶跑这群潮水般涌来的公驼,来向圣主江格尔请安。

江格尔纵缰继续驰骋,不一会儿便赶到了古哲根·库恩伯的嘎拉布尔宫殿之前。这位平时不接待任何一位可汗的巨人,领着平素概不露面、没有一点笑容的乌达巴拉夫人迎上来,此刻却以最高的礼仪,热情地接待了圣主江格尔。江格尔入宫就座后,主妇在金碗里盛上热茶,托盘中摆满佳肴依次端了上来。

此后,巨人古哲根·库恩伯向江格尔道:

---

① 狗的一种。这种狗躯体大、尾巴长,凶猛善斗,可做猎犬。

"江格尔诺彦啊,我一向把您看做一位主宰世间一切的英主。此番有幸相遇,本人由衷地期盼得到您的恩惠,愿做您手下一名勇士,愿效犬马之劳。"言罢,取出一枚马头般大小的白色宝石,放在一块洁白的哈达上,双手捧着献给了江格尔。圣主接过了礼品,便道:

"这样太好了,那你就跟我一起同往我美丽而富饶的本巴家园吧!"

巨人古哲根·库恩伯听后十分欣慰,连连给圣主叩头。

次日,正值良辰吉日,古哲根·库恩伯告别可爱的家乡,跨上象蹄铁青马,尾随圣主江格尔向北方本巴国疾驰而去。两位可汗和着天鹅般声音,并着野驴般步伐驰骋,各方叮汗九不惊奇赞叹,空中飞鸟纷纷啼叫歌唱,水中的鱼儿也成群嬉戏游动,而鬼怪与世间恶棍们却吓得个个失魂落魄。

七

坐在江格尔十层九色金色宫殿之中的右翼首席大臣,能叙说九十九年前的往事、预知未来九十九年吉凶的贤哲阿拉坦策基,一日向众人说:

"请大家注意!咱们的圣主正在归途中奔驰哩,看样子还带领着一位巨人。"

听了此话,大殿中欢宴的六千零一十二个勇士,呼啦啦地站了起来,奔出宫门乘上各自的坐骑,去迎接圣主。阿盖·萨布塔拉夫人也带上贴身奴仆,为迎接夫君,到十日里程之外等候。而只有阿拉坦策基与聪明的通事①贺吉拉根二人留守在家。

话说,圣主江格尔与巨人古哲根·库恩伯二人一路上嘴不沾食、双眼没合,马不停蹄地赶来。不一日,那美丽的阿尔泰峰巅犹如擎天之柱,从五个月里程之遥映入眼帘。他们继续沿着额尔其斯河岸赶到白色芒罕山脚下,举目仰望时,那离天空浮云只差三指的十层九色的金碧辉煌

---

① 能说会道的人,旧时翻译人员。

大殿,好似雕刻的如意,把光芒洒向四方。

当江格尔一行人驰进领地时,前来迎接的众勇士、酿制阿日滋酒的六千名宝通、五百万居民以及阿盖·萨布塔拉夫人相继涌了上去,向周游各地、风尘仆仆而归的圣主请安;将阿日滋美酒洒向四方,献上了哈达。英名盖世的江格尔用一双乌亮的眼睛,边环视着雄狮般的勇士与宝通们,察看着自己居民与领地,边骑着赤兔马缓步来到美丽如画的宫殿门前时,众人再度从四面八方涌了上来,将其团团围在中间。圣主跳下坐骑,向人们一一问好。这时,留守在家园的阿拉坦策基与贺吉拉根二人也推开人群急忙赶来,摸着圣主的脚背请了安。当宝日芒乃一牵走神驹赤兔马,美男子明彦就上来手挽着圣主,推开拥挤的人群,"咣啷"一声打开宫门,将十五月亮般的江格尔扶上那四十四条腿的金椅上。

众人依次落座后,佣人们先上了茶,接着端出秀斯①,举行了阿日滋美酒盛宴。为追随英明圣主江格尔从各方云集而来的雄狮勇士们愿成为本巴国的栋梁而纷纷表达各自的誓言。

首先,额尔和图克可汗之子世间美男子明彦起身道:

"英名盖世的圣主江格尔啊,我凭着男子汉的体力与勇气同您大战过七天七夜。发现您是一位有福有德的英明可汗,便丢下铭乌拉山,离别蒙郭勒河来投奔您,为的是征战时当您的帮手,太平时做您的靠山。"

接着吉亚图·阿拉德尔可汗之子宝日芒乃站起来道:

"在我有事外出之际,杀人不眨眼的杜希芒乃魔王袭击了我的领地,害死了我的双亲,洗劫了我的家园,只留下我孤身一人。我奉阿爸额吉梦中嘱托,为得到您的恩惠,跟随明彦也投靠圣主来了。"

此刻,那力抵万夫的图布信·锡日克长子孟根·锡格希日克与白彦贡格的阿拉坦策基一块坐在右边勇士中间的虎狮椅子上,开怀畅谈,预祝着本巴乐土兴旺发达。

这次庆贺收复阳光下所有地方的盛宴,在欢乐中持续了六十天,在幸福中延续了七十天,在狂欢中又继续了八十天。当阿盖夫人弹起那九

---

① 煮好的整羊,也称羊背子。

十一根弦的银琴时,能歌的可汗子女们放声歌唱,善舞的可汗子女们翩翩起舞为盛宴助兴。

圣主手持玉玺,召集而来的众勇士,个个双手捧上洁白的哈达,面对江格尔同声发出誓言:

愿将我们的生命,

悬挂在长戟的尖头;

愿把我们的希望,

寄托在圣主的身上。

巍峨的阿尔泰山像擎天之柱耸入无际的云霄,峰巅之上的太阳洒下光芒。其间,矫健的大鹏不时嬉戏玩耍;神圣的本巴河,似一条银带维系着富饶的草原,滚滚波涛频频撞击着两岸。圣主与属民们,在这片乐土之上,过着幸福而安宁的日子。

第三章

哈日·萨纳拉归
附圣主江格尔

一

昔日,有一座美丽的阿尔泰山。可以说是一座孔雀没能在其顶峰栖息,野兽未曾在其麓腰留下足迹的雄伟而神圣的山峦。后来,塔海珠拉可汗曾孙,汤苏克·本巴可汗嫡孙,乌仲·阿拉德尔可汗之子世间孤儿江格尔开辟了她两侧的荒原,做了自己生息、游牧的故土。这里,山是雄伟的,水是清澈的,国家太平,人民幸福。

阿尔泰山下不远处,有一条叫宝木巴的河。在这条河流域的银白色额尔敦山梁南麓,圣主江格尔那座金碧辉煌的大殿,以距天空浮云只差三指之势巍峨地矗立着。

一日,英名盖世的圣主江格尔,在那有六十六个殿角、八十八个窗棂、七千根立柱的雄伟壮丽的大殿里设下了七围桌席,举行盛宴。十二名勇士、六千个宝通先后赶来,围坐在圣主周围。

盛宴持续了七八十天,众人正畅饮阿日滋和胡日滋美酒,又喝又跳,尽情作乐之际,就座于八条腿宝座的圣主江格尔,喝止住大家喧哗,向老英雄阿拉坦策基传旨:

"老伯啊,您准备出征吧!"

这位右翼首席勇士听后,立即上前问道:

"征讨哪一个?"

江格尔接着说:

"您可知在咱们东南方有条阿卜亥巴拉嘎达的河吗?"

"听说过。"

"这条河岸边有一座叫希尔塔布钦的山。晓得不?"

"晓得。"

"这山脚下,居住着一位叫哈日·萨纳拉的可汗。他异常凶猛,骑着一匹沙花秃头马。"

"是的。"

"您就去征讨那位可汗。"

"嗻!"一声,老英雄接了旨。

"老伯,您可要记住:去问问哈日·萨纳拉,他想跟咱们和好,便与他结交和睦相处;若是与咱们对抗、厮杀,那就毫不客气,向他的阿卜亥巴拉嘎达河洒下毒,把他的居民奴隶、牲畜统统赶来,连一条母狗、一个孤儿都别给他留下!"

阿拉坦策基是一位洞微独幽、未卜先知、智慧过人的老人;宇宙间的万象变化,人世间的阴谋诡计,他都能洞察不误。他展开那好比富户浩特①般的肥硕巨掌,再次向圣主道:

"趁着老身还健在,凭借枣红骏马的飞速,愿为圣主江格尔您,愿为咱们本巴的宏图大业赴汤蹈火,披肝沥胆,在所不辞!"老英雄陈述了自己心愿,扭过头来又令仆人:"快给我牵来那匹喝过许多条河流水,啃过好些草甸绿草的枣红马鞴上鞍子!"

健壮的马夫应声拎起大如成人躯体的银笼头和白色钢辔,赶到那穿连齐流的几条河水源头。这里有一座叫桑巴的山,当马夫赶到山坡时,枣红马正在剪动着两只尖耳,以启明星般的双眼望着那眼前七千峰山峦,

---

①　圈牲畜的棚圈或栅栏。

左右拨动腰部伫立在那里。

马夫凑到跟前抓住了马儿，给它套上银花笼斗，带上坚实的钢辔，将仿照牙膛形式编制而成的五十二道白辔绳挂在长鬃上，手里攥起镯子般粗的银缰，牵到豹花金殿门前那紫植树下拴好。要给鞴鞍子时，这马一个劲地踢跳，呼噜呼噜地打响鼻，不叫人靠近其身。马夫无奈叫来五十位大臣的儿子，大伙一齐上去拉的拉，拖的拖，勉强才给它鞴上了鞍。说起这套鞍具，非同一般：马背上，首先铺了未经敲打、专以手工絮成的名曰达兰达尔的白毡屉；上面又垫了一层由一百个婆娘絮成、七十个老妪仿照草原模样赶制的棉花毡屉，而后扣上了那犹如山峦的大鞍子；鞍子的五十二条肚带，是由一位叫达林台的匠人，让五十位勇士的儿子拉着拽着编制而成的。当把每条肚带褶成七八个角用力一勒紧，它们条条几乎陷进了马儿肚皮。随后，顺着脖颈系上银饰攀胸，挂上八个响铃，胸脯之下又挂了八个吊铃，一拉紧那花花绿绿的后鞧，这匹飞速枣红马，即刻间抖擞起精神，判断着奔驰的方向。它兴奋不已，收缩起四肢与腰身的肌肉，以额鬃引逗日月，四蹄同美丽的本巴乐土嬉戏。随着身子的抖动，拉着拽着它的五十位大臣的儿子，个个被拖翻在地。

阿拉坦策基老伯举起七十个人抬不动的海碗，一连饮进七十碗烈性阿日滋，接着又喝了八十下。这时，他两眼虽显得恍惚不清，但依然精神焕发，秃鹫翅膀般的胡须微微翘起，牤牛似的前额频频弹动，咬得公驼般的白虎牙咔咔作响。老英雄，头上歪扣银盔，右手握紧漆黑皮鞭，汗水一时沿着那鞭柄沁了出来。这条鞭子也非同寻常：还是那位达林台工匠叫来五十个勇士的儿子，砍来长在高山阳坡处顶风而立的独棵紫檀树削成鞭柄，以六十张黄牛皮拧成鞭心，用七十张牛皮编制其外部，并经公岩羊角器挤压，浸泡在毒蛇汁液中制成的。为了避邪，鞭柄上镶嵌了金刚石；为了镇魔，以纯钢铸造了鞭箍，把手处还系有一缕精美丝线穗子。据人们讲，不管人或妖魔，只要被这鞭子抽一下，便昏昏沉沉六个月，卧地起不来。

接着，阿拉坦策基右胯挎上那把打了一年，开刃又一年，白如雪，薄如纸，寒光闪闪的宝剑。最后取来宫门般大的蓝色箭壶和弓子挂在肩

上。这张弓是拼起六十只公岩羊犄角撮弯出弓把,拧结一百头犍牛筋制成弓弦的。

老英雄穿甲戴盔,佩弓带箭,大步流星走出宫殿,有如闪烁的火花一跳,便坐在枣红马背上。他回过头来大声喊道:

"英名盖世的圣主江格尔,可爱的六千零一十二名宝通,美丽的阿尔泰家园,祝你们永远平安永远幸福!"阿拉坦策基祝福罢,纵缰驰去,不一会儿便旋风似地消失在远方。

<h2 style="text-align:center">二</h2>

阿拉坦策基的枣红马,像弦的箭迅猛奔驰;又如甩出去的飞石①快速疾飞。老人奔出五十天的里程,拉住缰绳,一边回首望,一边自问:"我究竟跑出了多少里程?"这才恍然大悟,竟然还未能走出江格尔领地边界呢!阿拉坦策基跳下坐骑重新整了整鞍子,对枣红马说道:

"你虽像离弦的箭一般奔跑,似飞鸟一样疾驰,可为什么还没能跑出自家的墙垣呢?这般速度赶路,你我何时才能到达目的地呀?"

说罢,他拉紧了马的肚带,又跳上了坐骑,朝它腰侧狠狠给了几鞭。枣红马这才竖起一拃长鬃毛,扬起又粗又长的八十庹秀尾,飞速地奔驰起来。

当枣红马一气跑完一年的里程,继而跨入第二年里程之际,只见它嘴唇两角溅出绵羊般大的白沫,两只前蹄已跨出一天的路程,而两只后蹄也跃出了一宿的路程。

枣红马跑呀跑呀,不知飞驰了多少个日日夜夜。一日,赶到那阿卜亥巴拉嘎达河岸。阿拉坦策基收拢了坐骑的嚼辔,放眼向这条墨绿而冰凉的河流望去:好家伙,它有歪歪扭扭的两条支流,在狂涛怒浪冲击之下,那卧牛石每每相撞,不时溅出刺眼的火焰;河水中间,卷起山丘般高

---

① 古代的一种武器。

的巨涛,不断涌向两岸。两岸陡峭如壁,忽高忽低,高处超过了一千支枪杆,低处也不低于一百支枪杆,其陡岸顶峰还像锋利的刀刃。要渡过这条河,少说也得一个月时光。

阿拉坦策基老伯,沿着河岸逆水跑了二十五日,顺水又奔了十五天,都没有找到渡口。老英雄心急如焚:"为了寻觅渡口,这样贻误时光,岂不是枉然!"想罢,他大喊一声,把枣红马猛猛抽了几鞭。坐骑随着主人一声呐喊,跃起身子以四颗巨牙一口咬住彼岸那棵硬檀树,犹如离弦的箭,猛地一跳,一下子窜上对岸峭峰,胸脯朝下落在地上。其时,阿拉坦策基匆忙往下跳时,由于着力过猛,一下子把马儿甩出十五伯勒①之遥。

老英雄走下峭峰,看到眼前是一片流淌清水、绿草丛生的肥美牧地,便摘下马的辔缰,卸下鞍子,放开了枣红马。然后,徒步爬上不远处的一个小山丘,猎获几头野鹿,返回原地,笼起了一堆毡包般大火,烧红石头烤熟鹿肉②吃了个饱,然后犹如一根皮条,一棵红柳,伸展四肢就地睡了起来。不知酣睡了多久,老英雄猛然醒来睁眼一瞧,枣红马站在身旁两眼直直地盯着自己呢。阿拉坦策基见坐骑吃得膘肥体壮,犹如刚从草甸子上抓来一般,心里十分欣慰。他坐起来顺手割下大块大块的鹿肉,大口大口地又吃了一会儿,随后起身给枣红马鞴上鞍子,带好嚼子,跨了上去,直向希贺尔塔卜钦山飞驰而去。他凭借枣红马的飞速,整整跑了七天七夜,才登上那阿莫亥希日沙梁。因这座沙梁中间裂开了一条缝儿,从远处望去,它好像是个张开的大豁口子。

阿拉坦策基翻身下马,将扯手挂在鞍鞒上,放长银缰让坐骑放松歇息。自己掏出丝绸手帕揉揉两眼,朝着前方一眼望去,位于希贺尔塔卜钦山西侧的宝灵格尔之子哈日·萨纳拉的那座富丽堂皇大殿,在红润的阳光下,不时闪烁着金辉。

老英雄又跨上了坐骑,沿着希贺尔塔卜钦山西麓继续奔驰,不一会儿,便赶到了那座金殿的大门前。

---

① 蒙古族古代计算里程的量词。
② 蒙古族古代有时用烧红石头烤肉吃。

三

阿拉坦策基找了一片树荫,在一棵紫檀树上拴好了马。一个人向前走去,只见有一百名力士守护着宫门。这些力士,连根拔掉了七八千棵檀树,砍掉其枝杈,平行横放在路上,个个枕着树墩,横躺直卧,阻拦着来人。

老英雄见被挡住了去路,径直走入那长着八千棵紫檀的林丛,拔掉又粗又长的一棵攥在手里,奔来朝那些躺卧着的力士劈头盖脑地打去。对方被打得肉皮开花,鼻口流血,有些人鲜血竟喷出一箭地之遥。可他们从不让吐出的一滴鲜血往外流。全部吸了回去吞进肚里。不一阵儿,有个叫东和·博克的前来阻拦,老英雄一个箭步蹿上去,一把掐住他的脖颈在空中抢了几下,抛至围居于宫殿大院之外的那些佣人门口。随后,阿拉坦策基拽开外边的门,跨入内门,进去一瞧,宝灵格尔之子哈日·萨纳拉可汗正盛气凌人在那里正襟危坐。

这位可汗,落座于一把铺着八十层绒垫、上面套有七十个扣子纽襻的笨重银椅,身上披着八层铠甲,腰扎金丝长带,尖顶银盔在头上闪闪发光。看上去好不威风。

哈日·萨纳拉可汗有两名骁勇虎将,一个叫瓦其尔·格日勒,在主人右下手就座;另一个叫巴达玛·格日勒。在主人左下手就座。

阿拉坦策基老伯走进哈日·萨纳拉可汗大殿后,以客人的身份直接坐在瓦其尔·格日勒与巴达玛·格日勒之间的那把椅子上。盛大的宴席持续了八十天,欢乐的酒宴进行了六十日。可是,这里人们很奇怪,别说由于外乡来了生人而觉得惊奇,就连来者姓甚名谁、到这儿是干什么的,都不去问一问,只顾自己喝酒吃肉,寻欢作乐。

目睹这毫无礼貌的情形,老英雄气不打一处来,顺手端起盛有醇香的阿日滋酒的坛子,倒入那七十个人抬不动的大海碗,一口气饮进七十五碗,接着又喝了八十五下。正如俗话所说:“酒助英雄”,老英雄喝进这么多酒后,他那白皙的十指发痒直抖,一股股怒火一个劲地往上冒,真想

厮杀个痛快。可他一时按住火气,大摇大摆地来到哈日·萨纳拉面前,厉声道:

"宝灵格尔的儿子哈日·萨纳拉,你小子听着,孔雀未曾在其顶峰栖息,野兽没能在其麓坡留下足迹的神圣阿尔泰山西侧,居住着一位扬名四方的圣主,他名字叫江格尔。你可知晓?"

众人被老英雄的威严慑服,一下子变得鸦雀无声。阿拉坦策基继续道:

"我们的圣主江格尔下了一道旨令,他说:在东南方有一条阿卜亥巴拉嘎达的河,河岸边有一座希贺尔塔布钦的山梁。这山梁两侧居住着一位骑着沙花秃头马的叫哈日·萨纳拉可汗……"没等说完,对方喊道:

"一点儿也不错,本人便是!"随着他说话声,身上的八层坚硬铠甲微微颤抖,头上的尖银盔熠熠生辉。

老英雄从容自若,清了清嗓子,接着说:

"我来时,圣主嘱咐跟你谈一谈,你有意和好,咱们就和睦相处;若想厮杀,那也没什么,就找个地方咱们决个雌雄!"

坐在大殿两侧的众勇士与宝通,当听至"放毒污染你的阿卜亥巴拉嘎达河水,赶走你所有居民与奴隶,连一条母狗、一个孤儿都不肯给你留下"时,个个惧怕的默默无言,有的甚至悄悄溜走了。

可有如朝阳般神采奕奕的哈日·萨纳拉可汗,面无惧色,哈哈大笑道:

"你这老头子,连两岁小公牛的力气都没有,竟然摆出了大牛的架势,好大的口气啊!是你赶我们走还是我们赶你走,走着瞧吧!"

阿拉坦策基起身大声说:

"好吧,那咱们就厮杀着看吧!"言罢,老英雄走出大殿,跳上枣红马,便与对方的兵卒厮斗起来。

不知与对方拼搏了几天几夜,老英雄的战马身躯糊满了死尸鲜血。阿拉坦策基无奈离开阵地,跃入阿卜亥巴拉嘎达河,洗去了坐骑身上的血污。他牵着马登上了岸,定睛一望哈日·萨纳拉可汗的那座宫殿,好家伙,原来是以狮子与大象的粗牙交错固定在地里的。他下狠心要搬倒这座大殿,便翻身上马,奔上希贺尔塔布钦山峰,从怀里掏出金黄色套索,盘成十三卷,照着目标一抛,套索不偏不倚正好套住了宫殿。老英雄稳坐于鞍后,双足着力蹬着镫子,使劲一拽套绳,那座大殿的七千根立柱,顷刻间全部倒了下去,可没过一阵儿,这些立柱又恢复了原样子。眼见这一切,阿拉坦策基叫喊着,朝坐骑肚带后面狠狠抽了几鞭。此刻,枣红马竖起一拃长的鬃毛,扬起八十度的又粗又长秀尾,立起金刚杵般的双耳,与主人合着力气用劲一拉,哈日·萨纳拉可汗那座雄伟宫殿,哗啦一声,顿时倒塌。

坐在主公身旁的瓦其尔·格日勒勇士大发雷霆,喊了一声:"这不是束手就擒,坐以待毙吗!"就冲到战旗之下,刚要动手,便被老英雄当即生擒,钉在鞍座右侧的木板上。阿拉坦策基驮着瓦其尔·格日勒正想向前冲击,迎面驰来一个叫赛力罕·塔布克的勇士挡住了去路。赛力罕·塔布克也是哈日·萨纳拉可汗手下一位名将,他住在一座名为哈日莫杜雅利玛的山顶上。他视力非凡,从远离十二个月里程之遥,能辨别出小马驹奔跑的方向。赛力罕·塔布克赶来横站在阿拉坦策基对面,厉声道:

"瞧你这个老东西呀,活像岩洞里的回声,老公驼的唾沫。明知死期已到,还想往何处游荡! 看鞭!"说罢,挥舞起那纽绑着生铁箍、雕刻着钢网眼的名为哈日道布其克的鞭子,抽了过来。

老英雄阿拉坦策基在坐骑上稍微欠了欠身子,骂道:

"你主子的宫殿已经倒塌,哈日·萨纳拉本人也活像个畜棚旁立着的恐吓鸟兽的草人。你小子想较量,那好,咱们就到灵藏①高地,比个高低吧!"

言罢,老英雄抡起黑皮鞭,迎面冲了上来,照着赛力罕·塔布克头部抽了下来。他哪里吃得消这鞭子抽打,急忙调转马头,死死抓住坐骑鬃毛直奔那莫杜雅力玛山,逃之夭夭。

阿拉坦策基没去追赶赛力罕·塔布克,而放松缰绳任马小跑。不一会儿,脑后响起马蹄声,他扭头一瞧,哈日·萨纳拉骑着沙花秃头马,跟

----

① 镇鬼祭神之地。

踪追上来。

四

此刻,圣主江格尔大殿里盛宴仍在持续着。人们围坐在七张大桌旁,用大海碗一碗接一碗地痛饮着用未经调教的母马乳汁酿制的烈性阿日滋酒。

正当众人聚宴狂欢之际,圣主阻止住喧嚷,叫来宝日芒乃宝通,吩咐:

"想来,远征他乡成就大业的阿拉坦策基老伯该回来了。你去击鼓召集大家,咱们一起前往为老人助助威才是!"

宝日芒乃领旨走出宫殿,上七锤,下七锤激起了那巨大花斑鼓。随着震天动地的鼓声,勇士、宝通们个个起身相继向外涌。

响起头道击鼓声,布通·希日黑次子,名叫阿拉坦·阿日干宝通手扶圣主江格尔的右膝走了出来。这位宝通有一匹非同寻常的坐骑,它身长九丈,长着九庹坚钢獠牙,是天宫黄骠马的驹子。

第二次击鼓,腰间挎着镞箭的塔日根·贡伯宝通手扶圣主江格尔左膝来到大殿之前。他骑着一匹乌骓。

随着第三次鼓声,名为额尔很·莫日根特卜克的宝通挂着山丁树拐杖走出了宫殿。他是占有四十九处领地的杜希查禅可汗之孙,骑着一匹有山羊般脊背、跳兔般前腿的海骝马。

宝日芒乃第四次击鼓,阿拉坦策基老伯长子阿力亚·双虎尔宝通,右手举着虎旗走了出来。

最后,圣主江格尔令仆人给神驹赤兔马鞴上鞍跨上去,手握阿力牟金枪,驰出城门。

见众勇士与宝通一起聚在黄斑虎旗之下,圣主江格尔便率领大家直向战场奔去。大军整整飞驰了三七二十一天,赶到一座名为阿拉坦恰尔的山梁前。朝四周一察看,是个便于攻守的好厮杀处,圣主便下令在这里安营扎寨。

其时,凶猛的哈日·萨纳拉可汗人马追击着老英雄阿拉坦策基,也赶到这山对面的芒杜雅拉玛山驻扎下来。

两军对峙,双方择选良日吉辰,摆开阵势交了锋。在那灵茬高地,两位可汗军队展开了激战。经过一番厮杀,战将与兵卒死的死逃的逃,有数的兵马折损殆尽,最后只留下两个可汗面对面直接较量了。厮杀了一阵子后,江格尔招架不住哈日·萨纳拉刺来的犹如吐着火舌般的金枪,便调转马头顺着来路逃去。他那匹自小驹曾在群马中经受磨炼。从两岁开始身经百战的神驹赤兔马,沿着阿卜亥巴拉嘎达河顺流拼命奔驰,哈日·萨纳拉的沙花秃头马紧随其后,犹如雄鹰捕捉猎物,穷追不舍。

不一会儿,哈日·萨纳拉追至江格尔身后,用力向对方刺去,而赤兔马驮着主人即刻肋部与胯部着地一闪,使扎来的枪空刺而过。哈日·萨纳拉不但未能刺中目标,随其坐骑的冲劲一下子跃出十五伯勒之遥。这工夫,他拉住缰绳,犹如数算其帽子里有几根头发,肉皮之内有几条骨架那样,仔细观看了一番江格尔,发现江格尔面部呈显着福大、命大之相,认定他日后是个主宰人世的圣主,哈日·萨纳拉便收起金枪,立刻沿着阿卜亥巴拉嘎达河逆流奔了回去。

眼见哈日·萨纳拉落荒而逃,江格尔急忙调转马头,从后面追了上去。哈日·萨纳拉回头一瞧,好家伙,江格尔的阿力牟长枪吐着火舌向头部刺了过来。他慌忙抱紧马脖子一闪,不成想其肩胛骨被刺中,当即滚下了马。一代英豪,顷刻间成了俘虏。叹哉,哀哉!

圣主江格尔威严地坐在马上,厉声道:

"哈日·萨纳拉啊,俗话说,受擒的年轻人有三怨。你可有哪些委屈、哪些怨恨,快快讲来!"

一向以铮铮男子汉著称的宝灵格尔可汗之子哈日·萨纳拉,一时显出可怜而温顺的样子,低着头说道:

"名扬天下的圣主江格尔呀,我没委屈也无怨言。从今而后,本人愿在您的圣麾之下,托您的洪福,为您效犬马之劳。征战时做您的战马,当圣主力竭时愿助一臂之力。"

圣主江格尔听了他的誓言,面露喜色道:

"这样太好了。请快起身吧！"

他们正在交谈之际，阿拉坦策基老伯飞马赶来，站到圣主身边，不一阵儿，哈日·萨纳拉可汗手下勇士巴达玛·格日勒与赛力罕·塔布克二人也相继赶到，一起上前有如仙鹤般伸长脖子，野雁般低着脑袋，叩着头齐声道：

"我们的主公哈日·萨纳拉皈依了圣主，接收了您的宏恩。我们二人也情愿拜在您的麾下，终身为您效劳。"

圣主江格尔接受了两位勇士的请求，也把他们收为手下部将。

五

圣主江格尔大获全胜，带领兵马浩浩荡荡回到了故乡。他落座于八条腿黄金宝椅，向宝灵格尔之子哈日·萨纳拉下了旨："你可在我左手勇士的第三个位子上入座。"

哈日·萨纳拉领旨谢了恩,到圣主指定的位置就座。

大大小小勇士、宝通云集一堂,举行了庆贺凯旋而归的盛宴。圣主江格尔居中,众人围成七层大圈,频频举杯,尽情地饮着阿日滋酒,欢乐的酒宴整整持续了八十天。

在这片乐土上,人们长生不老,秩序井然,心情舒畅地又过起了幸福太平日子。

第四章

铁汉子哈日·桑
萨尔畏从洪古尔

一

很久很久以前,阿尔泰山两侧有一片资源丰富、景色美丽的草原,境内流着波涛起伏的四条大河。扬名于世的江格尔便居住在这河水金光闪闪,山川秀丽宜人的沃土上。说起他的畜群有多少,上万匹马儿在苣荬滩里放青;几千峰骆驼在甘露泉水源头游牧;金色阳光沐浴着成万只羊儿;洁白月光下沉睡着数千头牛。

在这清泉潺潺流淌,紫檀远近飘香,永无贫穷无比富饶,没有死亡长生不老的乐土上,人们过着幸福而祥和的日子。名扬四方的圣主江格尔,自有生以来不曾失掉政教两权,也未失陷过国土江山。

一日,奉圣主江格尔之命,号手登上支撑架子,吹起大大小小号角。发出了召集勇士、宝通们的信号。首先走入金碧辉煌大殿的是世间美男子明彦。从迎面看去这位勇士放射着旭日光彩,背后望去散发着皓月洁光,头顶上还闪烁着三种颜色的彩虹;其后为生有一双碗大慧眼的阿拉坦策基老伯;接着是跑起来快如飞的赛力罕塔布克;继而为铁臂勇士"人中鹰"萨布尔;随后陆续赶来的是精通藏汉两种语言、善于辞令的蒙古人后裔哈岱·赛音等诸路勇士、宝通、伊勒顿①们。

圣主江格尔与夫人阿盖·萨布塔拉迎了上去,把众人接进了宫殿。这座宫殿,格外壮观而雄伟:其顶端耸入空中白云,星罗棋布的建筑群缀满广袤的原野;后顶之上雕着一对角逐的牦鹿与盘羊;前顶之上画着一对厮拼的狐狸与野狼;天窗左右侧还分别雕刻着角逐的母狍与公狍。

宫殿外面,佣人们一早便忙作一团,支起那由能工巧匠们铸造,经丹金圣人洗礼的钢铁巨锅,生起熊熊大火,酿制好了马奶酒。待众人就席之后,佣人将醇香的马奶酒倒进提桶里,接二连三送进殿。

大殿之内,众人饮酒吃肉,欢快异常。随着那优美动听的琵琶、笛子奏出的旋律,不时你唱我和,引吭高歌;有的还涌到宫殿空地,磨肩蹭袖,随襟接踵,叉腰抖肩,一双双一对对翩翩起舞。

如此这般狂欢作乐,不知不觉中度过了九十九个年头。圣主江格尔的燕翅胡须已垂到了膝盖,身边的五位勇士也个个两鬓染霜,到了朽木之年。他们不但听不到羊群叫声,就连家业都忘得一干二净。

二

那时节,远离江格尔故乡九十九年里程之处,居住着三个阿尤②兄弟。正当圣主江格尔与众人无所顾忌的狂欢之际,这兄弟三人却策划着一场大阴谋。其中最小的弟弟名为铁汉子哈日·桑萨尔,他平日骑着一匹海骝马,好不威风。

一日,小弟桑萨尔有事出了门,两个兄长留在家中议论。一个道:

"哎,我说,远方有一位名扬于世的可汗,名叫江格尔。他是塔海兆北拉可汗的曾孙,汤苏克·本巴可汗的嫡孙,乌仲·阿拉德尔可汗的独生子。你听说过吧!"

另一个接着道:

---

① 勇士的苗子。

② 卫拉特方言中为狗熊,这里是勇士的意思。

"可不是！他自出生以来牢牢掌管着政教两权，从未让别人骚扰过自己的家园和国家。他的故乡还是个没有贫困无比富裕，没有死亡长生不老的乐园哩。"

"眼下这位可汗已经成了岩洞里的回声，空了心的朽木……"

两个兄长正在悄悄议论，小弟哈日·桑萨尔早已回来，从门外听见了他们二人的窃窃私语，于是轻轻掀开房门的洁白毡帘走了进来，佯装啥也未听见，问道：

"两位哥哥在谈论啥事呀？"

"啥也没有谈论。"二人撒了个谎。

铁汉子哈日·桑萨尔一听，顿时怒气满腹，攥紧了十指，牙齿咬得咔咔作响。两个兄长眼见这一情形，当下慌了起来，便将所谈之事，如实陈述给弟弟。

"这有何难！我不磨破一只山羊羔、一只绵羊羔蹄子，在三天之内一定把江格尔那小子给你们捆来，怎么样！"言罢，铁汉子哈日·桑萨尔当下皱起牤牛的前额，咬紧了公驼的腮牙。

此时，两位哥哥劝道：

"好弟弟呀，现在你还是个鬃毛没长齐的驼羔，虎牙未长好的野猪仔，急个啥？我们的话还未说完呢。"给弟弟让了座，接着说："江格尔的家乡离咱们这儿还远着呢。那是个有蹄马儿累垮了，长翅鸟儿飞瘦了才能到了的地方。可不能口出狂言呀！"

弟弟仍不服气：

"你可曾记得，当我刚刚坠下娘胎，鼻孔还流着鼻涕，光着腚四处奔跑，抛掷羊踝骨玩耍的那当儿，就跑去把阴曹阎王爷那面黑色斑纹旗子抢了来的事儿吧！这个江格尔总不比那阎王还厉害吧！"

两个哥哥听后无可奈何，只好道：

"那就随你的便吧。"

铁汉子哈日·桑萨尔一听两个兄长同意了，他的脚一蹦一蹦地欢跳，嘴一咧一咧地欢笑，拎起银制马嚼子，跑去草甸子抓回了坐骑，找一棵老紫檀的阴凉处，在一棵小紫檀拴好黑骝马，犹如躺柜般绊了起来。

随后跑回来,左手拎起仿照草原而制成的洁白毡屉,右手拿起模仿山冈而做的黑色鞍子,返了回去给黑骝马鞴上。他顺着马儿四根肋条之间着力一拽那四条银白色肚带,从他食指与中指缝间沁出紫红色的鲜血来。

哈日·桑萨尔鞴好马进屋,问两位哥哥:

"我要出征了,该配带什么武器,披挂何种战服?"

两位哥哥眼见弟弟执意前行,一个起身取出穿上一万年也磨不破腰子的红靴子,另一个起身拿出披挂一千年也穿不烂的战服。接着又把那腹部雕刻老鹰与长蛇的弓子和箭壶、白如雪薄如纸的锋利钢剑一一取来送给了弟弟。最后,哈日·桑萨尔接过迎风飘扬的黑斑旗,向哥嫂话别:

"你们好生过光景,我制服了江格尔就回来。"

两个兄长拦住他:

"好弟弟,你等等!"并拉住他双手嘱咐:"你的肉还未长结实,血尚未变浓,遇事千万要谨慎!"说着,二人轮番将弟弟抱在左膝上亲了又亲,搂在右膝上吻了又吻。不一会儿,两个嫂子也过来将小弟弟搂在怀里,一边亲个不停,一边失声痛哭。铁汉子哈日·桑萨尔从她们怀里挣脱出来:

"我不是还在你们身边嘛,这样悲伤干什么呀!"他走出一步,又返回身子道:"我去了六个年后,你们爬上山梁去瞧瞧;若是不见回来,那就在第十二个年头上再去看一看。"

两位兄长整衣坐好,郑重其事地安顿:

"哈日·桑萨尔呀,到了那里,别忘记取来三宗东西!"

"哪三宗?"

"第一宗,那儿有一位叫世间美男子明彦的勇士。从他背后瞧去,放射着旭日般光芒;迎面望去,闪烁着皓月般银光;头顶上还迸发着三种颜色的彩虹。务必把他抓来。第二宗是江格尔有一位夫人,名为阿盖·萨布塔拉,是天帝葛尼瑞之女。别提她有多么漂亮了,在她那闪光的面颊下可做针线活儿;在她那明净的姿容之下可看守马群,把她也抢来。"

"那第三宗呢?"

"江格尔有一匹神驹赤兔马。这匹马长着两只翘起的金刚杵般耳

朵,一双千里眼,一个号角般鼻子,四棵松树般虎牙,肋骨两侧还长着雄鹰的翅膀,荐骨两边长着雪鸡的翅膀。别忘了骑来这匹马!"

"记住了,你们放心好啦。"言罢,哈日·桑萨尔走出屋子跳上了坐骑。

哥嫂们随之出来,将弟弟送上了路。

三

其时,圣主江格尔仍在饮酒寻欢,成天醉醺醺的,从不过问朝政了。

一日,阿盖·萨布塔拉夫人起身禀奏:

"我的可汗江格尔啊,您战马那鞍镫生了锈,龙体也渐渐衰老了,这没完没了的酒宴,该收场了吧!"

"怎么啦?"江格尔不觉一怔。

"我预感有一种不祥之兆,总觉得要发生一场骚乱似的。"

圣主江格尔听后,吩咐阿拉坦策基:

"好些年前,阿盖·萨布塔拉夫人也曾这样预示了一次,结果,咱们与呼日勒·占布拉可汗激战了一场。老伯啊,你登上金殿顶处的瞭望台,瞧瞧咱们四周有啥动静。"

阿拉坦策基领旨,爬上瞭望台,张开硕大手掌,把宇宙间方圆九十九年里程的地方收进掌心,圆睁碗般大慧眼仔细一观察,很远很远的一个地方,似乎有一个奔跑的人影子。老人返回宫,向圣主江格尔禀报:

"我查看了九十九年里程之内的所有地方,有一处好像有人在走动。由于过于遥远,详细情形没能看清。"

圣主江格尔听后不以为然,继续与众人寻欢作乐。人们尽兴饮酒,纵情歌唱;随着银琴与笛子吹奏之声,摩肩擦肘,又腰摆扭。翩翩起舞,真可谓欢乐无穷!

四

铁汉子哈日·桑萨尔出征了。他的黑骝马在浮云之下,树梢之上拼命奔驰,小主人坐在它背上不时打着嘹亮的口哨,唱着悠扬的牧歌,好不悠闲自在。

此刻,阿盖·萨布塔拉夫人似乎又预感到了什么,两肩披着发亮的黑发,耳下垂着晶莹的银坠,把要说的话藏在舌下,要讲的事儿存在口中,起身向江格尔禀奏:

"圣主江格尔啊!您战马铁镫生了锈,龙体也衰老了,这宴席何时才能罢休呀!"

"又怎么啦?"江格尔有些不耐烦。

"我预感有一种不祥之兆。"

圣主又令阿拉坦策基老伯去瞧一瞧。

老伯起身爬上金殿顶处的瞭望台,掌心中收进宇宙大地一看,一个苍蝇大小的影子,影影绰绰迎面飞奔而来,再仔细一瞧,竟是个留有半边头的孩童,又一望,这个幼童高举一面耸入云霄的黑斑旗,骑着一匹黑骝马向这里飞驰。

眼见这一切,使阿拉坦策基不禁一震,心想:"说不定我们这些人在晚年时竟成为这小家伙的俘虏呢!"

来者不是别人,正是乘着黑骝马的小英雄哈日·桑萨尔。看那孩儿的气势,与当年二十五岁的赛力罕·塔布克勇士不差上下,瞧那黑骝马的本领,跟当年神驹赤兔马有些相似。阿拉坦策基匆匆忙忙走下宫顶,向圣主江格尔禀报:

"可汗江格尔呀!不得了啦,从远方驰来一位好汉!"

"说说看,他是个什么模样?"江格尔也有些慌了。

没等他们前言收了尾,后语接上茬,铁汉子哈日·桑萨尔便顺着银色桥头飞奔而至。

铁 汉子哈日·桑萨尔赶到江格尔宫殿前,翻身下马,在老紫檀树阴下,找一棵青翠的檀树拴好了坐骑。

守门勇士赛力罕·塔布克见后上前阻拦:

"你这个小秃头,是不是让北风吹烂了脊背,南风腐蚀了胸腹? 看上去活像个飞蹿的鲍箭,迷了途的牤牛。你从哪儿来,到哪儿去?"

铁汉子哈日·桑萨尔也不示弱,答道:

"我说你这个已经成为岩洞里回声的老笨蛋呀,不认识老子啦! 听从你小子屁话的后生,绝不会闯入你可汗的领地!"言罢,他掀开宫门洁白毡帘,猛地甩在背后,径直走入宫殿,眼见端坐在那里的江格尔,佯装有礼貌似的上前请安:

"可汗阿爸,您好!"

江格尔仔细端详,这小伙子可不是个凡夫俗子! 他顺手从自己七十层坐垫中抽出一个垫子递了过去,道:

"小伙子,请找个地方坐下吧!"

铁汉子哈日·桑萨尔应声入了座。奴仆佣人在万人举不动的大红瓷碗里盛满酒端来,接二连三地给他敬酒。哈日·桑萨尔一连气喝进了七十五碗,接着又干了八十五碗,便悄悄拿眼一瞟,那些仆人开始收起碗,往碗橱里放着哩。心想:"来时,听两个哥哥讲,这里地广而富庶,看来不是那么回事儿,竟连一个人喝的酒都供给不起。喝这点酒顶啥用,连口中发稠的唾沫也稀释不了。"

哈日·桑萨尔纳闷之际,兼通汉藏两种语言,善于辞令的茂浩岱勇士起身质问:

"你这个丑陋的秃小子,到我们可汗的领地,有何事情?"

"空了心的老朽木,你算老几! 跟你对话的后生,绝不会到这里来。快给我叫来你主子来!"

此时,伶牙俐齿的茂浩岱也无肉可切,无言可答了。圣主江格尔从一旁问道：

"小伙子,你从哪里来,到何处去? 叫什么名字?"

"我住在离这儿九十九年里程之远的地方。家里兄弟三人,我是最小的,名叫铁汉子哈日·桑萨尔,骑一匹黑骝马。"

"到这里,有何贵干?"江格尔继续问。

"遵照两位兄长旨意,来贵处打听三宗东西。"

圣主江格尔与众人一听,个个十分惊讶,便同声问道:

"哪三宗东西?"

"头一宗为世间美男子明彦勇士,第二宗为阿盖·萨布塔拉夫人,第三宗为神驹赤兔马。请问可汗,将这三样东西恩赐予我怎么样?"

江格尔听了这话,默默不语。皱起眉头沉思着:"世间美男子明彦、阿兰扎尔赤兔马不能给,阿盖夫人更不能给。"他突然心生一计:拖延一下时间,再想对策。便抬起头来道:

"小伙子啊,俗话说:'好后生讲六个月的情义,赖后生讲三个月友情'。咱们先欢宴一番再说那些事儿,行吗?"

"这是什么意思?"哈日·桑萨尔有些不解。

"你别着急嘛,眼下世间美男子不在这里,而住在远离这儿九十九年里程的大力士孟根·锡格希日克领地。我派人叫他去了,这期间咱们与其闲呆着,不如摆宴大吃大喝一顿。不知意下如何?"

铁汉子哈日·桑萨尔本来就由于未喝足酒而心中不快,一听这主意,马上欣然接受了。

依照圣主江格尔的旨意,不分宾主一齐入了座,酒宴举行了八十天,又延续了六十日。这当儿,圣主悄悄叫来文书官,给大力士孟根·锡格希日克写了一封信。信中道:

"我那碧绿的四大河流,
已濒临干枯;
我那锦绣山河,
将成为敌人战利品。
我那奔腾的四大河流,

已接近枯竭；

我那富饶的家乡，

将被敌人占领。

我那甘露般的清泉，

已临近枯干；

我那茂盛的紫檀林，

将要枝枯叶落。

谁能料到，

在这风烛残年，

将被一个强壮的青年，

掳去充当俘虏。"

信写好之后，圣主江格尔立即交给一个小秃子带走了。

六

小秃子怀里揣着书信，一天跑完了一个月里程，一个月赶完一年的路途，昼不停步夜不歇息，跑呀奔呀，一日终于到达了孟根·锡格希日克驻地。

走至大力士孟根·锡格希日克宫殿门口时，有五位勇士正在摔跤嬉耍。他们见一个小秃子走来，想嬉逗一番："来，来！咱们摔个跤，比试比试！"便上去拉住不放。他们的喊声震天，吼声撼地，小秃子哪里是他们的对手！再加上小家伙一路上磨烂了脚掌，磨破了双膝，眼下只留下了一口气。他上气不接下气，一个劲求饶：

"求求勇士哥哥们，别拿我开心了。公务在身，放我走吧！"

听了小秃子可怜巴巴的几句话，这些人果真放开了他。小秃子道了声谢，从坐着人的腋下，站着人的胯下穿行向前，迈入了宫门一望，大力士孟根·锡格希日克端坐于那有八条腿的椅子上，显得十分英武。他凑到跟前，从怀里掏出有一庹左右长的信札，双手呈送上去。

孟根·锡格希日克叫来文书官，下令道：

"这是从哪里送来的信札,给我从速念来!"

文书官接过信札看了看,回禀:

"这是居住于遥远地方的江格尔可汗送来的书信。"随后,他打开信念道:"在九十九年里程之遥居住着弟兄三个阿尤,其小弟骑着一匹黑骝马,名为哈日·桑萨尔。他赶到我们这里,仗恃自己英勇,肆意坐到我汗位上,已有数日光景了。不成想,活到晚年竟要成为别人的俘虏了,能否前来济救这燃眉之急!"

孟根·锡格希日克听后。马上令吹鼓手吹起大小号角,召集来诸位勇士与居民们,下旨道:

"此事儿,谁也不准向我儿子讲。谁走漏风声,就割掉他的舌头!"

听了可汗命令,众人个个默默无语。

小秃子眼见这一情形,心想:"看来,只有他儿子才能成就这事了。我得找见他,向他讲明事情的原委。即使惹出了事儿,任你割掉我舌头,砍掉我脑袋,也值得。"他决心下定,当即退出宫殿,爬上银桥头,拔腿往前跑去。

跑着跑着,不知被什么东西绊了一下,当下摔倒了。他起身一瞧,原来是一只猪踝骨。小秃子捡起那只踝骨,又朝前跑,爬上一座小山岗,向四周张望了一下,什么也没有看见。他觉得有些累,便就地躺下睡起觉来。不一会儿,他突然从梦中惊醒,起身又向四处望了望,发现不远处有两堆山丘般高的踝骨,其旁还睡着一个手里拿着一对金银踝骨的黄毛孩童。心想:"在这可汗的领地,除了可汗的儿子外,有谁还能玩了这玩意!"小秃子走到那孩童身边,大叫:

"喂,小朋友,快起来!"

惊醒了的孩子,起身生气地道:

"你小子乱吼什么!"

小秃子答道:

"我去上界天堂,赢完了那里孩子们的踝骨;到下界地府,赢光了那里孩子们的踝骨;眼下,来到这人世间,看看有没有敢跟我要踝骨的对手!"

"赖秃子,你小子胡诌些什么! 我上过天堂,下过地府,那里娃娃们的踝骨,全叫我给赢光了,这不……"用手指了指堆成两座小山的踝骨,又道:"谁要与我玩踝骨,必输无疑。你小子有踝骨就摆出来吧,咱们掷一掷,试一试!"

小秃子急忙说:

"去上界天堂贪图玩耍,把成堆的踝骨忘在那里;到下界地府沉溺嬉戏,将所有踝骨丢在那里。你把掷的踝骨先借给一只,怎么样?"

那小孩给了他一只,两人玩了起来。不一会儿,小秃子把掷出去的踝骨连同怀里揣着的那只猪踝骨一起输给了对方。他一时羞得无地自容,拔腿便跑。可不知怎么回事儿,咋也甩不掉后边追着的那小孩。转念一想:"与其这样就擒,不如痛痛快快讥讽他几句,开开心哩。"突然,他返身挺立在那里,便诅咒起来:

"你小子,别急! 不久总有一天,会成为哈日·桑萨尔的猎物,被其黑骝马四蹄踩死!"骂罢,又撒腿向前跑去。

那小孩一听话里有因,从其背后大喊一声,追了上去,一把揪住小秃子:

"秃子哥哥呀,请不要怕。快快讲出你心里那三句话,我情愿把金银踝骨的一半送给你,好吗?"

经一番交谈,小秃子方知他就是大力士孟根·锡格希日克的小儿子。小秃子犹豫了一阵儿,开言道:

"你那令尊大人有令,这事儿,有舌人讲出去,要割掉他舌头;有头人走漏了风声,就砍掉他脑袋。我可不敢乱讲。"

"有我在,不妨事儿。你就直讲出藏在舌根下的那几句话吧!"

小秃子这才放下心,把本巴家园面临的灾难、圣主江格尔所遭遇的不幸一一道了出来。

那胖乎乎的小孩听了这席话,雀跃欢跳,哈哈嬉笑:"秃子哥哥呀,这事儿再好不过了!"言罢,拉起他的手,便奔向家园。

七

两个小家伙爬过金色桥头,跃过银色桥头,走至孟根·锡格希日克水晶宫前。

那胖乎乎的小子放开嗓子一声呐喊,其声音震得四周树林左右摇摆,宇宙大地上下晃动。守门的五位勇士应声跑出来一瞧,是小主子,便一时慌张起来,一起上前问道:

"小主人,你饿了还是渴了?"

"我既不饿又不渴。"胖乎乎的小孩指着身边那个小秃子,向他们下令:"他是我刚认识的哥哥,他想穿什么样的衣服,就给换上;要骑啥样的马,就给找来。我要让他在阿爸手下当一名大臣!"说罢,他径直走进宫殿。

阿爸孟根·锡格希日克迎了上去,亲切地问这问那,唠叨个不停。儿子却不顾这些,直接讲明了来意:

"听说,咱们有个远方亲戚,我想去给他请个安,不知阿爸意下如何?"

父亲见儿子已经知晓事情的原委,便开言劝解:

"北方本巴那个地方远得很,长蹄的马儿跑垮了,有翅的鸟儿飞瘦了才能到得了呀。别说像你这样的黄毛娃娃了,就连我这样的勇士由于力乏而未能前往,足足有九十九个年头了。"

可儿子哪里听得进这般劝说,执意前行。

阿爸见劝说无用,无奈道:

"那你自己看着办吧。"

儿子见阿爸放了话,一边活蹦乱跳,一边咧开小嘴朗朗大笑,问父亲:

"孩儿骑乘的骏马在何处?"

"太阳下有八亿匹马,月亮下有一亿匹马。你所骑的骏马便在那里。"言罢,孟根·锡格希日克取出自己十五岁那年使用过的、用香獐皮

编制的粗重绊索,递给了儿子。

　　小家伙辞别了父亲,一气赶到宝利照图山冈,发出震撼四周树林与宇宙大地的一声呼喊,太阳下的八亿匹马儿,扬起尘埃鱼贯而来。从黎明开始涌动的马儿,到了夕阳西下时分才全都赶到。他虽一匹匹过了目,可没有一匹使他称心。小家伙走下宝利照图山冈,跑到漫布月光下的一亿匹马跟前,又一声大叫,马儿犹如山峰崩塌,又似流水行云,掀起尘烟先后奔了过来。从旭日东升时分开始流动的马群,到日落西山时分到齐。他虽一个不漏地过了目,仍没一匹如他的意。心想:"家有成亿的马匹,竟调选不出一匹可骑的马儿;一个堂堂的男子汉,生来就该有可骑的马儿;一个英雄好汉,生来就应有可穿的战服啊!"正当他发愁之际,骑乘黄褐公马,手握桦木套杆的马官巴岱老汉气呼呼地赶来,大喊道:

　　"好大的胆,谁叫你惊动了这九十九年稳稳当当吃着青草的马群!"说着,举起鞭子朝那孩子肩部,抽了七十五下;照着腹部打了八十五鞭;又将他脑袋狠狠抽了无数下。

　　"多么狠毒的虻子啊,为啥这般咬人!"小孩说着一跃而起。

　　马官巴岱又挥舞起鞭子,继续抽打开;小孩一个箭步上去,揪住老马官的肩胛骨,塞在双膝间,一连气夹了数下,老头儿险些断了气。他上气不接下气地求饶:

　　"小英雄,请饶了我这条老命吧!你是谁们家的孩儿,有何远大志向?快告知给老伯,我一定听从你的吩咐。"

　　"塔海兆拉可汗后裔,汤苏克·本巴可汗嫡孙,乌仲·阿拉德尔可汗之子世间孤儿江格尔圣主有位勇士,名为孟根·锡格希日克。我正是他的儿子。"小孩回答。

　　一听完介绍,老人就失声痛哭:

　　"你是从天上降下来的还是由地下钻出来的?因我年纪大了,一时没认出自家的孩儿。你到这儿来干什么,快告知老伯。"

　　"想寻觅一匹称心如意的坐骑。"小孩说。

　　"有话不给我讲,还能对谁讲。"老人手指远方,接着说:"有一匹草黄骒马,三年没下过驹。此后怀胎三年,离群又有了三年。它逃到远处有河流的那片草地，至今已有了九年的光景。眼下，这匹骒马生了驹，那小驹就是你的坐骑。"

孩子按照老伯的嘱咐，日夜兼程，一日赶到那条河岸，眼睛左右一扫，不远处果真有一匹草黄骒马生的青毛白脸小驹站在那里。他走至那骒马与小驹经常饮水的银井边，摇身一变，成了一个马粪蛋等候它们到来。到了喝水时分，草黄骒马领着小驹慢慢走到井边。骒马先用金井清水漱了口后，喝了银井的水。可小驹却没有喝，说："这水有股蜣螂味！"

"这地方，空中的飞鸟，地上的走兽都来不了，哪里来的蜣螂，你担心个啥？"说罢，骒马照着小驹的脖子咬了一口。

小驹惧怕妈妈，无奈用金井的水漱了口，喝一口银井水抬起了头，再低下头去喝了第二口，刚欲抬头，变做马粪蛋躲在一旁的小孩变回原形口里念叨着："要是我称心的坐骑，这套索就套住它脖子；倘若不是，套索从它背上滑下去！"照着小驹脖子抛过去套索。这套索不偏不倚正好套住了它的脖子。小驹想挣脱套索，向前一跳窜，套索陷进脖颈足有三指深。小铁青马咳咳嘶鸣，口吐人言：

"你是哪家的小孩，为何不讲出该说的三句话？"

小孩回答：

"塔海珠拉可汗后裔，汤苏克·本巴可汗嫡孙、乌仲·阿拉德尔可汗之子，世间孤儿江格尔圣主的大力士孟根·锡格希日克小儿子，便是本人。"

"那为啥不早说呀！为见个高低，厮斗这一阵子，你白白地耗去了拼搏三年的力气；而我也无故费掉了奔跑三年的气力。"言罢，它乖乖地站在那里。

小孩上去把套索挽成两股，扣在马驹头上，随后跳上马背。马儿炮起蹶子狂奔，经它跑过的水泡子变成了旱地，旱地竟成了水泡子，不一会赶到水晶宫前。找个老紫檀树阴处，在一棵小紫檀上拴好了坐骑，进宫拜见阿爸。

阿爸给取来银辔，孩子念叨着："辔子倒是双好辔子，只是扣绳短了一点儿，"接了过来；阿爸给取来鞍垫，儿子念叨着："鞍垫倒是个好鞍垫，就是汗屉寒酸了些,"他说完接了过来;阿爸给取来鞍子,儿子念叨着:"鞍子倒是个好鞍子,只是鞍架的质地差了些,"他说完又接了过来。

孩子带上鞍具走出宫,给马鞴好后,回屋向额吉请安。

额吉给取来穿上一万年也磨不破勒子的一双用生牛皮制做的红靴子,儿子瞧了瞧:"靴子倒是双好靴子,只是勒子窄了些,"他嘟哝着穿在脚上;额吉给取来穿上一千年也磨不烂领子的一件夹袄,儿子看了看:"夹袄倒是件好夹袄,只是领子不够宽,"他嘟哝着穿在身上;额吉给取来那有九十九个尖角的黑盔,儿子瞅了瞅:"战盔倒是件好战盔,只是缨穗短了点儿,"他嘟哝着戴在头上。

他又从父母手里——接过鞭子、旗麾、弓箭、宝刀后,继续说道:

"但凡一个人,都有个名字。当人们问起你是谁家的孩儿,叫啥名字,我该做何回答?请阿爸额吉,快给孩儿剃发,起个名字吧。"

阿爸孟根·锡格希日克便吩咐佣人吹起大小号角,召集来众勇士与居民,决定先给青色白脸马命名。他走出宫,惊奇小驹的脖颈,端详了一个时辰;赏识马儿的四蹄,又整整观看了两个时辰。随后开了言:"祝愿你成为一匹能追上所有东西,不让所有东西追上自己四蹄如飞的菊花青神驹!"

接着,阿爸走到儿子面前,祝福道:"愿瓦其尔巴尼①佛守护你的额顶,愿你肩膀坚如钢铁,成为一名随意驰骋人世间,威震妖魔鬼怪所向无敌的勇士。孩儿啊,阿爸给你起个名字就叫阿日嘎乌兰·洪格尔吧。"言罢,孟根·锡格希日克用剃头刀给儿子剃了发。

阿日嘎乌兰·洪格尔接受阿爸额吉的祝愿,辞别双亲,走向坐骑;这时,神驹菊花青正低声嘶叫,等待着小主人。洪格尔脚一蹬那银镫子,有如掷出的盘羊踝骨,"嗖"的一下跨上鞍子,眨眼间飞过山梁,转瞬间绕过了山嘴。神驹菊花青在云空之下,树梢之上疾飞,不一会儿便消失在远方。

---

① 金刚佛。

八

坐在马背之上的阿日嘎乌兰·洪格尔打着响亮的口哨,唱着响亮的牧歌儿,英姿飒爽,威风凛凛;神驹菊花青用它那秀丽的额鬃与日月嬉戏,刚劲的四蹄席卷着大地,一个劲地向前飞速奔驰。

不一日,进入圣主江格尔领地。神驹继续扬蹄飞奔,震得金色宫殿摇摇晃晃,紫檀木宝座左右摇摆。在宫殿里,与众人一起欢宴的圣主江格尔眼见这一情形,一时惊慌不已,立即唤来阿拉坦策基老伯,吩咐道:

"昔日,在我十五岁那年,呼日勒·占布拉可汗来犯时,大地也曾这样震动过。眼下,不知何故又这般晃动了?请老伯出去仔细观察一下!"

阿拉坦策基"嘁!"一声接旨,登上金殿顶端,圆睁碗口大的慧眼,把整个宇宙大地收进手掌,只见一个蚊子般的影子,在远处模模糊糊地晃动;再定睛一望,有一杆黄斑大旗耸入云霄,迎风招展;又仔细端详,有个胖乎乎的孩童骑着一匹菊花青马迎面奔来。瞧这小子的神气,比那骑着黑骝马的铁汉子哈日·桑萨尔,还要厉害几分哩。阿拉坦策基老伯思忖:"说不定,在这垂暮之年,我们这些人都将成为这二位好汉的俘虏呢。"他慌慌张张从宫顶上滑了下来,向殿内走去。

这当儿,铁汉子哈日·桑萨尔不知在盛宴上过了多少日日夜夜。当初,他每隔一个月催一次所要的东西;后来,几乎每日逼一次,都不见对方肯给的意思。这天,他正想给江格尔一点儿脸色瞧一瞧,忽然从远处传来马匹奔跑的响动,宫里宫外有人不断来回行走,心里不觉一怔。此刻,阿拉坦策基老伯气喘喘地进来,向圣主江格尔禀报:

"不好了,一个胖乎乎的小家伙骑着匹铁青马向我们这里奔来……"他没说完前句,也未接上后句,那胖乎乎的小英雄早已驰越银色桥头,冲过金色桥头,赶到了宫殿之前。

铁汉子哈日·桑萨尔从人缝之间拿眼悄悄一瞟,那小子将自己黄斑旗插到他黑斑旗之旁。看上去,黑斑旗较之黄斑旗逊色得像一根小钉子。那小子随后把他菊花青拴到自己黑骝马之旁,瞧上去黑骝马比起神

驹菊花青像一匹小驹。

守门勇士赛力罕塔布克急忙进宫,向圣主江格尔禀报:

"骑着菊花青的那小孩,你骂他不理,夸他也不睬,非得面见您可汗不可。"

坐在一旁的哈日·桑萨尔朝宫门外又一瞟,见来者是一位雄狮般的英雄,便一下子被其威严吓得六神无主。

坐在另一张桌子旁边的阿盖·萨布塔拉夫人听了赛力罕塔布克的禀报,叫来看相的萨仁姑娘,吩咐道:

"外面来了一个男童,你快出去相相他的面。"

萨仁姑娘应声走了出去,而铁汉子哈日·桑萨尔却坐不住了,一个劲地催促江格尔:

"快交出二位兄长索取的世间美男子明彦、阿盖·萨布塔拉夫人与神驹赤兔马吧,我得启程了!"

不一会儿,萨仁姑娘回来禀报:

"圣主江格尔诺彦、阿盖·萨布塔拉夫人啊。看那骏马菊花青,大有神驹赤兔马之象,瞧那小子长相,酷似大力士孟根·锡格希日克。"

圣主江格尔听后,下令道:

"快把他领进来!"

赛力罕塔布克出去。传达了圣主的命令。那小子掀起洁白的门帘,步入宫殿,向圣主与夫人请安:

"可汗阿爸您好,夫人额吉您好!"言罢,坐到圣主与夫人之间的椅子上。

此刻,铁汉子哈日·桑萨尔又启齿催逼:

"尊贵的可汗阿爸,把答应的东西快给我吧,我得马上动身!"

赤胆雄狮洪古尔听了这话,当下起身,走至他面前厉声道:

"你是个年轻人,跟老人说这些干什么!有话就对年轻人讲嘛,你想要什么,给我说好啦!"

哈日·桑萨尔将两位兄长所要的东西,一一道了出来。

洪古尔一听这般无礼,气不打一处来。他以震破山中三岁熊苦胆的声音直言：

"我是塔海兆拉可汗后裔、汤苏克·本巴可汗嫡孙、乌仲·阿拉德尔可汗之子、世间孤儿江格尔可汗的大力士孟根·锡格希日克的儿子，名字叫阿日嘎乌兰·洪古尔。骑着一匹神驹菊花青。你小子听着，回去告知你那两个哥哥，别说那三宗东西不给，限你们在三天之内，不准磨伤一只绵羊羔蹄子，不要碰破一只山羊羔蹄子，带上家业统统搬到这里来！"

哈日·桑萨尔被这喝声吓破了胆，转着椅子咝咝地尿了一裤裆，绕着洪古尔的影子扑哧扑哧地拉了满裤裆，一溜烟逃了回去。

坐在一旁观看的圣主江格尔，面露喜色：

"我心爱的三岁野猪仔啊，你的牙齿还未长全；我可爱的小驼羔啊，你的鬃毛还未长齐。来，来！"说完，便把洪古尔放在自己右膝之上，把小脸蛋亲得红一块紫一块。

为庆贺避免这场大劫难，又欢迎小英雄洪古尔的到来，圣主江格尔下旨支起那由最巧的工匠铸造的黑铁锅，举办了六十天的欢宴，八十日的盛宴。恰巧那三个阿尤兄弟，果真在限定日期，带领部众，赶着畜群来到江格尔领地，充当他的属民。圣主指派"人中鹰"铁臂勇士萨波尔，到殿外迎接兄弟三人及其部众，并在每人右脸蛋上，个个打上了本巴的红印。

众人继续放开喉咙歌唱，摩肩接踵摆起衣襟翩翩起舞。北方本巴乐土又过起安宁、祥和、幸福的日子。

第五章

铁臂勇士萨波尔归顺江格尔

一

远方有一位叫萨波尔的勇士。他阿爸名为巴特尔达赖,额吉叫白彦达赖。

萨波尔力气过人,一柄艾白月牙斧,柄长足有八十一庹,日夜不离身。无论是多么凶猛的野兽若被它一击,会当下死去;不管有多么大力气的勇士,若被它一砍,便会滚下马来。因此,世人一向称他为"人中鹰"铁臂勇士萨波尔。

萨波尔三岁那年,额吉离开了人世。老人家在弥留之际,曾将小萨波尔叫到身边,细声叮咛:

"可怜的儿啊,要记住额吉一句话。"老人微微一喘继续说:"远方有一位叫江格尔的诺彦,占据着人间乐土本巴,管辖着普天下所有的人,他会七十二种变术,是位智勇兼具的圣人。日后,你务必投奔这位诺彦!"说完便咽了气。

年幼的萨波尔忍哀,把额吉的尸体埋葬于山岳上。

到了四岁,他的阿爸病逝了。阿爸在临终之前,也曾把小萨波尔叫

到身前,嘱咐:

"亲爱的孩儿啊,阿爸死后,你要去投靠本巴国的圣主江格尔。说起那本巴国,可不是一般地方。孤寡去了,生儿育女;穷人去了,丰衣足食;那里,没有战乱,社会安宁;人们长生不老,没有死亡,永远保持二十五岁的模样。你不要隔日隔夜,火速登程,快去投奔这位圣主!"说罢,咽了气。

萨波尔牢记阿爸遗言,将他尸体埋葬在高山上。

萨波尔年幼不谙人世,再加上双亲相继离开人世而极度悲痛,他竟把阿爸额吉说给的"江格尔诺彦",误记为"凶猛的希日魔王"。于是萨波尔未去本巴国,却要去投奔希日魔王。

"人中鹰"铁臂勇士萨波尔跨上比闪电快、比狂风还疾的栗色秃头马,启了程。虽然坐骑拼命奔驰,可小主人还觉得慢,便不停地扬鞭抽打,恨不得立马到达目的地。栗色秃头马跑呀、奔呀,相继跨过荒无人烟的草原,越过连绵起伏的山冈,驮着主人来到了一片黄沙滚滚的沙湾。萨波尔放眼望去,远处有一棵紫檀树。他想歇息一会儿,便信马朝那棵树赶去。不成想,于半道上,马儿却迷了路。这可糟了,往哪个方向走呢?左瞧右望,也没能寻到路。无奈,他勒住缰绳,翻身下马,一屁股坐在地上。

二

其时,在圣主江格尔十层九色金碧辉煌的大殿里,莺歌燕舞,正举行着盛宴。那能追忆九十九年吉凶的白彦贡格·阿拉坦策基推了推面前的酒杯,起身走至圣主江格尔桌前,开言道:

"圣主啊,有位勇士欲投奔希日魔王,正在途中赶路呢。"

"他叫啥名字?"圣主问。

"人中鹰铁臂勇士萨波尔。"

"怎么叫个这种名字?哈哈!"

"哪里又出来了这么一位好汉?"

"半路上,咱把他抓回来!"勇士与宝通们听后,一时喧哗起来。

阿拉坦策基用手按了按,制止众人喧闹,继续说:

"人中鹰铁臂勇士可真是个名副其实的英雄哩。他手中那柄有八十一尺庹的艾白月牙斧,从不离身。别提这把斧子有多厉害了,不论多么凶猛的野兽若被它一击,会立刻死去;不管多么英勇的好汉也吃不消它一砍,会当下滚下马来。"

众人一听,又喧哗起来。有的瞪起眼珠问:

"有那么大力气啊!"

"你们还没听说过他那坐骑呢。"

"他骑的是匹啥样的马?"众人同声催问。

"他那匹坐骑,叫栗色秃头马。当它还是匹幼驹时,萨波尔就认定它日后准是一匹骏马,便用一亿奴隶从别人手里换了来。你们想想看,一亿是个小数目吗! 如今,这匹马已经长成十分健壮的骁骑,跑起来,无论什么马也别想追上它。"

"他为啥要投奔希日魔王呢?"人们有些不解。

预知未来吉凶的哲人阿拉坦策基接着说:

"大家有所不知,萨波尔将双亲临终前叮咛的来投靠咱们圣主江格尔的话,误听为投奔希日魔王。眼下,他为了寻找这个魔王,在一片沙湾中迷了路。若能找到路,他不用半天时间,就能赶到魔王的领地。圣主,以前你不是说过生擒那凶猛的希日魔王来做人质吗,而今该怎么办,请您下旨吧!"

圣主江格尔反问道:

"席间这帮宝通之中,哪一位去,能够让萨波尔归顺过来?"

阿拉坦策基一一扫视了众宝通,答道:

"我看,威武非凡的赤胆雄狮洪古尔可与铁臂勇士萨波尔匹敌。"

"就是!"

"非他莫属!"

众人异口同声地推举洪古尔,即兴唱起了赞美洪古尔的颂歌:

"一百个部族中以坚强而超群,

六十个部族里以勇敢而扬名，

上界的梦幻，

下界的希望，

就是你，洪古尔！

犹如成亿羊群中，

猛冲的恶狼；

好比数万羊群里，

疾驰的雄狮；

就是你，洪古尔！

同六十万好汉搏斗，

率先厮杀；

连根拔起那

粗而大的檀树，

捋去那枝与叶，

扛在自己肩膀上，

冲进敌阵，

拦腰击断五十个勇士身躯，

又使六十好汉皮开肉绽，

就是你，洪古尔！

战盔铠甲磨破，

斑斑伤痕扩展，

脓血流淌，

腰杆下弯，

俊俏的脸蛋

显出灰沉沉颜色；

当那六千支长戟，

齐向你刺来时，

跃身一跳，

好比闪光的火花，

四肢完整

落在那高山顶上，

就是你,洪古尔!"

那聚宴的勇士与宝通们一边唱着颂歌,一边给洪古尔不停地敬酒。
洪古尔兴奋之余,毫不推辞在一杯接一杯饮着酒,不一会儿,便醉得不省
人事了。

阿拉坦策基老伯眼见这一情形,十分着急。洪古尔不能前往,由谁
来代替为好呢? 伤心之余,为圣主江格尔敬献了这样一首歌:

"圣主江格尔哟,

赤胆雄狮洪古尔,

酒醉得昏睡不醒;

那长舌人不敢冒犯的,

铁臂英雄萨波尔,

谁去劝说就范?

可汗江格尔哟,

那有嘴人不好惹的,

萨波尔是个人中之鹰;

欲将制服他,

咱们八千名宝通,

只好一齐出动!"

圣主江格尔听罢这曲歌,决定亲往,于是下令:

"快给我鞴马来!"说罢,手持柄长为三十三庹的金枪走出宫殿。此
刻,马夫将神驹赤兔马鞴好鞍子牵了过来。圣主跨上坐骑,率领八千名
勇士与宝通,浩浩荡荡启程,直向那萨波尔所在地——沙湾疾驰。跑在
最前面的是阿拉坦策基老伯之子、顽皮鬼双虎尔勇士。他手里举着在套
子里时闪烁月亮银光,出了套子放射七个太阳金光的黄斑虎旗,为出征
的兵师大显神威。

三

江格尔大军,跨过那无垠的荒原,越过连绵起伏的丘陵,赶到那片沙湾时,看到在一棵紫檀树下果真躺着一个人。这人,在树根上拴好坐骑,身右放着一把柄长为八十一庹的巨斧。江格尔蹭着十三颗腮牙,以乌黑明亮的双眼一望,一眼认出他就是人中鹰萨波尔。瞧那气质果真是一位有口人惹闹不得,有舌人冒犯不得的好汉。圣主提醒大家:

"你们别认为他是断了炊烟的孤苦可怜儿,他身边那把月牙巨斧,就是雄狮猛虎也吃不住它一砍。"

"那咱们如何对付他呀?"众人同声问。

"看来与这家伙较量,只好咱们全部出动了!"江格尔沉思了一会儿,接着说:"哈日·萨纳拉,你趁他睡觉之际,设法将他栗色秃头马牵来!"

宝灵格乐之子哈日·萨纳拉领旨跨上沙白秃头马驰去。提起这匹马也非同一般。它是一匹即使有万匹马追来,也能左冲右撞逃掉,而且在混战之中也不让主人挨上一刀一箭的骁骑。只有它与主人哈日·萨纳拉前往,才可完成这一重任。

圣主江格尔看到哈日·萨纳拉即将驰到那人跟前,便对众人下令:

"冲上去,围剿那小子!"

随着令声,千万个将士一齐驰去,把铁臂勇士萨波尔团团围住。此刻,萨波尔失魂落魄,头脑发懵,心胸窒息,两眼迷蒙,仍躺在那里睡大觉哩。他猛听万马奔腾之声,如梦初醒,急忙握紧月牙巨斧起身一瞧,拴在身边的坐骑不见了。无奈便只身一人徒步杀向江格尔的士卒。

萨波尔虽说徒步厮杀,可在他月牙巨斧的辅助之下,乘坐骑冲上来的将士,一个个滚下马来;有些宝通的铠甲双重纽带也被击断了。萨波尔抡起月牙巨斧所向披靡,势不可挡,一路杀将过来。眼见他这一气势,有的将士调转马头,顺着来路往后逃窜;有的战马拼跑得鞍具滑到胸脯下面。阵地上马蹄扬起的尘埃,遮住了人们的视野;戟斧碰撞的声响,震

憾着大地。

当铁臂勇士萨波尔与江格尔大军混战之际,宝灵格尔之子哈日·萨纳拉早把他的栗色秃头马牵在自己手里。萨波尔在拼杀空隙突然瞧见自己坐骑拴在江格尔黄斑虎旗之下,刹那间心胸欲裂,眼花缭乱。对于好汉来讲,应时刻与坐骑同存;将做为自己左臂右膀的骑乘,让敌方抢去,更是件丢脸的事儿。萨波尔伤心之余,咬紧牙关,手扶八十一庹长的月牙巨斧站在那里:"咋就遭遇上这样一伙凶猛的敌人?"

其时,插在山坡上的那杆黄斑虎旗闪射着七个太阳的金光。圣主江格尔站在旗旁,望着手扶斧柄而立的那年轻人,情不自禁地赞叹,呼喊:

"真不愧是一位好汉啊,我们虽把他坐骑抢来了,可还是奈何不了他。看来,只有力气无比的赤胆雄狮洪古尔才能对付得了他!"

圣主江格尔这一声呐喊,震破了卧在深渊里的一只三岁狗熊的肝胆。

四

一日,阿盖·萨布塔拉夫人左耳鸣叫,传来夫君江格尔的呼喊声:"萨波尔真不愧是一位好汉,谁人能对付得了他呢?"过了一会儿,右耳又听到:"只有力气无比的赤胆雄狮洪古尔才能对付得了萨波尔!"

这时节,洪古尔因大醉未能跟随圣主江格尔出征,仍在后方酣睡着。

阿盖·萨布塔拉夫人年方十八,洪古尔称她为嫂子。她听到夫君江格尔呼唤的声音,连忙跑进洪古尔沉睡着的金黄大殿,用绣花的檀枝般纤细十指,将洪古尔十岁那年所留的黑发捋了三下。只见洪古尔咬得腮牙咔咔作响,两只黑眼珠直转,从熟睡中醒来一瞧,嫂子阿盖·萨布塔拉正端坐在自己身边吟唱着一曲歌儿:

"可爱的洪古尔兄弟啊,
你不是在刹那间,
能够摇身十三变吗!

你不是为守护，
圣主江格尔生命，
降生到了人世间吗！

在你沉睡之际，
鬼蜮一百个魔王闯来，
嫌你洪古尔是醉小子，
将圣主江格尔带走了！

你不是为了他，
野兔般躬身奔跑；
你不是为了他，
大鹏般凌空飞旋吗！

时间过了七七四十九天，
扬名于世的江格尔杳无音信；
左耳呜呜直响，
不知他遭遇上何种灾难？

你是千百个勇士的先锋，
你是千万个宝通的屏障，
应当即起身整装，
速去搭救圣主江格尔！"

赤胆雄狮洪古尔一听阿盖·萨布塔拉夫人这首歌，便知晓了在他酒醉沉睡期间，世间所发生的一切。十指的每个骨节中凝聚着狮子与大象力气的洪古尔，急忙跳起来问道：

"魔王闯进来掳走圣主江格尔，当时为啥不告诉我？"扭过头去，又命令佣人："快给我鞴马来！"

洪古尔披挂当儿，佣人赶到一座青山上，将那匹吃着绿草喝着凉水膘

肥体壮的菊花青牵了来。继而,给菊花青顺着脖子带上银饰笼头,腮帮套上镀银铁嚼子,脊背扣上薄薄一层软垫,又铺了六层毡屉,在上面鞴上黑色大鞍子。这具鞍子非同一般,是选用额木克河岸的木料做了鞍鞒,采用杭嘎里河岸的木材制成其两翼。沿着雕有黄色花纹的肚带边缘,系上八十八个套环。在肥胖的囊臕上,挽起七十二道皱褶,从其八根肋条之间勒紧。后鞴之上系有一百零八个响铃,脖颈上挂着八个铜制铃铛。此时,菊花青挺胸抬头站在那里,绞动六拃长的双耳,显耀着美丽如画的躯体。看它的双眼、前胸、尻部,便知是一匹力气无比、飞速疾驰的骁骑。

这时,赤胆雄狮也披挂完毕。他右膀拎上黄色斑纹利剑,右手握着黑色战鞭,走向坐骑。说起这鞭子也十分讲究,是以三岁公牛皮和四岁公牛皮编制鞭心与表层,用软钢制成鞭腹,经毒蛇汁液浸泡后,拿紫檀木做鞭柄,把套上又系了丝绳。洪古尔到了坐骑跟前,收起扯手,足蹬银镫跨上去,在鞍子上坐稳后,照着马儿后肚带边儿,喝着打了七千下,无声地抽了八千鞭。刹那间,那菊花青腾空而起,两条前腿跃出一天的里程,两条后腿越出一宿的路程。菊花青下巴擦地,前胸推着下巴,鼻孔吐出的气,掀开眼前的草儿。犹如荒原上的野兔朝前飞驰。

不一会儿,赤胆雄狮洪古尔赶到那片黄色沙湾,勒住扯手,圆睁碗口大的双眼向前眺望,圣主江格尔所率领的八千名宝通聚集在一处,看上去,只有碗一样大小;而他们对面的那小伙子,右手扶着月牙巨斧柄站在那里,瞧上去,是一位腿上刀砍不进,肋上枪刺不入,有舌人不敢欺惹,有口人不敢冒犯的好汉。

洪古尔指着那好汉,大声喝道:

"你这恶棍,听着!为啥这般折腾圣主江格尔同他的八千名宝通?今天,我不砍掉你小子的头,愿受圣主的惩罚,到阴间阎王殿,去守涅槃之门!"

雄狮洪古尔这一声呐喊,震得石溃岩崩。他将锋利宝剑柄攥得流出汁液,呼叫着萨波尔的绰号,向对方宣了战。

洪古尔是圣主江格尔最忠实的朋友与战将。当寒风袭来时,给他御寒;孤独时,给他壮胆;厮杀时,成为他战铠;奔跑时,当他的战马。洪古尔是大力士孟根·锡格希日克的独生子,是额吉希勒台·赞丹夫人二十二岁那年生的。而其父孟根·锡格希日克正是早先图布信一锡日克可······汗的孙子特木尔力戈图·特木尔可汗的外甥。圣主江格尔见洪古尔前来助战,十分高兴,回首向大家说:

"我指向哪里就奔向哪里,叫擒住谁就能捉住谁,制服这个勇士的洪古尔终于赶来,这我就放心了。咱们瞧瞧,赤胆雄狮洪古尔与人中鹰铁臂勇士萨波尔二人谁胜谁负吧!"

江格尔话音刚落,洪古尔狠狠抽了几鞭菊花青,瞬间闪出二十伯勒之遥,挥舞着宝剑直向萨波尔驰去。

臂力过人的萨波尔,见洪古尔驰来,举起月牙巨斧迎头砍下来。敏捷的洪古尔勒住菊花青的衔子,让坐骑急转身子一闪,萨波尔斧子落了个空;没等洪古尔在鞍子上坐稳,照着他的肩部又用劲一砍,那有七十二链条的坚固环甲当下被砍断,只差三指没有击中他的心脏。洪古尔抱紧坐骑脖子,一连喊叫三声:

"我那顶峰如玉的阿尔泰啊!"

"我那英名盖世的江格尔啊!"

"我那为数众多的宝通伙伴们啊!"

在他犹如震破熊胆的呐喊声中,那被月牙巨斧砍出的鲜血,顿时涌回原处,伤口愈合了。接着,洪古尔抱着坐骑脖颈驰去,拔来插在黄斑虎旗之旁的江格尔那支三十三庹长的阿力牟金枪,又向萨波尔刺去。当菊花青从对方侧面奔驰而过之际,说时迟,那时快,洪古尔一枪便把萨波尔刺下马,其身躯陷进地里足有七尺深。他又调转马头驰过来,在鞍子上哈下腰,勾住萨波尔铠甲的链条,一下子从地里提出来,横放在鞍子前头驰来,鲜血淋淋地甩在江格尔黄斑虎旗之下,说:

"他就是折磨圣主江格尔、欺凌八千名宝通的那个恶棍!"

江格尔细瞧躺在地上的萨波尔,还喘着气。令人给他伤口上敷上不过半日便会痊愈的白鼠曲药,未见效;又敷上不过夜就能好的乌羊白药,仍不奏效;最后,在其伤口处降下了仙雨,萨波尔这才如梦初醒,跳起来,手扶月牙巨斧把柄开言:

"阿爸、额吉临终前曾嘱咐,叫去投奔圣主江格尔您。可我因年幼无知,将二老的嘱咐误听为去投靠希日魔王,造成了这场不该有的灾难。"

接着,他从口里吹出十五勃拉①长的火焰,上前面对圣主江格尔与洪古尔发了三遍誓言:

"我把宝贵的生命,奉献给您洪古尔!我把自身全部力气,奉献给您江格尔!"

圣主江格尔见出言直率,态度坦诚,便十分动情。扭头对站在自己身边的洪古尔,笑道:

"你也表示一下自己的誓言,怎么样?"

洪古尔依照圣主的旨意,面向萨波尔道:

"我愿把身心奉献给你,今天咱们二人就结成兄弟吧。"回过头来,并向圣主发誓道:

"把我青春与生命,挂在厮杀的戟尖;把志向与希望,奉献给您江格尔可汗;不畏惧熊熊烧来的野火与滚滚冲来的毒水,勇往直前永不后退!"

随后,人中鹰铁臂勇士萨波尔与赤胆雄狮洪古尔二人,走到圣主江格尔黄斑虎旗下,互发誓言,结成了盟誓兄弟。

五

圣主江格尔带领八千名宝通,浩浩荡荡地凯旋回归家园。在十层九色金殿里,举行了庆贺胜利的酒宴。英名盖世的江格尔可汗当众发布命令:

"人中鹰铁臂勇士萨波尔,你要在世间美男子明彦下手入座。"

萨波尔接旨就席,从此他便成为圣主江格尔贴身勇士,

这样,众人欢宴了八十天,接着又持续了六十日。人们在这没有战乱,永远安宁;没有死亡,长生不老的乐园,始终以二十五岁的模样,尽兴狂欢。

---

① 古代蒙古人计算火量的度数。

第六章
美男子明彦偷袭
阿拉坦可汗马群

一

英名盖世的圣主江格尔召集来众勇士与宝通,在金碧辉煌的大殿举行阿日滋酒宴。大家赞颂本巴国的伟业,歌唱江格尔的功德,沉浸在欢乐与幸福之中。

可在日落的西方,有一个土厥国,其可汗名字叫阿拉坦。这位可汗欲倾吞江格尔的本巴国,成日虎视眈眈。他用钢铁铸造了一座马圈,圈里养着一万匹豹花马。这些马匹被摘除睾丸后,嘴不沾一滴脏水,蹄不踩一点污泥,精心饲养,已有三年之久,以备来日袭击北方本巴时当做将士坐骑。

圣主江格尔早已预料到阿拉坦可汗有如此野心,内心十分不安:有朝一日这些豹花马,鬃与尾成为翅膀,四蹄变为钢铁,身上驮着一万个宝通前来袭击,可就不好对付了;相反,不要等到它们膘肥体壮,偷偷把它们赶来,那阿拉坦可汗的险恶用心,便不是落空了吗!

一日,圣主江格尔向聚宴的众人道:

"远方有一个敌人饲养着一万匹豹花马,想要侵犯我的国土。"

右翼首席勇士阿拉坦策基起身禀奏：

"圣主，您既然得知有敌来犯，那就先下手为强，派出一名勇士，趁早……将那些马匹赶来好啦。"

江格尔环视了十二名勇士、六千名宝通，最后双眼盯着世间美男子明彦，下了旨：

"你单枪匹马前往土厥国，偷来那万匹坐骑，砍断敌人的腿，如何？"

明彦向前移坐，洒着泪说：

"尊敬的圣主江格尔啊，您为何把我单枪匹马地派往异地？看我是孤儿还是嫌我是外乡人？"

原来，世间美男子明彦有一片富饶而美丽的领地。他背靠着铭乌拉山，饮着蒙郭勒河的水，自己有千万个奴隶。当英名盖世的江格尔周游四方，召纳各地勇士之际，他认准"江格尔是一位主宰世间所有生灵的大福大德可汗"，便使铭乌拉山无主人，千万个奴隶无诺彦，贤惠而艳丽夫人无丈夫，可爱的幼女无父亲，把这一切统统遗弃于故乡，投奔了本巴国。

圣主江格尔听了明彦的话，有些不高兴：

"你在说什么？明彦！"沉思了一阵儿，接着道："你是舔着伤口起誓的十二勇士之一，跑起来比闪电快，比狂风还疾，并有出入针鼻子般窟窿的能耐。我不派你去，还能派谁？"

明彦又道：

"您不是让我当酒宴的颂其吗？"他悲伤地继续说："远在他乡奔波，谁人给我端来热菜熟食；征战中死去，又有谁去可怜我？"

席间众宝通、勇士眼见明彦这般伤心、哭泣，纷纷好言劝解。铁臂勇士萨波尔走至他跟前，鼓励道：

"可爱的明彦，你可不能辜负了圣主江格尔一片好意呀。要记住，我和我的秃头马在金桥之畔，会助你一臂之力！"

在席上的赤胆雄狮洪古尔也开言表示支持：

"亲爱的明彦，圣主派你去是对的。要记住，我和我的菊花青在银桥之边，会助你一臂之力！"

接着众人齐声安慰：

"你放心吧，我们这些人绝不会把你的尸骨扔在土厥国阿拉坦可汗……的领土上。"

听了大家的劝解、鼓励和安慰，圣主江格尔也动了情。他将世间美男子明彦拉到右膝上亲了又亲，抱在左膝上吻了又吻，道：

"不是因为你是外乡人，是个孤儿嫌弃你，而是相信你能够成就这件大事儿，才派你前往。"说着来回抚摸他那蓬乱的头发。

明彦听到伙伴、战友们的鼓励、支持的肺腑之言，圣主江格尔这般真诚信任的话语，心情无比激动，起身高喊：

"请圣主与诸位放心好啦！死了，不过是一堆白骨；流出的，不过是一碗鲜血。快给我鞴马来！"言罢，用七十个人抬不动的海碗，一连喝了三碗阿日滋酒，顿时热血沸腾、心潮澎湃，把牙齿咬得咔咔作响。

马夫爬过青山坡，到了凉水泉源头抓住银合马，将它牵回来，鞴好鞍子，带上辔子。这时，世间美男子明彦整装披挂，罗沙的长袍上披了三件铠甲走出了殿。银合马见主人走来，异常兴奋，用鬃毛嬉戏日月，用四蹄刨着大地，看上去好不威风。明彦到了坐骑跟前，虎头红靴刚刚触到银镫，就像火星般一闪，纵身跃上柔软的鞍垫。六千名宝通、十二位勇士前来为明彦送行，并同声以吉祥美好的祝辞祝福他；将要出征的世间美男子明彦回过头来道：

"愿北方本巴故土的神灵赐恩于我！请圣主江格尔保佑我！"言罢，沿金碧辉煌的大殿绕了一周，驰向远方。

二

世间美男子明彦驰骋了三七二十一个日夜，一日赶到宝力照图山冈。向前方极目眺望，一片渺渺茫茫，什么也没看见；朝后面放眼瞭望，圣主江格尔的宫殿，仍在视野里闪闪发光。他十分气愤，对银合马说：

"跑了二十一天，还没有跑出自己家园。照你这样慢慢悠悠，咱们何

时才能抵达阿拉坦可汗领地?"

银合马遭到斥责,又生气又伤心。它衔着铁嚼子,口吐人言:

"圣主的金殿比苍天只低三指,跑了这么点儿时间,就让它在视野中消失,岂不是妄想!"

气愤之余,那银合马纵身一跃,当即驰出七七四十九天的里程。主人拽不住银缰,稳坐鞍子后面,双足着力直蹬脚镫,勒右边的扯绳没有勒住;拉左边的扯绳也拉不住,那银合马还是低着头弯着脖子,一个劲地向前疾速飞驰。明彦眼看无法控制坐骑,伤心地劝道:

"银合马呀银合马!咱们的路途还远着呢,你保存一下自己力气好不好?"

可坐骑正在劲头上,哪里听得进主人劝解,依旧急驰如飞。不一会儿,明彦眼前天地一片白茫茫,奔至近处一看,原来是一片连插针的缝隙也没有的明晃晃的枪林。为越过这片枪林,明彦朝着银合马的肚带后部,叫喊着抽了七千下,无声地打了八千鞭,可坐骑只跳出了一箭之地。这时,银合马恳求明彦:

"亲爱的主人啊,我的四蹄快要脱落了。你自己设法走出这该死的枪林吧!"

明彦理解马儿的苦衷,离开了这片枪林,怀里抱着黄斑金柄长戟,任银合马信步慢走时,迎面突然走来一位洁白妩媚的漂亮姑娘。明彦上前请安:

"妹妹,你好!"可这位背着皮囊的姑娘,只见嘴唇翕动,没有声音。明彦跳下坐骑,取下鞍垫子铺在地上,让姑娘坐下后,问道:

"妹妹,你是靠啥为生的呀?"

姑娘依旧嘴唇翕动,听不到话音。明彦用鞭柄橇开她樱桃小嘴,往里一瞧,原来有两根粗针横插在喉咙里。明彦让姑娘张大嘴,用拇指和食指取出了那两根粗针,又问:

"这里是啥地方,能告诉哥哥吗?"

这位姑娘是土厥国阿拉坦可汗的属民。在外出回家的途中,猛然见到满天滚滚尘埃,以为有亿万兵马赶来。她急忙走近一瞧,原来是一个

单枪匹马的漂亮男子。她们的可汗有令："在日出东方,无论有啥动静,都要去立即回禀!"可姑娘见到那明彦后,暗暗惊奇:"是什么样的骒马生出了这样俊美的神驹!是啥模样的母亲养育了这般标致的男儿!"瞧着,瞧着,对他明彦不觉起了爱慕之情,就没有去向可汗禀报。姑娘迎面抿嘴嫣然一笑,开了口:

"你别问这些了。咱们俩找个地方成亲好吗?"

美男子明彦温和地劝道:

"眼下咱们俩还不能成亲。你有所不知,我是皇天之子圣主江格尔的使臣,若不顾公务,一心图谋个人幸福,这对你我二人都不好。等我办完公事儿,回来再带走你。"接着请求:"该如何度过这片枪林,给哥哥指出一条路好吗?"

姑娘听了对方的话,心想:"让别人请求诚然不好,当他人请求之后不去理睬,更不合情理。"她虽不忍放走这位美男子,可想起:"回头带走你"那句话,觉得与他成婚还有一线希望,便道:

"我给你打开一条小径,通得过去你就走,通不过去就留在我身边好啦。"言罢,姑娘从九层缎袍里兜儿,掏出一把黑钢制成的钥匙,朝着那密密麻麻的枪林尖儿一指,枪林中间立即现出粗针般的一条缝隙。

明彦见后,极为高兴。向姑娘道了一声谢,跨上银合马,并说了一声:"坐骑啊,这回就看你的本事了!"便放开了金缰。没一会儿,银合马用四蹄尖儿,轻轻穿过了那密布的枪林。

留在后面的姑娘顿足叹道:

"原以为他插翅也飞不过这片枪林,哪知他却走得无踪无影了。早知如此,不给他打开那条路该有多好,失去了多么标致的一个男人啊!"说着,不觉呜咽起来。

然而,她毕竟是一位心地善良的姑娘,从明彦身后祝福道:"愿你成就大业,平安返回!"用手擦着眼泪,站在那里眺望远去的明彦。

三

世间美男子明彦骑着马驰上一座银白色山冈,勒住金缰极目远眺,在日落西方,阿拉坦可汗那座黑色铁宫殿像一团火花,闪射着耀眼的光芒。他跳下马,就地施展法术,把坐骑变做一匹长着疥疮的小驹,自己变成一个衣衫褴褛的秃头小儿牵着马儿,向阿拉坦可汗驻地慢悠悠地赶去。途中,他遇见大慈大悲的人家,就在这里住宿过夜;碰上小恩小惠的住户,便过个晌打个尖,稍做歇憩,就继续赶路。阿拉坦可汗的居民们见他是个秃子,其小驹的疥疮中又不时掉着恶心的蛆虫,谁也不去理睬他,更没有去怀疑他,都放他继续前行。

一日,明彦来到离阿拉坦可汗黑色宫殿不远的地方,把变做满身是疥疮的银合马寄放在湖畔,自己找一件黑毡斗篷披在肩上,慢步走至那黑色宫殿左侧。这儿拴着阿拉坦可汗两个宝通的两匹马:一匹是乌尔图查干宝通的玉顶豹花马,另一匹是图和布斯宝通的乌骓。这两匹马白天披着薄薄的毛毯,夜间披上厚厚的绒毯。趁无人之际,明彦走至马儿胸脯之下,先后掰开它们的嘴,仔细观察了口齿,发现这两匹马都是不次于自己银合马的骁骑。"我将要赶走的那些豹花马,还不知是啥样子呢!"他心里思谋着绕过黑色铁宫殿,赶到其右侧时,见有一座用钢铁铸造了围墙,以白色大理石砌了地面的牲口圈,外面由近一万个兵卒看守着。变做秃头儿的明彦,从守兵们的缝隙仔细一瞧,好家伙,这牲口圈的围墙有九层,而每层的钢铁大门锁得牢固严实。砸开它真不容易。

明彦返身走出来,又想:"这一定是阿拉坦可汗饲养的那万匹豹花马的牲口圈了";听人讲,他们每天早晨要饮一次马匹,等明天一早来,看个究竟再说,他心事重重地赶回湖畔。银合马嘴里嚼着黄蒿问道:

"小秃子,刺探的结果如何?"

明彦上去一把搂住坐骑的脖子抽泣着说:

"可爱的银合马哟,宫殿东侧拴着两匹坐骑,瞧那气势跟你差不多。我在担心,当赶走那万匹豹花时,这两匹马驮着主人追上来怎么办?"

银合马道：

"你我千里迢迢来到这里，不是为乞讨剩饭残羹的，而是来赶走他们最好的马群。是战是降，你快讲明好啦！他们那里，即使有追上我的骁骑，我也不怕！"

明彦得知阿拉坦可汗每日一早要饮一次马群，便与坐骑商量好，决定次日早晨下手。这天晚上，明彦牵着银合马，赶至饮马群的那眼泉水旁，自己变成一只蜘蛛，将坐骑变做一个踝骨，分别隐藏在附近的草丛里。

第二天清晨，果然出十万个兵卒护卫着那一万匹豹花马来到泉水边。让马匹站到白色大理石上，嘴和蹄不沾一块泥，饮了起来。明彦从暗处仔细一观察，只见这群马的鬃与尾快要变成神翼，四蹄将变为钢铁了。心想："若不马上把它们赶走，日后就不好对付了。"他即刻变回原貌，跃身跳了起来，像巨象似的一声呐喊，大地来回摇晃了一下，如狗熊般又一声怒吼，乐海掀起了巨浪，跨上银合马直向马群驰去。这时，被呐喊声惊动了的一群豹花马，个个竖起了六拃长的耳朵，犹如大江的浪涛、荒野上的巨火，踏着前来阻拦的兵卒身躯，向着日出东方狂奔惊驰。

世间美男子明彦放开喉咙，发出十万人的巨大呼声，气势磅礴地从后面威武勇猛地追去。万匹豹花马被滚滚而来的尘埃和怒吼声所惊诧，四蹄敲击着大地，由鬃毛和尾巴发出琵琶般悦耳的铮铮鸣响，拼命朝着前方奔驰。

四

这时，土厥国可汗阿拉坦正在喝着午茶。眼见茶碗突然晃动了一下，便联想起昨夜那场"从日出东方来了个恶棍"的梦。他当下对佣人下令：

"可汗我成日只知享乐，忘记了灾难即将来临。你们快出去看看天象如何？"

佣人出去观察了一番天色，回来禀报：

"天地之间有一道霓虹。"

阿拉坦可汗听后，起身拉开十三道宫门走出来一望，瞭见日出东方烟尘滚滚，雾霭蒙蒙，一下子气炸了肺：

"谁人这样大胆，竟敢赶走我那一万匹马？"扭头令佣人："快去叫来守卫人员！"

几个守卫急忙赶来回禀：

"来时有万马奔腾之势，去时只是孤身一人。看不清是何人，把咱们万匹马全部赶走了。"

土厥国可汗阿拉坦一听，十分惊慌，马上下令：

"快快召集来诸位勇士与宝通！"

不一会众人成群结队地赶来，把黑色铁宫殿挤得满满当当的。有人沉不住气，便提议：

"这世间竟然还有敢于跟咱们可汗做对的人，还不追去瞧瞧，瞎等个啥！"

阿拉坦可汗接着问：

"有个恶棍，将我的万匹豹花马全给赶走了。哪位能前往生擒那小子？"

众人默然不语。过了一阵儿，骑着玉顶豹花马的乌尔图查干宝通上前道：

"在下骑有一匹能够追上任何人，不让任何人追上自己的快骑。我愿前去抓来那个恶棍。"

"嘁！""这很好……"没等可汗说完，天堂之子图和布斯也上前请战：

"我愿骑上举世无双的乌雅神驹前去相助，将咱们万匹豹花马赶回来！"

阿拉坦可汗点头准许了图和布斯的请求。

两位宝通分别以七十人才能抬得动的大碗，一连喝了三下阿日滋美酒，走出了铁宫殿，跨上各自的骏马，跟踪马群奔驰而去。

五

世间美男子明彦赶着万匹豹花马，奔出七天里程之后，乌尔图查干与图和布斯二人才追了上来。

银合马见后，向主人明彦道：

"看样子，这两位宝通并非等闲之辈。你当先给其中一个一枪！"

明彦听了坐骑的话，向杀来的两个宝通之间冲了进去，借助坐骑的灵敏与气势，对准乌尔图查十宝通举枪一刺，便把对方与坐骑玉顶豹花马一起挑在枪尖上，朝背后甩了过去。图和布斯眼见伙伴受了伤，心想："不给这小子一箭，说不定自己也会遭到他伤害哩。"当明彦调转马头又奔了回来之际，他弯弓搭箭，瞄准对方一箭射去，明彦急忙咬住射来的箭，将它一折两段。

乌雅宝驹见主人的箭未能射中对方，把嚼环咬得咔咔响，连忙向主人提议：

"哎，我说图和布斯，看样子，那小子比你强不了多少。可他那坐骑却很厉害，不如先收拾他的坐骑！"

图和布斯采纳乌雅的主意，一个劲地向对方的坐骑发箭。虽然银合马不停地闪着身子躲着箭，仍没防住有一只蹄子中了箭。它忍着疼痛，对主人道：

"我的一只蹄子受了伤，不能飞驰了。下一步与敌人厮杀，要加倍小心！"

正当银合马中箭，体衰力竭，主人明彦不知所措之际，图和布斯纵马追来，照着他的背部给了一斧，砍断了他七十层战甲，明彦当下昏了过去，跌下坐骑。图和布斯跳下马，上去把他双手反捆了起来，倒绑在银合马的背上。此刻，乌尔图查干也苏醒过来，与图和布斯两人，将世间美男子明彦与其坐骑夹在中间，赶着一万匹豹花马，向土厥国奔去。

六

本巴圣主江格尔在金碧辉煌大殿里正举行酒宴时,菊花青与栗色秃头马这两个坐骑不时地嘶叫。它们的主人赤胆雄狮洪古尔和人中鹰萨波尔听到后,预感似乎出了啥事儿。两位勇士分别从左右相继起身,令佣人:

"快鞴马来!"

"咋啦?"众人不解地问。

"咱们成日花天酒地,享尽清福,可曾忘记了出征的世间美男子明彦。这么长时间,不见他回来,说不定成了别人手下俘虏了。"

未卜先知的哲人阿拉坦策基老伯赞同两位勇士的话,接着道:

"我估摸美男子明彦远征他乡,在归途中身单匹马,寡不敌众,可能让对方给逮住了。洪古尔、萨波尔你们俩想得对头,快去看看!"

洪古尔与萨波尔跨上各自坐骑,像离弦的箭飞驰而去。

第二天黎明,土厥国阿拉坦可汗宝通图和布斯忽然看见从金桥之畔追上来两个勇士,其中一人还手举月牙巨斧,闪着寒光,便知事情不妙,立马丢下明彦与银合马,从金桥口子慌忙逃窜。萨波尔紧追不舍,赶上去照着图和布斯的脊背给了一斧。图和布斯双眼发黑,头脑发昏,差点儿跌下坐骑。萨波尔收起巨斧,趁势伸手抓住他战甲后摆一揪,当即拎到自己鞍桥之前,用铁绊子将他的四肢捆牢,绑在梢绳上;用鞭柄又勾起他坐骑的缰绳抓在手里。这时,洪古尔也捆好乌尔图查干,挑在长枪尖上赶来与萨波尔会合。

赤胆雄狮洪古尔与铁臂勇士萨波尔二人收拢起跑散了的万匹豹花马,继而赶到明彦坐骑身旁,将伙伴明彦解下来,抱在怀里轮番亲了又亲吻了又吻。洪古尔哭泣着道:

"没因你是个孤儿,忘记了你!"

萨波尔接着道:

"我们享清福,你却吃了苦!"

三人抱在一起,悲喜交集,互吐衷情,回首往事,不无感慨。

随后,他们叫来被捆绑着站在一边的阿拉坦可汗那两个宝通,命令:
"你们俩徒步随在马群后走好啦!"

这样,世间美男子明彦等三位勇士跨上坐骑,赶着万匹豹花马和两个俘虏,昼不停蹄,夜不投宿,不一日,来到圣主江格尔金碧辉煌的大殿门前。明彦等三人走进大殿,向圣主江格尔请了安,解开两个俘虏的捆绳,并禀报:

"除了那万匹豹花马,我们还带来了这么两个俘虏。"

乌尔图查干与图和布斯二人,惧怕英名盖世的江格尔的威严,连连顿首求饶:

"圣主江格尔啊,您若肯容纳我们二人,我们愿在征战时做您的铠甲,旅途中当您的坐骑,在异邦充当您的耳目。"

圣主笑了笑道:

"我虽然身为可汗,但不可独断专行。手下还有十二勇士,你们二人

去问问他们吧!"

土厥国的两个俘虏,走到十二勇士之前,恳求:

"我二人愿做圣主江格尔属民,就请诸位容纳我们吧。"

十二勇士面露笑容,首肯了。铁臂勇士萨波尔起身走上去:"对求饶的人,我们只能赐给这种洪恩!"说着,在二人的右脸上分别打上本巴火印。并告诫二人:"回去告知你们阿拉坦可汗,别忘记年年给圣主江格尔进贡!"说完,从那一万匹豹花马中分出一半给了他们。

被释放了的图和布斯与乌尔图查干二人,向圣主江格尔和十二勇士叩头谢了恩。随后,退出宫殿跨上各自坐骑,驰向自己故乡土厥国。

从此,本巴乐土像太阳般灿烂,如鲜花般美丽,人们沉浸在无限欢乐之中。

『第六章』美男子明彦偷袭阿拉坦可汗马群

第七章

 洪古尔历险娶亲

一

在圣主江格尔那有六十六个角、飘扬着八十八面如意佛幡,七千根立柱的金碧辉煌大殿里,十二名勇士、八千名宝通举行盛宴。众人畅饮美酒,尽情地歌唱,度过了六十日,又延续了八十天。

欢宴中,十二名勇士向圣主江格尔禀奏:

"赤胆雄狮洪古尔年已一十有七,应该成亲了。"

圣主江格尔捋着燕翅般胡须,眨着乌黑双眼,欣然同意众人提议,并道:

"这回,我要亲自出马,为洪古尔找个贤淑美貌的姑娘。"

"是谁家的姑娘?"大家异口同声地问。

江格尔回道:

"是通布·巴嘎尔可汗的女儿。"

那时节,在日落的西方,有一位通布·巴嘎尔的可汗。这位可汗有一小女,名叫托布尔沙拉·那钦。圣主江格尔早就听说这位姑娘姿色美丽,身材苗条。眼下,圣主决定把她娶来给洪古尔做妻子。

右翼首席勇士白音贡格·阿拉坦策基听了江格尔的主意,便起身进谏：

"圣主,可不能给洪古尔娶这个姑娘!"

"老伯,为啥?"众勇士、宝通不解地问。

多年之前,阿拉坦策基亲自出发征讨锡来河三个可汗时,途经通布·巴嘎尔可汗领地。当时他隔着三十六层玻璃,望见这位可汗的水晶宫中有一个三岁小姑娘,手里不时还调配着九十九种绣花丝线。发现她外貌虽犹如天仙,内里却像个妖精。

江格尔见阿拉坦策基对这门亲事持反对意见,显出不高兴的样子,劈头质问：

"你凭啥否定我首肯的事儿?"

"圣主有所不知。这个姑娘长得一副爱说三道四、挑拨离间、搬弄是非的嘴脸,万万不可娶她做洪古尔的妻子。"

江格尔大发雷霆：

"你原先是一位未卜先知,明辨是非的哲人,而现在你却牙齿稀疏,满嘴唾沫,成了老糊涂虫。给我滚开!"接着向仆人下令："我的主意已定,非把那姑娘娶给洪古尔不可。快给我鞴马来!"

阿拉坦策基忍辱又劝阻一番,仍未奏效。圣主江格尔决意前行。

马夫宝日芒乃跑到茫茫的大草甸子,从清凉的泉水边,抓回来赤兔马,鞴上了鞍子。

圣主江格尔跨上坐骑,带上额尔和·图克之子世间美男子明彦启了程。二人驱马沿金碧辉煌的大殿从右绕了一周后,照坐骑的肚带后面狠狠抽了几鞭,刹那间,马儿像离弦的箭,又如飞冲的鸟疾驰而去。

江格尔与明彦二人相继跨过无垠的莽原,绵绵的峻岭,不一日,登上一座叫阿木亥的黄沙岗,举目一望,只见通布·巴嘎尔可汗的金黄色宫殿,巍峨地坐落于那遥远的天际。二人翻身下马,放开坐骑,让它们吃了个饱喝了个足。抓回来后,又吊拴了几日便上了路。他们纵缰奔呀、颠呀,一日,驰进通布·巴嘎尔可汗领地时,迎面赶来许多孩童,向江格尔请安：

"圣主江格尔,请在这里歇息歇息再赶路吧!"说着把江格尔二人扶

下了坐骑。

原来，这是通布·巴嘎尔可汗得知圣主江格尔驾到，派遣众臣弟子前来迎接的。

圣主江格尔与美男子明彦落座于黑缎垫子后，向孩子们问了好，便饮起茶酒吃起佳肴。过了一阵儿，有位大臣的儿子上前跪下，禀报：

"我们可汗听说圣主驾临，专派我们迎接。"

"多谢你们的盛情！"言罢，江格尔又与孩子们寒暄了一会儿，同明彦跨上坐骑启程，驰向通布·巴嘎尔可汗宫殿。沿途中，人们看到江格尔与明彦，亦兔马与银合马，九不咋古赞美："是什么样的母亲生育了这般英俊的男儿，是什么样的骒马养出了如此健壮的神驹！"圣主江格尔与美男子明彦从院落和奴仆住地之间穿了过去，径直来到金黄色大殿之前下了马。一些宝通与伊勒顿从各方急忙跑来，接过了缰绳。

江格尔走入宫殿，落座于通布·巴嘎尔可汗那八条腿的金椅，明彦尾随跟进，在右手勇士中间就座。

两位可汗互相请安，彼此寒暄之后，佣人摆出了丰盛的酒宴。席间，圣主江格尔提出结亲之事。通布·巴嘎尔可汗听后，十分满意。经过双方商议，为洪古尔与托布尔沙拉·那钦二人订下了这门美满的亲事。

圣主江格尔在亲家通布·巴嘎尔可汗这里宴饮了二十五日后，留下美好的祝愿，与明彦踏上归程。

二

圣主江格尔带领美男子明彦，赶了七天的路，回到了故乡。他一走进金碧辉煌的大殿，便当众宣布喜讯：

"洪古尔娶亲日子不远了，大家快着手准备婚宴诸事吧！"言罢，又叫来哈日嘎岱的儿子射手哈日吉灵，下旨：

"西南方有麦白彦、麦岱白彦、索白彦、萨朝白彦等四大富户。你马上启程，到他们那里取来婚宴上所需的马奶酒和酸乳汁！"

射手哈日吉灵接旨，前往那四个白彦处，征收五千桶马奶酒与酸乳汁,用八百峰骆驼驮了来。

圣主江格尔命令三十五个闲散宝通为洪古尔搭造一座洁白的毡包。这些宝通奉命又叫来一些奴仆与各种工匠,不一会儿,便搭起了一座从有声之处可瞭得见的雪白大毡房。

接近婚期,圣主江格尔令射手哈日吉灵与美男子明彦,带上盛宴中所用的哈达和银碗,领着新郎以及十二名勇士、八千名宝通去迎亲。其后跟随着五百匹骏马和驮着彩礼、奶酒的队伍。这支浩浩荡荡的迎亲队伍,一日赶到通布·巴嘎尔可汗金黄色大殿门前。他们卸下彩礼,与主人互相请安问好后,走进了大殿。通布·巴嘎尔可汗令手下人用奶酒酿成阿日滋,以阿日滋酿成胡日滋,又用胡日滋制成烈性美酒,举行了二十五天的盛宴,在幸福欢乐的气氛中,为赤胆雄狮洪古尔与托布尔沙拉·那钦完了婚。

成婚三天之后,通布·巴嘎尔可汗之女托布尔沙拉·那钦心中产生了另一种欲望:"这人世间究竟还有没有比自己夫君洪古尔更漂亮的男人?"她坐在房里正思谋这事儿时,隔着玻璃窗户,突然望见美男子明彦骑着银合马从门前走过。眼见他那一表人才,姑娘春心欲动。急忙从毡房中走出来,拦住明彦调情交欢。可美男子严厉斥责了她的不忠贞,愤然离去。

嫁到本巴国后,托布尔沙拉·那钦依然恶习不改,不但在邻里之间搬弄是非玷污本巴国的声誉,还继续放荡不羁调逗异性。夫君洪古尔发现她这种种不轨行为,心中十分恼怒,痛苦异常。

一天夜里,洪古尔心神不安入睡后,梦见有一位白发苍苍的老翁走来,向他说:

"洪古尔啊,在希贺尔山的山麓居住一位双鬓染霜的可汗,名叫占布拉。这位可汗有一个既贤惠又漂亮的姑娘,名叫珠拉赞丹,你何不娶她为妻呢!"言罢,老翁不见了。

接着又走来一位美丽的姑娘。她手中端着一个木盘,盘里还盛满五种佳肴,领着五百个仙女,到了洪古尔跟前说:

"洪古尔,你还犹豫什么?你那妻子托布尔沙拉·那钦,日后一定要

败坏你家门风!"言罢,向洪古尔的右脸打了一巴掌,便带上仙女们飘然而去。

洪古尔从梦中惊醒,外面百鸟欢叫,已经是黎明时分了。

他急忙起身穿好衣服,出去鞴好马,返回洁白的毡房,取武器时,托布尔沙拉·那钦仍赤条条地躺在那里睡大觉哩。洪古尔见后,气不打一处来,当即拔出宝刀,将这个败坏名声的坏女人拦腰砍成两截,径直走出毡房,跨上菊花青,悄悄离开圣主江格尔官苑,去寻找梦中的境界。

二

赤胆雄狮洪古尔疾速飞驰。那力能驮山,奔跑如飞的菊花青,四蹄变为钢铁,鬃毛成为翅膀,朝上往下跳跃一万八千下,鼻孔吐出的气吹开蹄下的草丛,直奔前方。从闪闪发光的长鬃,带起铮铮的琴声;由既粗又长的秀尾,甩出悦耳的笛音;四蹄刨起的泥土。堆成一座座山峦。奔跑了一年的时光,转眼间到了翌年春天。一日,洪古尔越过无垠的荒野,爬上一座银白色的山冈。用三岁雄鹰般的双眼眺望三年里程之遥的远方,那拥有亿万属民与奴隶的保通·陶力盖可汗的辽阔领地映入眼帘。

这时,保通·陶力盖可汗正在大殿之中,聚众举行着盛宴。赤胆雄狮洪古尔飞马赶到宫殿前,跳下坐骑,将菊花青拴在三根桩子上,径直步入宫殿,向保通·陶力盖可汗请安:

"可汗阿爸,您一向安好!"

保通·陶力盖可汗眼瞧着走进来的这位英俊少年。面露着喜色问:

"不知这位脸上发光,眼中有神的少年,从何处来,到哪里去?"

洪古尔一一介绍了自己的领地与身世。

保通·陶力盖可汗听后十分欣慰,便命令仆人:

"快给这位少年端来最美的奶食,最甘醇的酒!"

仆人应声端上奶食、肥肉、美酒,对洪古尔道:

"兄弟,请享用。"

洪古尔不分昼夜赶路,此时,确实有些饿了。他大口地吃着盘中的肉,充了饥;把敬来的酒,一气喝了七十海碗,接着又饮进八十海碗,解了渴。这时,洪古尔酒劲上涌,开始嘴里冒火,胃里发烧。可一看时候不早了,便辞别保通·陶力盖可汗,出了宫殿,向坐骑走去。

保通·陶力盖可汗有一个女儿,名为宾巴白彦。她见洪古尔将欲启程,便急忙跟了出来,拦住去路道:

"可汗般英俊的哥哥啊,请在我家住一宿,咱们好好快活一番再走,好吗?"

赤胆雄狮洪古尔听了姑娘这般拨撩心儿的话儿,并没有动情。他以鄙视的口吻严厉斥责道:

"见美酒便喝,遇好男人就拉住不放,你是个啥姑娘!我决不会上你的当!"言罢,跨上菊花青驰去。

四

一日,赤胆雄狮洪古尔赶到那拥有无数属民和绿油油的一片夏营地的芒肯杰可汗领地。这位可汗生有一女,名为玛尼哈日,姿容犹如仙女。与可汗之地毗邻的地方,居住着一个有三十五颗头的三岁黑魔。这个魔鬼见玛尼哈日姑娘长相标致,身姿婀娜动人,一心想要娶她为妻,天天赶到芒肯杰可汗宫门前放射一支雷箭,以示威胁。

洪古尔赶到芒肯杰可汗宫门前,跳下坐骑,把菊花青吊拴好,并套上羁绊。他又整整衣襟,大步流星走去,拉开那十五道门,进了宫殿。

这时,芒肯杰可汗犹如十五的皓月端坐在那里,在众勇士的陪伴下饮着酒。洪古尔上前请安:

"可汗阿爸,您好!勇士好汉们一向平安!"言罢,找了个位置落了座。

芒肯杰可汗问道:

"小伙子啊,你家居何方,信奉何种教义,上司是哪一位,为谁人之后?"

87

『第七章』洪古尔历险娶亲

洪古尔略欠了欠身子,答道:

"家居本巴故土,诺彦为江格尔可汗。本人是力气过人的忽珠拉·阿拉德尔可汗曾孙,勇猛无敌的图布信·锡日克嫡孙,大力士孟根·锡格希日克独生子;生母名为希勒台·赞丹格日勒。世人称我为赤胆雄狮洪古尔。"

芒肯杰可汗听了这位勇士的身世,便令仆人:

"看得出,这是一位从遥远的地方闯过敌人一个个营垒,成就大业、彬彬有礼的年轻人。快给他端上最美的奶食,最甘醇的酒来!"

仆人们应声端来食品与美酒。赤胆雄狮洪古尔酒足饭饱后,从荷包里掏出洁白的哈达,奉献上去,开言问:

"可汗阿爸,请赐告占布拉可汗的驻地在何方?"

"孩子啊,你到那里干什么?"可汗问。

"我要与这位可汗名为珠拉赞丹的姑娘成婚。"

芒肯杰可汗听了对方问话,没有即刻回答。沉思了一阵儿,向洪古尔谈起了那三十五头三岁黑魔为抢占其小女,每天前来如何欺侮、威胁他的事儿,并恳求洪古尔设法除掉这个恶魔。洪古尔饮了大量酒,本来就嘴热心烧,此刻一听竟有这等事儿,气得瞪圆双眼,十指攥得咔咔响,立马抄起了身边的武器。

这时,外面忽然刮起了大风,天地之间尘埃弥漫,那个三岁黑魔带领鬼蜮兵卒果真赶来了。赤胆雄狮洪古尔见后,跃身跨上菊花青,单枪匹马冲入敌阵,拎起前者击打后者。在厮杀中,他将迎上来的小妖魔,有的揪住脖子甩在立柱上,有的掠起腿部击在墙上,杀出一条血路,径直向那三十五头黑魔奔去。对手相见,分外眼红,二人你砍我挡,厮杀了好一阵儿,不见高低。当黑魔空刺一枪驰过时,洪古尔趁势上去连砍几剑,把对方三十五颗头砍下来,用枪挑下他的身躯,用大火焚炼后,压在一块卧牛石下。

芒肯杰可汗眼见他除掉了可恶的黑魔,万分高兴,便当场决定将自己小女嫁给洪古尔。可洪古尔的心思仍在占布拉可汗的女儿珠拉赞丹身上,没有答应这门亲事儿。芒肯杰可汗无奈地说:

"看来你的身躯还未长硬,血液还没有变浓呢。"他叹了口气,接着说:"那白发苍苍占布拉可汗的女儿珠拉赞丹的住地,可不好去啦。她住在无底海子中一个孤岛上,我担心你在去孤岛的半路,会沉溺于无底海水中,成为鱼饵呢。"

芒肯杰可汗的话,一点也不假。占布拉可汗女儿珠拉赞丹果真住在那个海岛上,用些紫檀树枝架起一个小房,以供自己居住。去那里,确实比登天还难,可洪古尔执意前行。

五

赤胆雄狮洪古尔纵缰奔驰,跑了一年又一年。一日,赶到有嘴人难以言状,有舌人无法形容的一条恒河岸边。他顺水走了十五日,逆水又跑了十五天,都未能寻到渡口。据说,英名盖世的江格尔在他年轻的时候到过这里,也没能渡过这条河。

洪古尔不知所措,正在犹豫之际,坐骑菊花青向主人开了言:

"你用檀木杆支住我两条前腿,我想试试跳过这条河。"

洪古尔依言,支起马的两条前腿,紧紧揪住其右侧腋窝,让坐骑纵身一跳,那菊花青犹如掷出的羊踝骨,扑通一声落入黑绿黑绿的激流之中。原来,菊花青还会水,它像一条蛇,不一会儿便游到了彼岸近处。坐骑驮着主人顺水游了十五天,逆水又游了十五日,可都没找到登岸口。洪古尔心生一计,他以箭杆支起马儿两条后腿,自己死死抓住坐骑长鬃,让马儿从水中向前一跃,那菊花青像是离弦的箭,"嗖"的一声落在恒河的对岸。

赤胆雄狮洪古尔翻身下马,眼瞧着菊花青瘦得两只眼窝里乌鸦能孵卵,两侧胯骨上能悬挂弓箭,不觉心痛起来。他取下马儿鞍子,摘下银辔,让坐骑到青青草甸子吃草,去清凉水泉饮水,自己躺在荒野上睡了觉。菊花青牧放了四天,增了四指膘,又牧放了六日,长了六指膘。它见自己恢复了元气,回到主人身边时,洪古尔伸展着四肢,光溜溜的还在睡大觉呢。菊花青生气地道:

"我的主人,这儿不是你的家,干吗这样坦然睡觉! 快起来吧!"它打着响鼻,接着说:"别说有人性的你了,就连吃草长大的我,心里还老惦记着北方本巴故乡呢。"

赤胆雄狮闻声,慌忙起身鞴上鞍子,跳上坐骑上了路。他纵缰驰过茫茫荒原,翻过皑皑雪山,飞马跑上一座山冈,极目眺望,只见坐落于希吉尔河北岸,背靠希贺尔图山麓的占布拉可汗那十层宫殿金顶,从日到中午的方向闪闪发光。洪古尔奔下那山岗,跳下坐骑,自己变做满头长疥疮的一个衣衫褴褛的小子,将菊花青变成一匹长癞的小驹。挠他的头顶,一下子会掉卜十几只蛆虫,一抓他那鬓角也能爬下五六只蛆虫。看上去,他头戴一顶皮帽,身穿一件獭皮衣,腰间扎有一条麻绳,是个十足的臭秃子。

变做臭秃子的洪古尔,"啪、啪"地抽打着变成长癞小驹的菊花青,正朝前赶路,途中跟一个放驼的老翁相遇。小秃子上前请安后,便问:

"老伯,这里是哪位可汗的领地?"

老翁答:

"这是占布拉可汗领地,我是他的放驼人。"

"老伯呀,我赶了好远好远的路。眼下实在饿得不行了,赏给一只小驼羔充充饥好不好!"小秃子恳求。

放驼翁听了十分生气:

"你这个臭秃子,真是有眼无珠! 我放牧的明明是五百峰公驼,你小子凭啥把它们说成是小驼羔! 有本事你给我杀一只公驼试试!"

小秃子松开马衔子,朝公驼群一声呐喊,散走着的骆驼即刻聚集到一处;又吹一声口哨,驼群一动不动静静地站在那里。

小秃子纵身冲进驼群,揪住一只公驼的额鬃,拖到一处宰掉,扒去皮,将它切开穿成肉串,笼起一堆火烤熟后,狼吞虎咽地吃了起来。

放驼翁眼见小秃子快吃完一只公驼肉,万分惊奇:

"嘿呀,你小子哪里是个秃子,比两个秃子还能吃! 不,是比二十个秃子还能吃的妖怪!"言罢,仰身倒地,放声哭了起来。

小秃子拿驼肉填饱了肚子,安慰放驼翁一句:"您老先别难过!"随即从身后拔来一把青草塞进那公驼皮子里，口中悄悄念了几句咒语，使公驼起死复生，又把它赶进驼群里去。

抓着脖子、挠着额头痛哭流涕的放驼翁见后，心里无比喜悦。小秃子跨上癞驹道：

"老伯，谢谢您了。祝您老人家平安长寿！"言罢，驰向远方。

秃小子朝前奔驰时，路上又遇到一个放牛翁。他翻身下马，上前请安：

"老伯，您好！"

放牛翁问道：

"孩子啊，你是谁家的儿子？从哪里来？到哪里去？有何志向？"

秃子笑了笑，便说：

"老伯啊，我是个走到哪算到哪儿、没啥志向的流浪汉。遇上恩赐多一点，笑脸相迎的人家住一宿，碰上给的少一些、不甚欢迎的住户，打个尖便走……"

放牛翁当听至"我想给没有儿子的人家做个儿子，给有儿子的人家当个佣人"的这句话，十分高兴，便道：

"我家里只有我们老两口，身边无子女。你做我们的儿子，好吗？"

"我本来就无家可归，二老若肯接收我，真是感恩不尽。"

放牛翁见小秃子同意当他们的儿子，就将他领回了家。

这是一户较为贫困的人家，住着一座刮风时不用扇子，夜间升起月亮不用灯的没有围毡的黑毡包。老婆子见老头儿领来一个衣衫褴褛面容难看的小秃子，怨声怨气地说：

"没有儿子一样过，没有女儿照样活。你要这么个秃子干吗？快把他赶走！"

小秃子听后，哭泣着走了。老汉急忙向老伴解释：

"他虽是个秃子，可脑子却很聪明。"

老婆子听后，着急追出去，拉住他的手说：

"额吉我生来就是急性怪脾气，你可不要介意。"说罢，把他抱在怀里，吻着他的双颊。

随后，老婆子把小秃子领到家中，给他做饭吃；老头子将他那生癞小驹牵到河畔草甸上放牧。

第二天一早，小秃子赶到一处深山老林，射猎回许多野鹿，煮熟一锅，让二老吃个饱，将剩下的切成肉条，晒成肉干。忽然，从门外传来马蹄声，有人高声大喊：

"明天可汗要举行喜宴，请届时前往！"

小秃子不解地问：

"阿爸呀阿爸，这是个啥人？为啥可汗要办喜宴？"

老汉解释道：

"占布拉可汗有个独生女儿名叫珠拉赞丹。前些日子，魔王的儿子布和查干与这位姑娘定了亲，明天或后天，男方将送来彩礼。前来传令的那个人是可汗的守门官，名为宝日芒来。"

小秃子听后，没有吭声。

次日大早，老汉喝完茶，打点给可汗女儿喜宴送去的礼物时，小秃子

也要跟着去。老汉心想："他这个模样，怎能往那种场合带呢。"便劝道：

"那是大人集聚的场合，你小孩子家就别去啦。"

小秃子一听不领他去，立马面朝下躺在地上泣不成声。老婆子是个软心人，见孩子哭泣，便求老头儿：

"就让他去吧，也好让他见识见识。"

老汉无奈，领上小秃子向可汗宫殿走去。

这天，把守可汗宫门的宝通叫哈日尼杜。他见有两人一前一后走来，打开门只放进了老汉，却把小秃子拦在了门外。小秃子哪里咽得下这口气，便挣扎着破口大骂：

"我进过好多可汗的宫殿，他们的宫门前都爬着一只黑狗，可我从来没见过你这样的黑狗！"

哈日尼杜宝通气乎乎地推了推小秃子，也还了他一句：

"恶棍的话比野葱还辛辣。你给我滚开！"

小秃子恼羞成怒，上去一把揪住哈日尼杜的大腿，朝后一甩，一下子把他抛出十五步远。随后，他拽开可汗宫殿的七十道宫门，径直走了进去。只见白发苍苍的占布拉可汗居中，其身旁坐着一位双肩之间能并行两辆牛车，脑袋大如天窗，具有海碗般一双眼睛的巨人。这巨汉不是别人，正是占布拉可汗女儿珠拉赞丹未成婚的夫婿、那魔王的儿子布和查干。小秃子透过肉皮端详他的筋骨，从帽子之外仔细数了数他的头发，发现这个巨人的力气要比自己大得多。心想："这回可遇上了个劲敌！"

占布拉可汗见宫里进来一个其貌不扬的小秃子，想奚落一番，便道：

"俗话说，花斑马跑得不快，应割掉它四蹄，秃小儿不会讲幽默故事，要砍下他脑袋。站在门口的那个秃小子，你懂得史书吗？"

小秃子也不示弱，答道：

"懂得不多，多多少少能讲几句。"

可汗下令：

"那你讲讲看！"

于是，小秃子从北方本巴乐土如何美丽，圣主江格尔又如何英明说起，一直到他手下诸位勇士、宝通如何威武，自己又如何英勇，整整讲了

三天三夜。

席间的众人听了小秃子的讲述,增长了见识,脸上露出喜悦神色,个个赞不绝口:"原来,本巴乐土如此美好,江格尔可汗这么英明,赤胆雄狮洪古尔又那样英勇!""若是咱们可汗美丽的女儿珠拉赞丹姑娘同那位洪古尔勇士成亲,该有多好!"银白发的占布拉可汗听了小秃子的讲述也改变了态度,十分高兴地命令佣人:

"重重奖赏这个讲史书的小秃子,送他一匹上等坐骑。"

守门勇士宝日芒来领着小秃子来到吃青的马群之旁,计八千匹良骥一个个从他前面鱼贯而过,任其挑选。可小秃子一匹也没有相中,只看了最后走来的那匹由脖颈到尾巴长着一身癞疮的栗色马。他上去用缰绳套好,牵在手里。

围观的众人见后纷纷议论:

"真是个没福气的人,口里塞不进指头哟。从八千匹良骥中竟挑不出一匹像样的,而看中了这匹癞马!"说着,各自散去。

而小秃子不理睬众人议论,牵着那匹满身是癞的马儿,回到收养自己的老两口家。没过几日,可汗传令兵前来令他去宫中给伙房帮灶,小秃子接旨赶去当了佣人,干起了拾柴、担水、烧火、打扫庭院等一些杂活儿。一日,他从野外背来老大一堆干柴在庭院一放,劲头足,一下子震得厨房左右摇晃,锅里的汤汤水水全溅了出来。可汗五百名厨工眼见这一情形,个个惊奇不已:"这个小秃子力气可真大,法术也不小!"

几天后,魔王之子布和查干送来了小喜筵所用的奶酒与肉食。小秃子见后,怀里悄悄揣上两个布袋和皮袋,走到布和查干身边问:

"你为这次喜筵带来多少酒与肉?"

对方答:

"好肉,八十个骆驼驮子;美酒,足够七十个骆驼驮子。"他不觉一怔,反问:"你小子问这些干什么?"

小秃子一听,拍着大腿哈哈大笑起来。布和查干有些莫明其妙,便反问:

"你笑什么?"

"吃吧,不够一口;喝吧,不够一碗;装吧,不够一口袋;倒吧,不够一壶。弄来这么点儿东西,还扬言要办什么喜筵,你不嫌丢人吗!"小秃子说完,还是笑个不停。

布和查干虽然遭到了侮辱,可并没有示弱:

"我带来的肉装不满一口袋,带来的酒盛不满一壶,愿蒙受这奇耻大辱;若是装了一口袋还有余,盛了一壶还有剩,你小子倒要想想自己的后果!"

"那好,请往里装吧!"小秃子说着从怀里掏出一个口袋,双手张开了口子。

布和查干把为办喜筵而驮来的肉,一骆驼一骆驼赶了来卸下往那袋子里装。肉放完了,可口袋还没有满。

"就这么一点点吗,还有没有啦?"小秃子说着,背起袋子放到一处。随后,从怀里又掏出一个背壶,拿到对方面前,便道:"往这里倒酒吧!"

布和查干没好气地赶来驮酒的驼队,把酒卸下来往那壶里倒。酒全部倒完了,只灌了半壶。小秃子拿在手中左右摇晃,还从里面发出咣啷咣啷的响声呢。

布和查干羞得无地自容,便开口向小秃子求情:

"别声张这件事了,你悄悄把这些酒与肉带走好啦。"

小秃子嘟哝着:"不一盘盘地吃肉,不一碗碗地喝酒,肚里不满,口中不发烧,还算酒宴吗!"将那一口袋肉一背壶酒驮在马背上返回家中,全给了收养他的两位老人。

布和查干被弄得羞愧难容,但不服气儿,站在那里直搔后颈,唉声叹气,目送着小秃子远去。

六

住在海岛上的占布拉可汗之女珠拉赞丹,听说北方本巴国圣主江格尔,派人四处寻找偷偷出走的赤胆雄狮洪古尔。一日,她将看相姑娘查干叫到用紫檀树枝搭起的居室里,吩咐道:

"多日不见可汗阿爸、夫人额吉了。你去代我向二老请个安,好吗?"沉思了一会儿,接着说:"回来时,以我听讲书为由,把那个被放牛翁老两口收养为子的秃小子领来。"

看相姑娘查干接旨前行。不一日,来到占布拉可汗宫殿,向可汗夫人请了安后,并禀奏:

"我的主人想听书,叫我领去那个挺会讲故事的小秃子。不知可汗是否恩准?"

可汗阿爸与夫人额吉哪里忍心回绝心爱女儿的请求,便派人叫来那位用大山也难以打倒的守门勇士宝日芒来,吩咐:

"给我找来那个小秃子!"

宝日芒来领旨赶到放牛翁的家,小秃子不在。他正驱马四处寻找时,小秃子骑着那匹生癞马儿迎面赶来。守门勇士宝日芒来没好气地劈头质问:

"占布拉可汗女儿珠拉赞丹叫你去说书,你小子跑到哪里去了? 让我好找!"言罢,踢了他一脚。

小秃子也不相让,狠狠回敬了对方一鞭。当宝日芒来拔出宝剑正欲回击时,小秃子早已纵缰驰去。

满头银发的占布拉可汗,见小秃子走进宫殿,便道:

"路上没碰上宝日芒来吧! 若是让他追上,一定狠狠挨上他一斧。这会儿来了还算你小子走运。"说完,手扶右膝嘿嘿地笑起来。

不一阵儿,守门勇士宝日芒来气呼呼地赶来道:

"可汗阿爸,别看他长相丑陋,实际上可不是个等闲之辈哩。让我们二人比个高低怎么样?"

占布拉可汗欣然一笑:

"小秃子啊,不怕你们两人去宫外比试比试吧!"

两人走到宫外,卷起鹿皮裤腿,挽起公羊皮袖口,扭在一处正欲摔跤时,围观的众人上前纷纷劝阻宝日芒来:

"跟这样一个小家伙摔跤,你不怕丢人! 快放开他吧!"

宝日芒来正在气头上,哪肯罢休:

"这小子老跟我过不去,这次非给他一点厉害看看不可!"

二人彼此拦腰抱住,互相踢腿打绊摔了起来。没过一会儿,小秃子便将宝日芒来的脑袋塞进沙包里,四肢朝天,一个劲地猛打猛捶。满头银发的占布拉可汗见后,慌忙走上去阻拦:

"好啦,好啦!这才叫做战袍里的好汉,鞍子下面的良骥。小秃子啊,我女儿珠拉赞丹想听你讲故事呢,快去吧!"

小秃子撒手放过对方,整了整衣服,随着那看相姑娘查干走去。二人赶到了那无底海岸,查干姑娘对小秃子说:

"这个海子又宽又深。先前有十五位可汗的儿子,为迎娶咱们珠拉赞丹姑娘前来,都没能渡过海子而死于非命。这回就看你了!"

小秃子朝海水一望,底下果真躺着好些死尸。

看相姑娘抿嘴一笑,又说:

"你以为我没看出你吗!我一眼就认准你是北方本巴国英名盖世江格尔可汗手下名将赤胆雄狮洪古尔。这回我不带你过海,你照样会成为鱼饵。"

小秃子听了查干姑娘这番话,就发了脾气:

"原来你是个狂妄的臭姑娘,竟说些什么!你想威胁我,世上男子多的是,别打我的主意!如何渡海,我自有办法!"

看相姑娘查干窘躁不堪,无言以答,默默站在那里。小秃子跃身跳入海子,正在没人深的水中艰难行走时,海水突然向两边闪开了。他顺着这裂开的水缝子走去,只见彼岸站着一位美丽的姑娘。她不是别人,正是洪古尔梦寐以求的珠拉赞丹姑娘。姑娘从黑缎袍子里掏出一庹长洁白哈达,将一头扔了过去。此刻,小秃子见了心上人,高兴之余,摇身一变恢复了洪古尔原来的模样,拽着哈达一头登上了岸。

珠拉赞丹姑娘急忙迎了上去请安:

"你一路上辛苦了!"

"还算顺利。"洪古尔拧着衣襟的水回答。

姑娘把洪古尔引进自己小木屋,接着说:

"昨夜我做了个梦,想叫你解释解释,才派人请来了你。"

其实,赤胆雄狮洪古尔早在梦境中与珠拉赞丹姑娘见过面。先前,圣主江格尔做主,给他迎娶通布·巴嘎尔可汗女儿托布尔沙拉·那钦为妻时,珠拉赞丹领着五百名仙女赶到洪古尔新房,曾告知他这个姑娘外表虽像个婀娜多姿的美人,可内心里却藏着淫荡的东西。

珠拉赞丹姑娘抿嘴笑了笑,又说:

"你可曾记得,有个姑娘打了你右脸蛋一巴掌,使你惊醒的事儿吧!"

洪古尔听了十分害羞:

"记得,记得。"

"那姑娘就是我呀。"

"其实,我们俩早就相识了。"洪古尔说着入了座,喝起姑娘端来的茶,催促她道:

"那讲讲你梦中的事吧!"

原来,珠拉赞丹姑娘昨夜入睡后,梦见英名盖世的圣主江格尔带领以十二勇士为首的虎将和闲散的三十五个宝通,到各处寻找洪古尔。他们翻江倒海,寻遍了四十三个湖泊与海子;上天堂下地狱,查遍了所有角落;纵缰跑完七十位可汗领地,走遍人世间所有地方都未见洪古尔的影子。一日,圣主江格尔等人,来到我阿爸占布拉可汗领地境内继续寻找。珠拉赞丹姑娘接着讲:

"走在最前面的是一位骑赤兔神驹,头有天窗大,留着燕翅胡须,长着一副红面孔的大汉。这人高声大叫着:我的赤胆雄狮洪古尔,十七岁出去。谁人能告知他的下落,我愿赏给他自己领土的一部分。他的喊声好吓人,震得地动山摇。你说,这是谁?"

洪古尔不假思索地答道:

"这还用问,他就是成为上界七洲梦幻,下界七域希望的世间英主江格尔呗!"

珠拉赞丹继续说:

"跟随圣主其后的是骑着一匹风速枣红马,双眼足有碗口大的一位老将。他口里喊着:谁人知道那在驼羔时就扬名四方的小骆驼的下落,我将赏给他七袋子黄金!你说,这人是谁?"

洪古尔回答：

"他就是在我们北方本巴国因智慧而闻名于世,圣主江格尔右翼首席勇士阿拉坦策基老伯。"洪古尔笑了笑,接着说:"我们的圣主江格尔手下有十二名勇士,三十五名闲散宝通,八千个骁将。这么多英雄,你是无法认准说清的。还是我来拣那些有名气的给你介绍几个吧。"

随后,洪古尔像讲故事似的讲开了:

右翼第二位勇士是身有九庹高,生有九拃长獠牙,骑匹黄骠马的通布·希日格可汗长子猛虎将阿拉坦·阿日干。

他手下是额日和图克可汗之子世间美男子明彦,是一位受人尊敬的颂其。他那银制耳坠一闪一闪拍打着脸庞,齐耳的鬓发随风一颤一颤;红润的面颊显得异常丰满,满口白牙时常咬得咔咔响,乌亮的双眼晶晶闪光。

明彦下面是长有铁锹般大牙,青石般坚心,臂力过人的铁臂勇士人中鹰萨波尔。

左翼首席勇士便是我洪古尔。我是呼珠拉·阿勒德尔可汗的后裔,道格信·希日格的嫡孙,生父为大力士孟根·锡格希日克。

我手下是展身端坐足占五十个人的位置,缩身屈坐也能占二十五个人座位的巨人库恩伯。

他下面是骑着匹黄象驹,从未败在有名有姓人之手,吉雅其·阿勒德尔可汗之子额尔和·哈日尼杜勇士。

其次是素有神箭手美称,扬名于七十个可汗领土,哈日雅岱可汗之子哈日吉灵勇士。

再次为通事贺·吉拉干。他讲汉语滚瓜烂熟,使听者为之惊奇;讲起俄语口若悬河,让对方为之叹服。

接下去是骑着白沙马的宝日芒乃,飞毛腿赛力罕·塔布克等诸人……

洪古尔介绍到这里便收住了话题,道:

"还有许许多多勇士、宝通和依勒顿,我就不一一说了。"

珠拉赞丹姑娘仍不满足,还想听下去,便逼洪古尔道:

"再给讲几位好吗?"

"你那可汗阿爸有令,只叫我讲半天,现在期限已到,我该回去了。"洪古尔交代罢,就起身告辞。

珠拉赞丹姑娘随后跟了出来,祝福道:

"祝你一路平安! 愿咱们有幸再会!"回过头来又让看相姑娘查干引路护送洪古尔。

<h1 style="text-align:center">七</h1>

赤胆雄狮洪古尔渡过那海子后,自己又变做小秃子,把坐骑变为生癞小驹,回到牧牛翁老两口家。

当日晚上,他怀着愉快的心情进入了梦乡,正安安稳稳睡大觉时,圣主江格尔一声呐喊惊醒了他。小秃子猛然睁眼一瞧,已经是百鸟齐鸣的早晨了。

他慌忙起身跑到黑毡包外面,举目四处眺望,在那满头银发的占布拉可汗领地西北方,卷起白色尘埃,只见尘埃之下有几个模糊不清的影子。再仔细一望,是几个骑马的大汉迎面驰来。待这伙人奔到不远处,小秃子才认出他们正是圣主江格尔以及他所率领的十二勇士与三十五个宝通。看上去赤兔神驹瘦得胸膛里没有脂肪,骨骼里没有髓液了。而圣主江格尔本人衣服后襟被风吹破,前襟让太阳晒烂了。

原来,圣主江格尔他们为寻找赤胆雄狮洪古尔,已各处奔波多日。日前,他们赶到满头银发的占布拉可汗宫殿门前,询问洪古尔的下落。并言明告知洪古尔如今在何处,便答应给他割让一部分领土。可占布拉可汗却回答:"你说的这个人,我没见过!"

圣主江格尔格外喜欢赤胆雄狮洪古尔。可以说洪古尔是本巴国亿万属民的壁帐,是千百个勇士、宝通的顶梁柱。圣主江格尔见他出走多日,没有踪影,心里不无埋怨:"洪古尔呀洪古尔,你是咱们本巴故土未烧开的肉汤,是没酿好的阿日滋酒。为了那么一点点小事,竟然快快不快地离去!"

圣主江格尔听了占布拉可汗的回话,心中泄了气,无心再继续寻找了,便对随员们道:

"咱们回去吧。像洪古尔这样的勇士,洪福齐天的北方本巴乐土一定会再出生的!"

阿拉坦策基老伯等诸位勇士听了圣主这灰心的话,纷纷劝道:

"咱们找不到赤胆雄狮洪古尔,咋向本巴家乡的父老乡亲交代!寻不到洪古尔,我们这些勇士、宝通就是死了,民众也不会原谅的!"

圣主江格尔听了大家的忠告,觉得也是。他叹了口气,便下令就地支起那住上七十个人也不显得拥挤的宽大的白帐篷,驻扎下来。占布拉可汗领地居民们见到后,个个赞不绝口:"是啥样的母亲养育了这帮英俊男儿?是啥样的骒马生出如此健壮的马儿?"

站在黑毡包前的小秃子,眼见这一情形后,回屋便催促放牛翁道:

"阿爸,您快去对那位骑着赤兔马的人讲,你要寻找的那个人,就在我家里!这样他会重重奖赏您的。"

老翁道:

"你不是说过,那个江格尔凶得很吗!我咋敢讲这话呢!"

老婆子也来劝道:

"你老头子怕啥,就依儿子的话去说吧!"

小秃子见老头儿说啥也不肯去,自己当下恢复了洪古尔的原貌,将生癞的小驹变回菊花青神驹。两位老人见了,立马咋了舌。

其时,阿拉坦策基老伯右耳一阵阵鸣响,他立即起身向圣主江格尔禀奏:

"我的右耳鸣个不停,似乎赤胆雄狮洪古尔在呼叫!"

一听这话,圣主江格尔与勇士、宝通们立刻起身,走出帐篷。他们各自跨上坐骑,卷起漫天尘埃,为寻找洪古尔驰去。

放牛翁见这伙人马奔来,急忙也骑一匹栗色花马,迎了上去。放开喉咙大叫:

"你们寻找的那个人,就在我家里!"

圣主江格尔与众勇士听到喊声,高兴雀跃,一起奔过去一瞧,原来是

一位满头银发的老者,便向他请安:

"阿爸,您好!"

放牛翁上气不接下气地说:

"你们寻找的那个洪古尔,来我家已经有七年光景了。"

圣主江格尔一行,为了寻找洪古尔渡过三条河流,越过七十座山,一路上不知吃了多少苦头,受了多少磨难。可你小子洪古尔竟像个没事儿人一样,在这里安然待了七年。圣主江格尔一想起这些,真有些不理解了。他既高兴又生气地大叫:

"我心爱的洪古尔,你这是在干些啥呀!"

这喊声从远处经过洪古尔的耳朵,传入了他脑海。洪古尔心里好不是滋味。人们说他有七十二种变术,八十二种魔法。此刻,他留下一种,拿出八十一种魔法,一下子使天空布满了黑雾。江格尔诸人一时分不清白天黑夜,不知走向何方。

趁此机会,洪古尔搭起个无任何绑带的白色毡房,随后又施展法术驱散了那些迷雾。当圣主江格尔他们发现一座毡房赶来时,洪古尔迎了上去,抓住赤兔马的缰绳,把圣主江格尔扶下了坐骑。十二勇士、三十五个宝通也相继赶来,个个跳下了马。此刻,洪古尔父亲大力士孟根·锡格希日克驮着好多食物也赶到。

伙伴与伙伴,父亲与儿子聚到一处,互相倾吐离别之后的衷肠,悲喜交集,欢宴了七天七夜。席间,圣主江格尔问洪古尔:

"这位可汗境内,有没有你所喜欢的姑娘?"

洪古尔答道:

"给我托梦的那位珠拉赞丹姑娘就在这里。"

圣主高兴地说:

"那就好!"

众人也应和着纷纷说:

"不管他占布拉可汗愿不愿意,非把她娶给咱们的洪古尔不可!"

102

八

其时,满头银发的占布拉可汗眼见这伙人花天酒地,待了七天还不走,便叫来一个名为博忽克查干的大臣吩咐:

"他们是一伙强盗还是一般平民,你去打听打听!"

大臣博忽克查干领旨前往。此刻,圣主江格尔也想早早办成洪古尔迎娶的事儿,返回阿尔泰故乡,便派出神箭手哈日吉灵和达林台·吉勒宾二人去向占布拉可汗求亲。

江格尔的两名使臣背上十壶阿日滋美酒、二十壶胡日滋美酒赶到了占布拉可汗宫殿。二人向可汗请安后献上哈达,提出了娶他的姑娘给洪古尔为妻的事儿。占布拉可汗低头默默无语;不一会儿,派出刺探情况的大臣博忽克查干也赶回来,向可汗传达了圣主江格尔提亲的事儿以及洪古尔本人真心爱着珠拉赞丹姑娘的诚意。可占布拉可汗还是没作答复。

去的两个使臣回来向圣主江格尔回禀了占布拉可汗的态度。圣主江格尔听后,说:

"为了洪古尔的婚事,我亲自去求求占布拉可汗。"言罢,他带上世间美男子明彦赶到占布拉可汗金殿。

二位可汗相见,彼此问好,互相请安后,江格尔问道:

"为结成这门拧也拧不弯,拽也拽不断的姻缘,我亲自专程前来与可汗商量,不知你意下如何?"

占布拉可汗听后,长叹了口气,答道:

"答应你们的求亲吧,惹不起魔王之子布和查干。叫姑娘珠拉赞丹嫁给布和查干吧,又怕你们不让。眼下,我真不知该如何处理这件麻烦事儿。"

江格尔解释道:

"我们这伙人既不是强盗,也不是游方僧,而为结成这门婚事儿,才从老远到了你们这里。"

这时，占布拉可汗心生一计，向江格尔道：

"唉！要不咱们三位可汗一起商议这样一个办法：叫洪古尔与布和查干二人比试赛马、摔跤、射箭三项技艺。在比赛中哪个领先，我就把女儿珠拉赞丹许配给谁，您看如何？"

江格尔听这老可汗的主意，觉得也有道理，便点头表示同意，说：

"那就派人去请来魔王吧！"

不一会儿，魔王赶来。听了占布拉可汗提意，也表示赞同。随后，又派人分头叫来了洪古尔与布和查干二人，当即进行了比赛。

当魔王看到洪古尔在射箭、赛马、摔跤三项技艺赛事中，均处于领先地位时，他正眼瞧着笑了笑，调过头悄悄地哭了，并说：

"圣主江格尔啊，还是您的福分比我大呀！"

言罢，领上儿子布和查干与随从回去了。

珠拉赞丹姑娘婚期临近，可汗阿爸派人将她叫回宫，与夫人一齐问：

"儿呀，我们决定把你许配给本巴国的赤胆雄狮洪古尔，不知你意下

如何?"

"孩儿听从阿爸额吉的决定。"女儿珠拉赞丹低着头回答。

"出嫁时,你不想要点啥吗?"

"阿爸、额吉",她略微思索了一下道:"放在枕头边的那个黄色金盒,还有那峰七年未生羔的褐色母驼,把这两样东西恩赐给孩儿好吗?"

汗父与母后听后,二人扭过脸去哭了,稍后又转过头来笑笑,赐给了女儿所要之物。

圣主江格尔先派出世间美男子明彦与额日哈尔宝通二人飞马给家里传送喜讯,并让准备迎接新娘;吩咐赤胆雄狮洪古尔与新娘珠拉赞丹二人在占布拉可汗处完婚后启程;自己带领大队人马,直向北方本巴国疾驰而去。

九

赤胆雄狮洪古尔跨上自己菊花青神驹,夫人珠拉赞丹骑上那峰七年未生羔的褐色母驼,夫妻二人沿着圣主江格尔大队人马的踪迹尾随奔驰。当他们正纵缰疾驰时,有一条大江横在眼前。珠拉赞丹先下水,洪古尔随后趟水,珠拉赞丹夫人上了对岸回头一望,好不叫人心急:夫君洪古尔和坐骑菊花青在波涛冲击之下,正顺着水流而下呢。她慌忙骑着褐色母驼返身下水追上洪古尔,伸手揪住菊花青的长鬃。随后,用手勾起它的缰绳系在自己母驼脖颈上,拉着洪古尔与其坐骑,吃力地登上了江岸。

二人并驾齐驱继续赶路,爬上一座叫阿玛亥的山丘时,塔布图之子胖子沙日·古热卜勒带着人马拦住了去路。

原来,胖子沙日·古热卜勒得知成为各方妖魔鬼怪克星的赤胆雄狮洪古尔迎娶占布拉可汗女儿珠拉赞丹返回时,要路过这里,便带上八万兵马,又准备好八支毒箭,早就来布好了阵,一心想射死洪古尔,抢走他心爱的珠拉赞丹夫人。

不容分说,赤胆雄狮洪古尔与夫人珠拉赞丹纵缰冲进敌阵,厮杀起

来。耳边不时响着"嗖"、"嗖"飞来的箭声与刀枪碰撞之声。珠拉赞丹所乘的褐色凶母驼用前蹄创打,用后蹄踢撞,冲出了敌阵时,对方八万兵马有三万已死于非命。夫君洪古尔在其后,凭借菊花青的飞速,挥舞着宝剑向两边夹攻而来的敌军拼命厮杀着。

在小路口等候的胖子沙日·古热卜勒,眼见洪古尔杀将过来,对准他一连射出了八支毒箭,洪古尔中箭栽了下去。坐骑菊花青用鬃毛护着主人,用肋部扶着主人向前奔驰,三个月的里程只用三天便赶完,终于驰进了自己故乡境内。

正在厮杀中的珠拉赞丹一瞧,大君被坐骑菊花青驮走了。她想去搭救,但敌军像蚂蚁般涌来阻截,她根本无法脱身,眼看硬拼不行,立即打开那金匣子,从里面跳出好些手持刀枪的铁兵,与对方厮斗起来。这些铁兵没用多大工夫,将胖子沙日·古热卜勒的兵卒打得人仰马翻,个个死于非命。珠拉赞丹见消灭了敌军大获全胜,便收回那些铁兵,将他们重新装入金匣子锁了起来,向夫君洪古尔驰去。

神驹菊花青驮着主人赶到圣主江格尔宫殿门前。勇士与宝通们一齐迎了上去,将洪古尔扶下坐骑一看,他已经断气身亡了。众人惊呼:"这该怎么办?"宫外慌做一团,个个束手无策,正在危机之中,珠拉赞丹夫人骑着褐色母驼赶到。她跳下母驼,上前瞧了瞧洪古尔道:

"圣主与诸位勇士,请别慌张!我有办法救他。"

殊不知,她那金匣子里还有不过半日便能使人起死复生的灵丹白药。珠拉赞丹立刻打开金匣子,取出那灵丹白药,涂敷在洪古尔中箭的伤口处。没过一阵儿,洪古尔开始伸展双腿;随后,双臂慢慢颤动了起来,那射进身子里的八支毒箭,一支接一支的出来,洪古尔苏醒了!

赤胆雄狮洪古尔喘开气,缓缓地坐了起来。圣主江格尔见后,高兴得上去一把将洪古尔抱在怀里亲了起来。

话说,那提前七天赶回本巴国的世间美男子明彦与额日哈尔宝通二人,为迎接新婚夫妇,吩咐众人早在希贺尔鲁河岸边,孟根·锡格希日克家园后面,搭建起一座白色宫殿。这座宫殿有四十四棵立柱,四千根橡林,用虎皮做了苫帘,鹿皮制成壁幔,外表又挂满了五光十色的绸缎彩带,看上去好不雄伟壮观。

本巴国居民们得知赤胆雄狮洪古尔成了亲,不分男女老幼,从四面八方赶来,想瞧一瞧这位夫人的容颜。

以圣主江格尔、十二勇士与三十五个宝通为首的众人,围成七圈入了座。他们狂饮高歌,为庆贺洪古尔与珠拉赞丹夫妇新婚之喜,宴饮了七十天,又持续了八十日。

北方本巴乐土国泰民安,人们沉浸在欢乐的气氛之中,举国上下过上了幸福美满的日子。

〔第七章〕洪古尔历险娶亲

第八章
赛力罕塔布克赛
场夺冠喜结良缘

一

昔日,圣主江格尔与十二勇士、八千名宝通欢聚在那有四十四根立柱,四千株橡林的金碧辉煌大殿里举行盛宴。众人一边畅饮美酒,一边吟咏颂歌:

"趁着咱们本巴神圣疆土,

还呈显着太平景象,

各路英豪个个健在,

百姓居民丰衣足食之际,

大家欢聚一堂,

盛宴六十日又八十天,

举行各项游艺竞赛,

放声高歌尽情欢乐。"

这时,有人见赤胆雄狮洪古尔的位子空着,便问:

"咱们的洪古尔为何没出席今天的酒宴?"

"前些天,他朝日出的东方返回自己故乡了。"

"洪古尔不在场,总觉得不热闹。派人把他叫来该有多好!"不知是哪一位又嘟哝了一句。

众人听了这一提议,一时雀跃、欢呼起来:

"对,对! 应该把他叫来!"

圣主江格尔微微一笑,问大家:

"他的故乡离这儿那么远,派谁前往呢?"

众人异口同声道:

"那还用说,派咱们以腿快如飞而闻名于世的赛力罕塔布克呗!"

赛力罕塔布克听后十分高兴,当即起身道:

"这个差事就交给本人好啦。借此机会,我还想察看一下他乡的人们在做些什么,领略一下异地风光呢。"

赛力罕塔布克坐骑白龙驹,懂人语。他赶到马群抓来白龙驹,将它拉在一棵老紫檀树阴下,在一棵小紫檀树上吊拴好,鞴上仿照草原模样而制成的毡垫,"轰"的一声在上面扣上弯木鞍鞒、梗木鞍板的大鞍子,沿着白龙驹八条肋骨,拉紧了六十六根肚带。随后,他"嗖"地一把扯住镶有珍珠的缰绳,把三十三庹长的辔绳挽成三圈攥紧后,足尖一碰铁镫,跃身坐在鞍子上,猛猛踢了几下那四十股镫皮,白龙驹犹如离弦的箭,朝着日出的东方疾驰而去。

赛力罕塔布克凭太阳计算白昼,靠月亮计算黑夜前行。不一日,来到一处茫茫荒原上。他一看坐骑呼呼喘气,确实有些累了,便翻身下马搭起炉灶,点燃枯木,在紫色铜锅里煮起了浓茶。将浓酽的茶水,不分左右扬了一气,随后放入厚厚一层奶油,喝了起来。

赛力罕塔布克吃饱喝足后,皮条似的伸展四肢,红柳般光溜溜地躺在那里,一睡就是七七四十九个日夜。

到了五十天头上,白龙驹从草甸子赶到主人身边,口吐人言:

"赛力罕塔布克快醒醒吧! 你我不是到这里睡大觉的。要去的地方还没有到,要办的事情还没有办呢,快起来吧!"

可主人没有醒来,继续打呼噜睡呢。马儿无奈地对准他的耳朵狠狠打了几声响鼻。赛力罕塔布克这才猛然跳了起来问:

"你想干啥？"

"别睡啦，咱们赶紧上路吧！"

二

赛力罕塔布克红靴尖一碰铁镫，就像掷出的羊踝骨端端正正地坐在藏红鞍座上。不知是心神恍惚还是刚从睡梦中醒来，勇士一上路就走错了方向，没有驰向日出东方，而是朝着日落西方的陶日根召勒可汗领地奔去了。

陶日根召勒可汗在日落西方具有很大势力。早先赛力罕塔布克勇士曾有过征服这位可汗的念头。这次，无意中圆了他的心愿。主人与坐骑扬起的尘埃染黄了宇宙，白龙驹奔驰的四蹄震撼了大地，正向前疾速驰骋时，有一座山峦横在眼前。山峦入口处旋转着黑风。出口处弥漫着火雾，看上去，好不吓人。白龙驹停下来道：

"主人,瞧见了没有,山坡上还躺着一峰黑公驼哩!"

赛力罕塔布克举目一望,那里果真有峰公驼卧着,便道:

"看它那架势还很凶,如何去对付这家伙,你得想个办法。"

白龙驹道:

"闯过它那四颗獠牙,我自有办法。随后怎么收拾它,就看你的了!"

言罢,坐骑摇身变做一只雄鹰飞去。趁那峰黑公驼张开嘴扑上来,雄鹰"嗖"的一下从它獠牙缝隙之间疾速飞了过去;这时,隐身于雄鹰翅膀之下的赛力罕塔布克,挥起雪白宝剑,将黑公驼从双峰之间砍成两段。黑公驼的肚子破了,从里面爬出来叫乌梁海的一个部族望着南方走了;走出叫回纥的一个部族望着北方走了;随后又跳出叫额鲁特的一个部族朝上望着走去。这几个部族的人们,走时还不时回过头来,向赛力罕塔布克纷纷祝福:

"洪福齐天的大哥,恩德无量的大哥啊,祝你万事如意,一路平安!"

赛力罕塔布克目送这伙人走后,自己继续赶路。没走几伯勒的路程,白龙驹又对主人说:

"赛力罕塔布克,前面站着一只白脑门的褐色猎犬,你瞅见了没有?"

主人朝前方望了望道:

"白龙驹啊,看上去这猎犬好像是个有舌人不敢招惹,有口人不好冒犯的劲敌哩。"赛力罕塔布克在异地他乡遇上这样的强敌,心中有些不安,继续问坐骑:"白龙驹,你有没有对付这只狗的办法?"

白龙驹悄悄向主人说:

"你就在这里下来,先把宝剑找块硬石磨一磨,放在软石上锴一锴后,隐蔽起来准备迎战;我这就去设法把它引过来!"

言罢,白龙驹左右分别打了三个滚儿,变做一只有八个乳头的细条花白母犬,赶到那只猎犬跟前。猎犬见是只"母犬",心中异常喜欢,立马摇摆着尾巴跟了过来。"母犬"领着猎犬沿着阿尔泰山跑了十五圈,又绕着杭盖山奔了二十五圈,眼见那猎犬乏得舌头伸出一庹长,转身将其引到主人跟前,悄悄说:

"赛力罕塔布克,你瞅见了吧! 那个劲敌就在我身后跟随呢,你快下

手吧!"

不一阵儿,那只猎犬伸着长舌一蹦一蹦地跑了过来。赛力罕塔布克瞅准它的脖颈,上去砍了一剑,猎犬的头颅当下滚到了地上。

三

赛力罕塔布克一连除掉两个害虫,继续前行。一日,他进入陶日根召勒可汗领地边界后,坐骑问:

"咱们用何方式赶路为好?"

赛力罕塔布克道:

"我看咱变变花样吧。"

言罢,他自己变做一个白花花的小秃子,将白龙驹变成一匹长癞小驹。

秃小儿骑在长癞小驹上,敲打着马儿,继续嗒嗒地赶路。一日,赶到一片无垠的荒原时,瞭见不远处有座黑色毡包。当他奔至这座黑毡包跟前,有个老婆子迎了出来,问道:

"孩子,你从哪里来呀?"

秃小儿答道:

"我是个无家可归的流浪儿。想给没有儿子的人家做个儿子,到了这里。"说着跳下长癞小驹。他把马拴在桩子上,随着老婆子走进黑毡包,在其西侧就座后,问道:

"额吉,您家里还有啥人?靠啥为生呀?"

老婆子答道:

"我还有个老头子,是给陶日根召勒可汗放牛的。"

"那阿爸去哪里了?"

"他吧,不是凭月亮计算黑夜就是靠太阳计算白天。整天除了跟牛屁股转还能干些啥!"

老婆子说罢,动手给小客人煮浓茶。她把茶不分左右扬了一气,调进大块黄油,盛进碗里端了上来。小秃子一连喝了十几大碗,随后,躺在

那里,伸展四肢舒舒服服睡了起来。老婆子见后,提醒道:

"孩子啊,我怎么看你像是个可疑的人。要知道,我们的可汗可是个有舌人不敢招惹,有口人不好冒犯的人!"

小秃子笑了笑道:

"我是个无家可归的流浪儿,他不会来惹我的。"言罢,呼呼地睡了起来。

陶日根召勒可汗手下有一名叫阿日亥·萨日海的勇士。此刻,他心中预感到一种不祥之兆。经四处打听,他得知那放牛的老两口家来了一个力大无比的凶汉。阿日亥·萨日海勇士急忙骑上马,圆瞪双眼,高声喊叫着赶到那老两口的黑毡包前,劈头质问:

"家里来了生人,为啥不去向可汗禀报?"

老婆子站在门口,哆哆嗦嗦地回答:

"带蹄的生灵未曾踏进家园,我去禀报个啥呀。"

"我不信,让我进包看一看!"

躺在黑毡包里的小秃子,听到外面的说话声,心想:"与其躲在屋里叫他活抓,不如挺身而出跟他拼个死活。"思索后便走了出来。

阿日亥·萨日海见后,不觉一怔,问对方:

"脸颊闪耀红光,眼睛炯炯有神的这位年轻人,从哪里来,要到何处去?"

小秃子挺着身昂起头,大声道:

"少废话!我看你就不是个好东西,活像老公驼的唾沫!,你小子想用母亲赐给的肩膀较量,还是用父亲赐予的十指厮斗,请上来吧!"言罢。冲了上去,与他拼杀起来。

双方旋转于一天里程的方圆中,拣起绵羊般大的石块对打;奔跑于半日里程的方圆里,拿起卧牛石互击。随后二人又扭到一处,你搋我摔,从揪住的对手的身上撕下一块块肉;从抓到的对手的身上扯下一把把肉。如此这般久久相持不下,一直厮斗了若干年头。一日,赛力罕塔布克憋足了劲,用双足轮番连勾带绊,一下子将对方提起来,背在身后晃了十五下,又翻到腹前抖了二十五下。随后猛力一甩,那庞大的躯体犹如

堵死峡谷口的卧牛石倒在那里了。赛力罕塔布克如火焰流星似赶去,一脚踏在阿日亥·萨日海胸脯上,厉声问:

"俗话说,马鞍子有三颗铆钉,男子汉有三句怨言。你小子还有啥怨言,快快讲来!"

被踩在赛力罕塔布克脚下的阿日亥·萨日海毫无惧色,回道:

"要杀,要放,随你便。我不怕死!"

赛力罕塔布克一听此言,说了一声:"好!"当即拔出宝剑,"咔嚓"一声,把阿日亥·萨日海的头砍了下来。

四

当陶日根召勒可汗在宫殿里持续着六十日盛宴,八十天欢宴时,突然有个哨兵跑进来禀报:

"可汗,不好了! 从日出的东方赶来个强敌,斩了咱们阿日亥·萨日海勇士后,眼下越过雅日盖图山,正向这里奔驰呢!"

陶日根召勒可汗一听此言,不觉一怔,立即叫来道格信·哈日勇士,命令道:

"你带领一万人马,快去将那恶棍给我抓来!"

道格信·哈日奉命率领兵马前去拦路截击;迎面赶来的赛力罕塔布克见后,勒住了缰绳。白龙驹口吐人言向主人道:

"看来这伙人是为阻击咱们而来的。那个领头的骑乌骓的家伙气势汹汹,如何对付他,你自己拿主意吧。"

赛力罕塔布克听了坐骑的话,沉思了一阵儿。他为看清敌方势力,调转马头驰向阿尔斯楞山。登上山峰一望,好家伙,对方兵马正铺天盖地向前推进。赛力罕塔布克整了整那战时披挂的双层战甲,握紧金刚宝剑,给了白龙驹一鞭,呐喊着从山峰奔驰而下。他赶到山坡时,正好与敌军相遇。赛力罕塔布克一鼓作气,趁势杀进敌阵,挥舞宝剑左劈右砍。敌军见来将气势凶猛,纷纷向四处逃窜。

道格信·哈日眼见自己兵马败阵逃窜。当即挥动手中那有十柄长矛、十三叉黑勾枪冲了上去。此刻,白龙驹灵机一动,变成一只雄鹰,一边护卫着主人,一边以翅膀击打着敌人迎面飞驰过去。道格信·哈日见势头不妙,立刻调转马头向阿木亥沙丘奔逃。赛力罕塔布克紧追不舍,没等对方逃至沙丘,上去一把揪住他的肩膀,拴到自己坐骑的鞍鞯上。道格信·哈日喘着粗气一个劲地求饶,赛力罕塔布克毫不手软,一剑砍下了他的首级,随后将其躯体剁成肉块,用烈火烧焦,使他成为牛不肯闻,狐狸不愿沾唇的一堆臭肉。

五

消灭敌军后,赛力罕塔布克自己又变为一个小秃子,将坐骑白龙驹又变做一匹长疥的黄马驹,他骑上去,"啪、啪"地抽打着坐骑,"哒、哒"地向陶日根召勒可汗那黄斑色宫殿奔去。

原来,陶日根召勒可汗有一个女儿,名为敖特根哈日。虽说姑娘已到了出嫁的年龄,可还没能找到合适的女婿。当小秃子骑着长疥黄驹走来时,正赶上陶日根召勒可汗为女儿选婿要举行竞技活动。瞧上去,这场面好不壮观:人群云集,众马嘶鸣,诺彦的儿子、白彦的子弟、勇士好汉的孩子都想娶敖特根哈日姑娘为妻,从四面八方纷纷赶来。小秃子观望着此情此景,慢悠悠地赶到众人之中下了马。人们见后,个个惊奇,纷纷叫道:

"从哪儿来了这样一个秃鬼?"

"这里没有你的份儿,快滚开!"

"你那马驹的疥疮要染上我们的马儿,快滚!"

有人谩骂着,把他长疥黄驹解开后放走了。

小秃子把那个人狠狠瞪了几眼,赶去抓回坐骑重新拴绊好。自己把硬地踩陷到踝骨,将软地踏陷至腿肚,离开人群径直走向可汗宫殿。他拽开生铁宫门,进宫给陶日根召勒可汗请安:

"可汗阿爸一向安康!"

小秃头叩了几个响头后,又面向可汗夫人请安:

"夫人额吉,您好!"言罢,又手扶着右膝往下蹲了一下,坐到门框旁边。

此刻,以地上的摔跤手刚嘎布赫、天上的摔跤手特木尔布斯图为首的众勇士都坐在可汗身旁。

陶日根召勒可汗见有个小秃子进宫请安,便问:

"孩子,你从哪里来?要到哪里去呀?"

小秃子吸了一下鼻涕,答道:

"想给没儿子人家做个男儿,没姑娘的人家当个女儿。从远方到了您这里。"

可汗听后,十分欣慰,便吩咐仆人:

"给这孩子端来奶食与马奶酒!"

仆人们抬来成桶阿日滋酒,盛在七十个人才能抬得动的大海碗里,端了过去。小秃子接过来就拿这大海碗一连喝了七十碗,接着又饮了八十碗。

这时,外面有人嚷着竞技开始了。陶日根召勒可汗听后,起身带领众勇士走出宫殿登上观台,当众宣布:

"今天比试三个项目,谁在竞赛中获得全胜,我就把女儿许配给他!"

参加竞选的小伙子以及围观的人群,个个竖起耳朵谛听是哪三项。这时,陶日根召勒可汗接着宣布:

"第一项为射箭。这里有根金针,射出的箭要穿过这针的针眼,落到图门河源头烧起一片火!"

众人一听,"哇"的一声喧哗起来。

"第二项为赛马。要从三个月里程之遥启程,向这里奔驰,看谁先到达目的地!"

"第三项为摔跤。看哪位胜过所有对手!"

老头儿老婆子们想瞧瞧哪个好汉先出来报名,便像热天的羊群般汇聚过来。过了好一会儿,不见有人站出来。这时,那个小秃子从人群中挤了出来走到观台前,给可汗与夫人叩了三个响头,问道:

"可汗阿爸,准许我参加吗?"

这句话像是捅开了马蜂窝,辱骂声、斥责声在人群中四起:

"你这个爬不起的公驼、流窜的飞弹,好不要脸啊!"

"恶棍你从哪里来,快滚回哪儿去!"

陶日根召勒可汗制止了众人的喧闹,下令:

"谁都有参加赛事的资格。比赛中输了,认他倒霉。还有哪位报名?"

诺彦、巴彦与勇士们的弟子闻声纷纷上前报了名。

随后,陶日根召勒可汗叫来一个看相人,吩咐道:

"你去相相面,看哪位好汉能在比赛中取胜?"

这个看相人接旨后,由高个儿人腋下穿过,从矮个儿人肩上探望,眼睛左瞟右瞄,走到那个小秃子身旁,将他从头到脚仔细端详了一番,回来向可汗禀奏:

"观其相,就是那个小秃子有可能得头一名。"

可汗问:

"为什么?"

看相人抿嘴笑了笑,没有言语。

可汗下令:

"别小瞧人家,就让小秃子也来试一试吧!"

竞赛开始。箭赛中,诺彦、巴彦的子弟们没有一个中靶,而唯独小秃子射出的箭,穿过了那金针针眼,飞到图门河源头烧起了一片火。赛马中,长疥黄驹驮着小秃子领先别人一个月里程,到达了目的地。最后,小秃子与可汗领地的摔跤手刚嘎布赫、天上的摔跤手特木尔布斯图较量,没过几个回合,秃子便相继将这两个大力士摔倒,抛至十五道河口处。他们庞大的身躯堵死了水源。

赛事全部结束。小秃子跑来向陶日根召勒可汗呈禀:

"可汗阿爸,三项竞赛中我都获胜了,您的女儿该与我成婚了吧!"

可汗没有自食其言,按赛前的承诺,答应把女儿敖特根哈日许配给小秃子。

小秃子给可汗与夫人叩了三个响头后,即刻变成赛力罕塔布克的原貌,把长疥小黄驹变回白龙驹。

眼见此情此景,围观的人群无不咋舌惊讶。

陶日根召勒可汗举办六十天的盛宴,八十日的欢宴,为女儿敖特根哈日与赛力罕塔布克完了婚。

六

赛力罕塔布克婚后不久便怀念起自己的本巴乐土。一日,他走进陶日根召勒可汗宫殿,禀奏:

"可汗阿爸,离开自己国土已有多日,请准许我回去吧!"

陶日根召勒可汗想了想,觉得女婿说的在理,不能老叫人家住在这里,便答应了他的请求。

赛力罕塔布克与妻子敖特根哈日正准备启程时,白龙驹咴咴嘶鸣,口吐人言:

"我的主人,你要向可汗请求索要三样东西!"接着悄悄贴着主人耳朵细语了几句。

赛力罕塔布克依照坐骑的话返回宫殿,向陶日根召勒可汗禀奏:

"可汗阿爸,请赐给我三件东西好吗?"

"哪三件,讲讲看!"

"请赐给我当地孤儿一名。"

"嗯! 还有啥?"

"没娘的孤独狗崽一只。"

"可以,第三件呢?"

"第三件是,赐给孩儿孤独牛犊一头。"

陶日根召勒可汗答应女婿所要的孤儿、狗崽和牛犊,并吩咐下人准备好,然后赐给了赛力罕塔布克。

这时,坐在一旁的首席勇士见赛力罕塔布克走出宫,便起身禀奏:

"尊敬的可汗啊,您把女儿敖特根哈日许配给了他,再恩赐孤儿、没娘的狗崽与牛犊,将对您十分不利啊!"

"此话怎讲?"可汗不觉一怔。

"要是这样做,您领土上的福运将会随他而去的。"

可汗恍然大悟,问首席勇士:

"你说这事儿该怎么办才好?"

首席勇士凑到可汗身边,在他耳边窃窃私语。

陶日根召勒可汗听后点点头。依照他的主意,派人叫来赛力罕塔布克,不好意思地说:

"孩子啊,你所提的那些可要可不要的东西,路上将成为累赘,这次你就别带走了,以后有机会我派人给你送去好啦。我倒向你索取一种东西,不知肯不肯给?"

赛力罕塔布克急忙说:

"对您老人家我有啥舍不得的呢,请吩咐!"

原来,陶日根召勒可汗及其手下勇士们,早就注意到赛力罕塔布克的所作所为全来自他的白龙驹的主意。

陶日根召勒可汗接着道：

"那就把你那匹白龙驹送给我好吗？"

赛力罕塔布克先前话已出口，眼下不好反悔。他犹豫了一下，最后无奈说了一声"行"，便把白龙驹留下来，骑上陶日根召勒可汗所给的那匹秀尾枣红马，将夫人敖特根哈日抱在怀里启了程。哪知没走一个时辰，枣红马就累得停下了脚步。赛力罕塔布克极为伤心：早晨朝着日出的方向启程，时下仍在日落方向的陶日根召勒可汗领地之内。不把白龙驹留下就好了。当他正发愁无法赶路时，知人情会人语的白龙驹逃离陶日根召勒可汗马群，拖着缰绳追了上来。赛力罕塔布克见白龙驹奔来，哭泣着述说自己心事，并向马儿承认了错误。白龙驹以成人般的胸怀理解了主人的苦衷，让夫妻二人骑在自己背上后，口吐人言：

"你们俩紧紧闭上双眼坐稳，我将缩短路途抄近路飞驰了！"

说罢，它扬起四蹄，腾上云空，掠着树梢，染黄苍穹，震撼着大地，疾速飞奔。不一会儿，赶到一片旷无人烟的荒原。赛力罕塔布克勒住缰绳翻身下马，与妻子敖特根哈日二人搭起炉灶，支上铜锅，煮好一锅浓茶，饱饱喝了一顿，就地伸展四肢酣睡起来。

夫妻二人正在沉睡之际，吃好草歇好了腿的白龙驹来到赛力罕塔布克头旁，打着响鼻唤醒了主人。他坐起来，揉了揉眼睛问道：

"不知离咱们故乡的边界还有多远？"

白龙驹剪动着耳朵，反问道：

"赛力罕塔布克啊，你还记得不，咱们这次出来主要是为了啥吗？"

主人沉思了好一阵儿，猛然想起自己的任务还没完成。原来，圣主江格尔聚众在金碧辉煌的大殿里举行盛宴。当时，成为十方妖魔鬼怪克星的赤胆雄狮洪古尔因回故里，未能出席酒宴。奉命出来请洪古尔的赛力罕塔布克，由于途中走错了方向，半路上历经磨难，有幸与陶日根召勒可汗女儿敖特根哈日成了亲，却忘记自己肩负的重任。这会儿，一经坐骑提醒，他如梦初醒。

赛力罕塔布克悔恨莫及，即刻跳上坐骑，怀里搂着貌美而心爱的妻子，朝着洪古尔的家乡奔去。不一日，赛力罕塔布克赶到洪古尔住地。

久别重逢的两个伙伴互相问好请安后，赛力罕塔布克向洪古尔告知了圣主江格尔举行盛宴，只因洪古尔缺席，大家十分扫兴。这次，自己奉命专程来请他前往赴宴的。

赤胆雄狮洪古尔听后十分高兴，当下随着赛力罕塔布克启了程。

七

圣主江格尔在北方本巴国金碧辉煌的大殿里继续举行着欢宴。右手首席勇士阿拉坦策基机警过人。他突然听到并发觉，好像从远处传来骏马有力的蹄音和好男儿的阵阵喊声。

阿拉坦策基老伯急忙爬上大殿顶端，东望西望，只见日出的东方弥漫着缕缕尘烟，有一团黑影子迎面奔来。他擦了擦碗口般大的慧眼细看，好像是美男子明彦，又像是铁臂勇士萨波尔。随后，他张开硕大的手掌一端详，才认出是腿快如飞的赛力罕塔布克与赤胆雄狮洪古尔二人骈马齐驰。同时，聚宴的众人也相继走出宫外，有的爬上大殿顶端，有的登上城楼，纷纷呼喊：

"咱们的赛力罕塔布克可回来了！"

"你们瞧，他怀里还抱着一个美人呢！"

"洪古尔也来了！"

人们欢腾、呼喊、雀跃，整个城楼沉浸在一片欢乐之中。

不一会儿，赛力罕塔布克与洪古尔赶来，从右绕了大殿一周后，到勇士与宝通们之前跳下了马。首席勇士阿拉坦策基老伯上前向二位勇士问好后，忙回宫向圣主江格尔禀报。

接着，十二勇士、三十五个宝通先后上来与远道而归的两个伙伴相见，彼此请安问好。

阿拉坦策基老伯按照圣主江格尔的旨意，把赛力罕塔布克及其夫人敖特根哈日先安顿在一座洁白新毡包里，将洪古尔领进了江格尔的大殿。

这样，北方本巴国喜上加喜，人们重新围坐成七大圆圈，痛饮烈性阿日滋，欢宴了七十天，又持续了八十天，尽兴享乐狂欢。

第九章

赛日宝通可汗娶亲

一

昔日,有一位叫赛日宝通的可汗,其父为哈日阿尔斯楞可汗。他在赛音图乌仲河畔用花岗石造了一座富丽堂皇的宫殿。

当赛日宝通可汗年幼时,汗父哈日阿尔斯楞便选择孟根可汗之女孟杜勒高娃,为他定了亲。

赛日宝通三岁时,年轻美貌的额吉去了世;到了四岁,汗父哈日阿尔斯楞也随着离开了人世。

双亲在世时,曾向年幼的赛日宝通嘱咐过:

"孩儿啊,要记住,人世间有位叫江格尔的圣主。这位圣主是塔黑珠拉可汗后裔,是汤苏克·本巴可汗的孙子,乌仲·阿拉德尔可汗的儿子。此外,还有一个叫赤胆雄狮洪古尔的勇士,是大力士孟根·锡格希日克的独生子。他有七十二般武艺,八十二种变术,是十方妖魔鬼怪的克星。这两个人是你的舅父,日后你一定要去见见他们。"

这样,幼小的赛日宝通与他体形细得像袖子般的斑白马,孤单单地留在了人世上。他长大成人后,忽然想起双亲在世时的嘱咐。他思谋去投奔江格尔可汗,还是去寻找未婚妻孟杜勒高娃完婚。想来想去,最后

决定先去见舅父江格尔和洪古尔,然后再到孟根可汗处,与孟杜勒高娃
完婚。

　　一日,赛日宝通双足登进穿上一百年,底儿磨不破,穿上一万年,帮
子磨不烂的高筒藏红靴;身子里面穿上节日盛装,外面套好铠甲;右胯下
挂好金刚宝剑,左肩挂上用九十只公岩羊犄角挽制的硬弓。随后,他赶
到草甸上抓来斑白马,背上铺好雪白毡屉,将巨大的黄鞍子扣在上面,沿
着马儿八条肋骨之间拉紧四根肚带,向后拽紧那扁平的后鞍搭在臀部
上;右手小指勾起紫檀木柄、彩穗飘飘的黑鞭子,跃身跨上坐骑启了程。

　　当赛日宝通驰到额尔齐斯河畔时,迎面奔来一名勇士。这位勇士赶
到他跟前,趾高气扬地问:

　　"你小子家住在何方? 名叫什么? 从哪里来? 往何处去?"

　　赛日宝通勒住缰绳,答道:

　　"本人名叫赛日宝通,父亲是哈日阿尔斯楞可汗。现在,要去探望英
名盖世的圣主江格尔与赤胆雄狮洪古尔两位舅父;而后将前往孟根可汗
家园,与他女儿孟杜勒高娃成婚。"他自我介绍完后,问对方:"敢问这位

勇士,你家住在何方？怎么称呼？"

那位勇士道：

"本人是庆斯可汗之子,住在额尔齐斯河源头,家有五百个兵卒,骑着一匹银鬃马,名叫其仁台·乌拉岱。"他在坐骑上挺了挺胸,傲慢地接着说:"如今,我正打算找你小子决一雌雄。没想到,咱们今天可好在这儿遇上了。"

赛日宝通见对方出言不逊,异常愤怒：

"你小子真自不量力！分明有头有耳,竟敢这般胡说八道！我瞧你呀,活像个没离开乳头的黄毛娃娃。我奉劝你今后做事要三思,说话要有个分寸为好。"

其仁台·乌拉岱哪里受得了这等辱骂,"嗖"的一声抽出寒光闪闪的宝剑向对方刺去。可那宝剑犹如碰上岩石,立马滑到了一边。此刻,赛日宝通也拔出了十二庹长金刚宝剑,杀了过来。二人驰马,挥剑交战,两剑互撞相击,不时闪出火焰。他们在茫茫的荒野上,整整搏斗了十个昼夜,没分胜负。赛日宝通鼓足劲,狠狠抽了几鞭斑白马,马儿像离弦的箭扑到对方跟前；他趁势跃身一把揪住其仁台·乌拉岱的肩膀使劲一拽,一下子拎到自己砧石般大的鞍鞒上,把他仰面朝天按住,用肘部狠狠捣了七八下,便摔在地上。这时,其仁台·乌拉岱开始心胸憋闷,双眼发黑,鼻子和嘴中涌出好些黑红血块,险些一命呜呼。

过了一阵儿,其仁台·乌拉岱勉强挣扎起来跪在地上,叩头如捣蒜,苦苦哀求：

"可汗般的哥哥呀,请饶了弟弟这条小命吧！从今以后,您指向哪里,小弟我就奔向哪里。在遥远的征途中,我愿为您烧火垒灶,赴汤蹈火。"

赛日宝通质问：

"你说的句句当真？"

"是真的。"

"那你骑上马,跟我上路吧！"

两个勇士相伴,中午时分赶到一个山脚下。赛日宝通猎来一只鹿,吩咐乌拉岱：

"你把这鹿的皮子扒了，用锅煮上它的肉。我先睡一觉，等肉熟了叫醒我。"

过了一阵儿，乌拉岱煮熟了肉，叫道：

"赛日宝通可汗，肉熟了，快起来吃吧！"

对方没有醒来。乌拉岱去拉他的袖口，扯他的衣襟，他仍没有醒。乌拉岱见赛日宝通睡得死死的，又起了歹心：我也是个可汗的儿子，凭啥要侍候你小子！与其受他的指使不如借此机会结果了他的性命！想着，乌拉岱从胯下抽出黑剑，照着他脖子刚欲砍下去，赛日宝通猛然跳了起来，上去一把揪住乌拉岱的肩膀，按在砧石般的膝盖上，用肘部一连捣了几下甩在一边。这回，从他鼻孔里喷出了血浆。

乌拉岱挣扎了一阵儿爬了起来，双膝跪地，又苦苦央求：

"可汗般的哥哥呀，请原谅弟弟自食其言，再饶恕我一次吧！"

赛日宝通见他又可笑又可恨：

"我看你呀，真没出息。不过你小子认错就好，我答应再给你留一条性命。"言罢，扶起了乌拉岱。

从此，两人舌舔枪尖，结成兄弟，发誓永远同甘苦共患难。

二

一日，圣主江格尔独自在金碧辉煌的大殿无事闲坐。猛然间，山峦摇晃，大地震荡，从远方传来人呼马叫的声音。圣主不觉一怔，急忙命仆人叫来阿拉坦策基，让他去瞧瞧究竟发生了什么事儿。

首席勇士阿拉坦策基奉命跨上枣红马，渡过竞相奔流的多条河流，越过一眼望不到边际的重重山峦，察看了一番，啥也没有发现；又登上元丹山顶峰，放眼望去，只见有两位好汉呼喊着迎面驰来。不一阵儿，二人奔到阿拉坦策基跟前。赛日宝通见有人拦住了去路，十分生气，张口便骂：

"你这个跨越重叠山峦时骑断了马腰，在唇枪舌剑的论战中磨秃了

舌尖的老糊涂虫,凭啥阻挡我的去路,快给我让开路!"

可阿拉坦策基听了对方的谩骂,一点儿也没有生气,慢条斯理地说:"我是英名盖世圣主江格尔的勇士,名叫阿拉坦策基。听到元丹山上有人呼马叫的声音,专程来看一看究竟发生了啥事儿?"他介绍完自己来意后,接着问:"请问这位勇士,家住何地,怎么称呼,时下要去何方?"

赛日宝通听后,立刻跳下马:

"诺彦阿爸,您好!"请完安又抱歉地说:"没有认出您老人家,实在对不起。请原谅我对您的不敬!"言罢,跪在地上不住地叩头。

阿拉坦策基接着问:

"你是谁家的孩子?"

"我是哈日阿尔斯楞可汗的儿子,名叫赛日宝通。这次,先到本巴国探望江格尔舅父,再前往孟根可汗那里,打算与他的女儿孟杜勒高娃成亲,正路过这里。"

阿拉坦策基老伯坐在鞍子上道:

"原来两位勇士是赶远路的。那好,请你们把瞌睡留给我,赶你们的路吧。祝愿你们事办成了,早日踏上归程!"老伯没让他们去见圣主江格尔。

两勇士"嗻"一声,又顿首叩了头说:

"那就把瞌睡留给你老人家,我们就上路了。"言罢,两人翻身上马辞别阿拉坦策基老伯,疾驰而去。

一日,赛日宝通二人赶到一处布谷鸟啼鸣,泉水潺潺,芳草萋萋的景色宜人的地方。两人心情十分舒畅,便跳下坐骑,把两匹马连起脖子放入草甸子。随后,赛日宝通可汗带上弓和箭,狩猎来几只肥鹿,吩咐乌拉岱:

"我有些累了。你煮熟了这些鹿肉再叫醒我。"交代罢,他便就地躺下去睡了起来。

赛日宝通可汗熟睡后,乌拉岱心里还是不服气。他暗自思忖:"虽说你父亲是一位占有额尔齐斯河流域的可汗,可我也是一个年富力强的好汉嘛,凭啥给你小子当奴隶烧火做饭!"

赛日宝通睡前心里曾想："这小子前两次要想伤害我,可都被发现了。后来我与他舌舔枪尖盟誓成了兄弟,这回咋也不至于害我了吧。"便放松警惕,放心地跌倒后就打起了呼噜。

乌拉岱见他睡得死死的,便操起十二庹金刚宝剑,照准其腰部砍了下去。刹那间,赛日宝通的胸与臀分成两段,犹如两座小山堆在那里。

乌拉岱赶忙脱下自己衣服,穿上赛日宝通的盛装与铠甲,挎上他的宝剑,骑上那匹斑白马,冒充赛日宝通欲骗娶孟杜勒高娃姑娘,朝着那拥有冰封的雪山、飞架银桥的河流、无数奴隶的孟根可汗领地驰去。

三

圣主江格尔年年要派赤胆雄狮洪古尔前往魔王国,征收三皮口袋金子的赋税。只因洪古尔出征,有十三年不在本巴国,这项赋税至今没有收成。

一日,赤胆雄狮洪古尔结束战事,返回了北方本巴国。歇息数日后,圣主江格尔吩咐洪古尔前往魔王国征收赋税。

魔王国离本巴国足有八个月的里程。而洪古尔跨上那力大能驮山,四蹄能驰遍宇宙的神驹菊花青,掠过云空,擦过树梢,飞尘染黄苍穹,蹄声震撼万物,只飞驰了七天,便赶到了魔王国。

赤胆雄狮洪古尔受到魔王的盛情款待,在这里待了二十天后,带上三皮口袋金子的贡物,踏上了归程。神驹菊花青以使山岳晃动,江河掀起洪峰之势疾速飞驰;它的四蹄把岩石踏得粉碎,变成缕缕尘烟。当他赶到额尔齐斯河上游时,眼前突然出现两匹马的蹄印。看上去这两匹马是一前一后随行,而且蹄印还重叠着。洪古尔甚觉奇怪："这两个勇士为啥不并行,而要一前一后赶路呢? 这得仔细观察一下。"他于是追随着这踪迹,赶到额尔齐斯河源头时,前面有一片鲜血。洪古尔更起疑心："看来,我去魔王国征收赋税之际,说不定有敌人来袭击了我们本巴国哩。"他便将那三皮口袋金子卸了下来,找个合适的地方存放好,沿着那踪迹继续驰去。

赤胆雄狮洪古尔不但是一位英勇无敌的猛将,还是一个善于跟踪的能手。他有一双能辨认十年前蜘蛛的足印和二十年前小虫行迹的慧眼。此刻,他瞧着这蹄印,那坐骑比江格尔的神驹赤兔马要快,它的主人比自己还要高出几分。心想:"人世间竟然还有这样一位勇士,我咋就没能遇上他呢?"

洪古尔尾随这踪迹,赶到元敦山脚下时,地上又出现了阿拉坦策基老伯枣红马那没过膝盖骨的四只蹄印。他一下子意识到:"这分明是阿拉坦策基老伯与那两位勇士相遇的地方了。"洪古尔翻身下马,前前后后仔细察看那足迹,发现那两位勇士是朝着八万棵紫檀林的方向走去了。沿着这足迹一到紫檀林,拦腰被砍断的一个人躺在血泊里,而坐骑让另一个人给带走了。

洪古尔身带一种使人起死复生的灵丹白药。他从荷包里取出那白药,敷在死者剑伤处,上面洒下吉祥甘露。他不解地思忖:"世上竟有杀害这样好小伙子的狠心人啊!我非见见这个杀人者不可,瞧他究竟是啥模样?"想罢,洪古尔追随那个人的踪迹奔去。

四

一日,其仁太·乌拉岱冒充赛日宝通可汗,并骑上他那匹斑白马赶到孟根可汗领地境内。他找个人家住下后,便派人到孟根可汗处,捎去了要与可汗女儿成婚的口信。

孟根可汗接到口信,信以为真。立即下令准备在那上无吊勾,下无立柱的水晶宫中为女儿完婚,并向居民们公布了举行婚宴的喜讯。

这时,孟根可汗女儿孟杜勒高娃叫来看相使女查干,吩咐:

"听说赛日宝通可汗来了,你去瞧瞧是真是假!"

查干姑娘变做一只阿兰雀飞到冒充赛日宝通可汗而来的乌拉岱身边相了相面,返身飞了回来。孟杜勒高娃见后,问道:

"是不是赛日宝通?"

查干姑娘回道:

"瞧他骑的马,很像;可人,我却不敢肯定了。"

"为啥?"

"你问为啥?"看相姑娘查干犹豫了一下,继续说:"我瞧他像是个过多切肉伤着食指,不时吹火熏黄牙膛的人。"

"这就怪了,他怎么是那副样子?"孟杜勒高娃皱着眉头自言自语。

"我也很难说。"查干姑娘继续道:"不过瞧他身上披的铠甲大得左右晃荡,挎的宝刀显得沉重,衣服肥得不合体。尤其他骑的那匹斑白马浑身发抖,好像是在生谁的气哩。"

孟杜勒高娃听了这些话有些狐疑,便走去向父亲言明:

"汗父,那人像是杀害了赛日宝通冒充而来的,我不嫁给他。"言罢,返回楼阁不去水晶宫了。

孟根可汗是个十分胆小的人。他怕惹出事来不好收拾,便不管这位女婿是真是假,以小女儿额尔合·哈日尼都来顶替孟杜勒高娃,许配给了冒充赛日宝通的乌拉岱;而将孟杜勒高娃双眼弄瞎,撵进一座被烟熏火燎后的黑毡包,贬为平民。

从此,孟杜勒高娃与看相姑娘查干二人,煮吃邻里的狗啃剩下的骨头,艰难地度日。

五

赤胆雄狮洪古尔顺着蹄印跟踪进入孟根可汗领地边界后,将坐骑菊花青变成一匹跛足小驹,自己变做一个搔后脑就会掉下蛆虫的小秃子,继续前行。不一会儿,他走到为孟根可汗放牧奶牛的老两口的家。他们住着一座破旧毡包,看样子这家人很穷,住的毡包破得喜鹊从一边飞进去,可以从另一边飞出来。老头儿与老婆子见一个小秃子牵着一匹跛足马走来,便急忙上前问道:

"孩子啊,你从哪里来,要到哪里去?"

小秃子请完安,答道:

"我是想给没儿子的人家做个儿子,有儿子的人家当个奴仆,便来到

了这里。"

老婆子一听这话：

"我们老两口正没有儿子，你就给我们做个儿子吧！"说完，十分愉快地收养了小秃子。

一日，小秃子牵着跛足小驹，从可汗宫苑西侧的平民区路过时，孟杜勒高娃似乎眼前发亮，好像瞧见了什么。她甚觉异常，即刻吩咐看相姑娘去看一看。

看相姑娘查干出去一会儿，回来说：

"外面有个小秃子牵着一匹跛足驹来回走着呢。可看上去，那小秃子脸上焕发着一百个好汉的容光，小驹四蹄发出一百匹骏马奔腾的巨响。"

"是吗？"孟杜勒高娃嘱咐道："锅里不是还有肉汤吗，请他进来喝几碗！"

看相姑娘返身出去，截住小秃子：

"哥哥啊，请进屋喝几口肉汤吧！"

小秃子听了姑娘的话，将跛足小驹拴在一处，自己跟着查干姑娘走进破毡包，一边喝汤一边问：

"敢问两位姑娘，你们是谁家的女儿？在这里靠什么为生？"

孟杜勒高娃一听对方发问，慌张了一下；沉思了一阵儿后，将所发生的事儿原原本本全部道了出来。

小秃子听了她的陈述后没有言语。从荷包里取出那神灵白药，敷在她瞎了的双眼上，出了毡包牵上跛足小驹就走。

几日后，平民区突然来了一个说书的小秃子。他一边与小孩子、寺庙的小喇嘛们掷击踝骨，一边给他们说书讲故事，深得小家伙们的喜爱。

孟根可汗得知后，派人把他叫来说书。小秃子进宫说书之余，见坐在可汗身边的乌拉岱有些异样。他从对方的额头至脚掌做了仔细观察，又数了数帽子下面的头发，端详了肉皮里的每根骨头，发现这是个肌肉中没有黑肉，肋条上没长瘦肉的坏家伙。

随后，小秃子佯装什么也未发现似的继续讲他的故事。当他说到：

"很早很早以前,在额尔齐斯河源头有个叫其仁太·乌拉岱的人。这人是庆斯可汗的儿子,骑着一匹银鬃马,有五百个兵卒。他在野外搭起锅灶,烧火煮肉之际……"可汗打断了他的话,严令手下人:

"这个愚蠢的秃子在胡说八道,快给我赶出去。"

站在一旁的奴仆佣人蜂拥而上,正欲捉拿小秃子时,小秃子跃身一变,恢复了洪古尔原貌,纵身上去揪住乌拉岱的双肩,拖到宫殿之外,将其四肢拉开,钉进四个大钉子,胸脯上又压上一块巨石。随后,洪古尔扒下他身上的铠甲和衣袍,摘下宝剑等武器。牵上那匹斑白马,直奔赛日宝通可汗所在地。

洪古尔赶到赛日宝通的身边,又把那使人起死复生的神灵白药敷在他剑伤处,洒了几滴吉祥甘露后。将所发生的一切全写在斑白马鞍鞯上,自己藏进了紫檀林中。

过了一阵儿,赛日宝通好像从久睡之中慢慢醒来,伸了个懒腰,说道:

"哎呀,我这一觉睡了多长时间啊!"

这时,站在身边的斑白马口吐人言:

"我的主人,你是叫你那盟誓兄弟砍死了,后来赤胆雄狮洪古尔赶来救活的。一切事由全写在鞍鞯上面,你自己来看看吧!"

赛日宝通起身,读罢书写在鞍鞯上面的字句,如梦初醒,了解了所发生的一切。他急忙找到洪古尔,抱着对方的头,一边感激一边失声痛哭。

赤胆雄狮洪古尔见他悔恨自己认错了人,便劝道:

"没有过错的人是没有的。你年纪尚幼,知道错了就好,我的孩子!"

六

洪古尔与赛日宝通就地歇息了几天后,便启程奔向孟根可汗领地。当两位勇士赶来时,孟杜勒高娃姑娘双眼不仅能看见东西,而且模样比先前更显光彩更加漂亮了。

赤胆雄狮洪古尔带上赛日宝通来谒见孟根可汗。可汗见两位勇士

走进宫来,深感内疚,抱歉地说:

"俗话说:过失在先,悔恨在后。一切祸事,都是我一人酿成的,请两位勇士多加包涵!"说罢,他取出马头般大的一块晶莹如意,放在一庹长的洁白哈达上献给洪古尔,以示忏悔。

孟根可汗与洪古尔商议后,决定尽早为赛日宝通与孟杜勒高娃完婚。他们选择了吉辰良日为两人办了喜事,并举行了六十天的欢宴,又持续了七十天。

事隔几日,洪古尔向孟根可汗启奏:

"该小的事儿都已办完,我该回去了。"

赛日宝通也随着起身道:

"可汗阿爸,双亲在世时曾嘱咐孩儿,去探望一下江格尔舅父。我也想随着去北方本巴国。"

孟根可汗答应两人的请求,并令仆人从马群中抓来一匹具有钢铁般四蹄、兔子样的脊背、母鹿一般的秀耳、野狼似的细腰的红沙马,送给了女儿。

孟杜勒高娃跨上这匹跑得比兔子还要快的红沙马,随着洪古尔与夫君赛日宝通启了程。

一行三人驰过辽阔草原,越过重重峻岭,渡过条条河流,翻过座座山峦,一日,赶到北方本巴国。赤胆雄狮洪古尔领上赛日宝通夫妻二人谒见了圣主江格尔。讲述了完成重任的情况,将他们两人又先后做了介绍。接着赛日宝通与孟杜勒高娃向圣主叩头请安。江格尔面露笑容十分欣慰,下旨大摆酒宴以示祝贺。

众人正在畅饮美酒,尽情欢唱时,赛日宝通起身,双手捧上洁白的哈达,上前跪在圣主江格尔面前,说道:

"洪福大德的圣主江格尔啊,请将孩儿永远铭记在心里,把孩儿收容在您那宽大的前襟之下吧!"言罢,他叩了头递上了哈达。接着又呈禀:"我离开家乡已有多日,请圣主准许孩儿启程吧!"

圣主接过哈达说:

"赛日宝通啊,你是我身上的一块肉,一节骨头,我会永远关照你

的。"并令仆人:"他们走时,要让孟杜勒高娃牵上一峰穿了银鼻绳的骆驼,再派几个人护送他们夫妻!"

赛日宝通与孟杜勒高娃辞别了圣主与众勇士。按照江格尔的旨意,有几名勇士驮上羊背子与阿日滋美酒,把他们一直护送到位于赛音图乌仲河畔的那座美丽的宫殿。

当赛日宝通可汗返回故乡时,父老乡亲们就像欢腾的海洋,男男女女犹如水鸭和大雁熙熙攘攘:"我们的可汗回来了!""可汗还娶回一位美丽的夫人!"他们在骆驼上驮着肥羊和美酒,从四面八方纷纷赶来。

从此,哈日阿斯楞可汗之子赛日宝通可汗同他的居民们,在圣主江格尔的福荫下,过上了幸福美满的生活。

第十章
乌兰绍布钖格尔摔死
希拉·固日夫魔王

一

本巴河水涨满了潮,十二座嶙峋的山上,林立着数不清的庙宇,五万个小沙弥①不分你我在圣主江格尔福荫下虔诚诵经;亿万民众在花一般的草原上悠闲自在地过着幸福生活。

在那金碧辉煌的大殿中,颂歌此起彼伏,右手众臣歌颂名扬四方的圣主江格尔;左翼众勇士赞美神驹赤兔马。他们放声高唱:"把我们生命交给了刀枪,将我们希望寄托在江格尔身上。"

永远像十六岁少女般美丽的阿盖·萨布塔拉夫人,在一旁弹奏起那具有八十二个弦码、八千根弦的金琴,低声吟诵夫君江格尔的丰功伟业;铭乌拉山和蒙郭勒河的主人、额尔合·图克可汗之子世间美男子明彦,从另一旁和着金琴的旋律放声歌唱。

次日黎明,金色的太阳冉冉升起。圣主江格尔起了床,侍膳人端进秀斯②与奶茶,可他既不吃又不喝,坐在那里沉思苦想。

---

① 初进寺庙的小喇嘛。
② 煮熟的羊背子或整羊。

待膳人见圣主江格尔不用餐，便派出三十五个信使，通报了三十五名勇士；又派出七十二个信使通报了七十二位可汗。

人们得知后，纷纷赶来，先后涌进圣主大殿，左右翼勇士们依次入了座。右翼首席勇士阿拉坦策基先开了言：

"尊贵的圣主啊，是外敌来犯了还是降临了什么严重灾难？请告诉我！"

江格尔没有作答。

塔日巴德·阿拉坦可汗之子达来吉拉干接着起身问道：

"香海般的可汗，须弥山似的圣主啊，是夫人阿盖·萨布塔拉惹你生气了，还是奴仆们不听你使唤？请告知大家！"

见江格尔依然无话，达来吉拉干生了气：

"我大胆地向您禀报。"他低下头道："您为什么不说话？您想以好汉来吓唬我，论好汉有雄狮洪古尔！要以俊美来羞辱我，说俊美有美男子明彦！是以智慧来难住我，论智慧有哲人阿拉坦策基！圣主啊，您可要知道，在座的这三十五位勇士都与您一样是可汗之子。我不是因为贫穷，来向您乞求；也不是因为孤单，来找归宿的。"他说罢，拉开银门走出了宫殿。众勇士随着他也一片哗然，一个接一个离去了。

过了片刻，传出圣主江格尔的呼唤声：

"宝日芒奈在哪里？"

宝日芒奈闻声，急忙赶来问：

"圣主，有什么吩咐？"

"快去抓来神驹赤兔马！"

"嘚！"宝日芒奈拎起银制笼头，跑到草滩抓来赤兔马，吊拴了起来。过了三七二十一天后，这匹神驹腹部肌肉收缩了，耳旁鬃毛立直了，眼旁鬃毛蓬松了，胸膛宽阔了。它伸展骞驴般的脊背，刨动劲秀的四蹄，高昂雕塑般头颅，眨着两只明亮的眼睛站在那里。

圣主江格尔披挂铠甲，手持阿拉牟金枪迈出香檀木门槛时，赤兔马全身抖擞，调过身子不耐烦地等待着。当主人左足一踏进银镫，它当即腾跃凌空，又落在原地尥蹶子撒欢。江格尔把两侧衔子分别压在左右膝

下,握紧那有十二个咬口的金枪,从宫殿西口子向前驰去。

圣主江格尔奔到赤胆雄狮洪古尔美丽住的宅门前,大声喊道:

"洪古尔在家吗?"

"在家!"洪古尔答应着立即走了出来。

"一碗鲜血不知洒在哪座山麓?几根白骨不知埋在哪条河畔?你要好生守卫这北方本巴国土,我走了!"江格尔交待罢,便策马驰去。

圣主江格尔出走后,留在家里的勇士之中发生了一场骚乱。

右翼十七名勇士言明:"圣主本人抛弃了本巴出走了,我们又何必死守在这里!"一齐向着日落的西方奔去。

左翼十七名勇士声称:"既然江格尔自己遗弃了本巴故土,我们又何必留恋它!"个个朝着日出的东方驰去。

这样,北方本巴国只留下了赤胆雄狮洪古尔一人。

二

其时,鬼蜮有个叫希拉·固日夫的凶猛魔王。这个魔王长着一颗银白色的头颅,粉红色的锋喙,猛虎的心脏和幼雕的利爪。他展翅一飞,一下子便能飞出九十丈之远。

这个凶猛的希拉·固日夫魔王得知北方本巴国只有赤胆雄狮洪古尔一人留守,高兴得七天七夜没入睡没进餐。

身具变术的贴身大臣钖尔见后,问道:

"可汗,您为什么如此高兴?"

希拉·固日夫魔王踌躇满志地说:

"在日出的东方,大理石金山这边,有个叫江格尔的可汗,他是乌仲·阿拉德尔可汗留在世上的孤儿。这位可汗手下有三十五名勇士,个个英勇善战,与他本人不差上下;可其中有个勇士叫赤胆雄狮洪古尔,比他还要厉害。眼下,江格尔本人与三十四个勇士全部出走,各奔东西,北方本巴国只有洪古尔一个人留守。趁此机会,咱们带上大批人马赶去,踏平本巴白山头,填平那本巴海子,活捉洪古尔那小子,怎么样?"

"可汗,您说得对。"锡尔大臣说:"洪古尔那小子有多少变术,我也有多少。趁他们可汗与大多数勇士不在家园,咱们袭击他们的领土,掠来他的属民与牲畜,这再好不过了。"

锡尔大臣讲完,当下出去展开大旗,召集了大军;展开中旗,召集了中军;展开小旗,召集了小军。鬼蜮的兵卒从四面八方赶来,聚集到一处,看上去密如土粒,多似蚂蚁。

希拉·固日夫魔王披挂铠甲,跨上战马。带领大军奔向北方本巴国。因为人马众多,虽说草原辽阔,但草不够吃;湖泊浩瀚,但水不够喝。他们一路上只好以阿日滋酒解渴,用鲜肉充饥。

希拉·固日夫大军先攻克美男子明彦领地;接着沿着阿日其图珊丹山脉,冲入阿拉坦策基的家乡;继而,顺着黑海岸拿掉手下巨人库恩伯的驻地,一路所向披靡,节节取胜。

在炎热的一天午间,希拉·固日夫魔王大军逼近了江格尔那座金碧辉煌的宫殿。

赤胆雄狮洪古尔眼见敌军压境,急忙召集来七十二位可汗的工匠们做了防守准备;自己返身跑回圣主江格尔宫殿,取来自乌仲·阿拉德尔可汗逝世后从未有人动用过的那张巨大宝弓,朝着迎面冲上来的敌军,一个劲地射箭。

希拉·固日夫的大军来势凶猛,锐不可当。旌旗遮天盖日,好像一片苇丛。敌军枪戟密密麻麻,犹如湖泊中的蒲丛。他们以七万兵马团团围住了圣主江格尔的大殿,洪古尔及其手下兵马与敌军拼死厮杀,七天七夜没让他们靠近宫殿。

洪古尔不顾死活阻挡敌军进攻时,锡尔大臣纵骑奔来把弓拉得圆又圆,将一支箭扣上去,瞄准洪古尔的心脏射去。利箭呼啸飞来,洪古尔没提防,被箭射中了右臂。洪古尔大惊,高声呼喊着亲爱的江格尔。可江格尔早已越过八千座高山,渡过了八十二条河流,怎能听得见这呼叫声呢!

阿盖·萨布塔拉夫人眼见洪古尔中了箭,急忙奔出宫殿,给他包裹好那受伤的右臂。赤胆雄狮洪古尔又绕着宫殿,继续射杀冲上来的敌兵。

正在此刻,神驹菊花青奔到洪古尔洁白的毡包前。珠拉赞丹夫人见后,急忙跑出毡包给菊花青鞴上鞍子,跪在它蹄前,吩咐道:

"洪古尔死守着被圣主江格尔遗弃的这片国土,快要献出自己生命了。请速去接济你的主人吧!"

神驹菊花青朝主人奔去,妖怪们见后想活抓它,从四面八方围了上来。菊花青用银缰甩击,用蹄子刨打着众妖,赶到主人身边。洪古尔见坐骑跑来,觉得有了战斗伙伴,勇气倍增,更有斗志,霎时增添了七万个勇士的力气。他从鞍鞯上取下钢剑,紧握在手中,跨上坐骑又冲上去。当他左冲右撞,拼力厮杀之际,突然瞭见有一万多敌军包围了江格尔宫殿。洪古尔调转马头冲上去,决心击退围军,便挥剑砍杀。

这场阻击战打得异常艰难,无比残酷。洪古尔虽说砍掉了敌军旗麾,将希拉·固日夫头部鞭打了六十一下,可自己八十二根肋条受了八千处伤,膀胱上部受了七十二处枪伤。他遍体鳞伤,实在无力再战了。他想:"本巴国的雄狮洪古尔就这样让敌人活捉吗!"便调转马头逃去。他越过险峻的山岭,渡过汹涌的河流,正向前飞驰时,迎面突然奔来九百万敌军,截住了去路。洪古尔面无惧色,哈哈大笑,手指希拉·固日夫魔王骂道:

"我看你呀,是个十分愚蠢的可汗。就算你小子抓到了我,可凭啥能耐去对付以江格尔为首的三十五名勇士……"骂着骂着,神志开始昏迷,不一阵儿,一代英豪洪古尔身不由己的从坐骑上跌落下来。

希拉·固日夫魔王跳下坐骑,亲手把洪古尔用钢绳子捆好后拖上铁车,交给了八千个妖怪,吩咐道:

"把他关进七层红湖水底,每日抽他八千鞭,剐他八千刀,让他受尽十二层地狱之苦!"

赤胆雄狮洪古尔被逮去了,北方本巴国落入了魔王手中。敌军没给本巴留下一条母狗一个孤儿,将属民与畜群全部赶走了。江格尔夫人阿盖·萨布塔拉与七十二位可汗的夫人统统成了希拉·固日夫魔王阶下囚。美丽的本巴乐土长满荒草,再也见不到生灵的足迹了。

三

一日,江格尔正毫无目的的纵缰奔驰时,眼前出现了一座金黄色的宫殿。他赶到殿前,从明净的窗口向里一望,里面坐着一位天仙般美丽的姑娘。江格尔当即翻身下马,从窗口跳了进去,拉上她白皙的手走了出来,双双骑上赤兔马向远方驰去。二人赶到一片蔚蓝色湖水的岸边,用大理石建造了一座石屋结为夫妻,生活在一起,把北方本巴故土以及守护它的赤胆雄狮洪古尔忘得一干二净。没过多久,这位姑娘怀了孕,十个月头上生了个男孩子,父亲江格尔用阴阳宝剑割断了他的脐带。这孩子只过了三天,便跨上江格尔的赤兔马上山打猎供养父母了。阿爸额吉十分喜欢,给他起名叫古那干·乌兰绍布锡格尔。

有一天,古那干·乌兰绍布锡格尔又到日出东方的山上打猎时,望见远处马蹄扬起的尘埃。小孩迎着赶去一瞧,有十七匹骏马,把缰绳挂在鞍鞒上,站在那里。心想:"这一定是某些大人物的坐骑了。"他又仔细一瞧,一匹乌龙驹的巨蹄如同象蹄,它的胸脯下面还坐着十七位勇士。古那干·乌兰绍布锡格尔想看个究竟,向前一走,坐在十七名勇士之首的一个站起来道:

"你们瞧,那不是圣主江格尔的神驹赤兔马吗!"

说话的不是别人,正是圣主江格尔左翼首席勇士巨人库恩伯。他认出了赤兔马,可不认识小主人是谁。心想:"不知这家伙把江格尔的白骨给扔在哪座山麓,他占有了这赤兔神驹!我得详细问一问。"便开口道:

"孩子啊,家住在哪里?你阿爸叫啥名字?"

小孩坐在马上,毫无惧色地回答:

"说不清我家住哪里,也不知阿爸叫啥名字。眼下,只与阿爸额吉三人在一片荒野上生活。"接着,他反问:"你们这样策马急驰,是为何事奔忙?"

巨人库恩伯道:

"我们是这块领土的主人,那拉·胡希格赞丹可汗的勇士。眼下,到

锡来河三可汗处收了赋税正往回赶路呢。"随后,他起身牵出一匹马交给孩子:"把这匹马交给你阿爸好吗?"

古那干·乌兰绍布锡格尔辞别了库恩伯等人。这天,他回来晚了一点,阿爸迎了出去一看,儿子牵回一匹马,便生了气:

"你这样做,是懒儿子损害好父亲的名誉!谁叫你去收罗别人丢下的小畜!"言罢,从背后将乌兰绍布锡格尔打了二十下,从前面给了十大巴掌。

儿子没言语,饮完马就去睡觉。

次日,古那干·乌兰绍布锡格尔一早起来,跨上赤兔马到日落的西方狩猎时,远方弥漫起骏马扬起的尘雾。他驰去一瞧,又有十七匹马仰着脖子站在那里。乌兰绍布锡格尔心想:"这肯定是什么大人物们的坐骑了。"他仔细向前一望,在一匹大红马胸脯下面坐着十七个勇士。他们的首席勇士阿拉坦策基见有个孩子骑马奔来,心中不觉一怔:"这不是神驹赤兔马吗!不知这小家伙把圣主江格尔的白骨扔在何处了呢?我得问个明白。"便开了言:

"孩子啊,家住在哪里?你阿爸叫啥名字呀?"

"说不清家住在何处,也不知阿爸叫啥。我与阿爸额吉三人,在一片荒野上生活。"小孩在坐骑上回答。

阿拉坦策基从箭壶中拔出一枝羽翎青盒钺箭:

"孩子,你回家后,把这支箭交给你阿爸。"说着将箭递给孩子。

晚上,乌兰绍布锡格尔回来,把那支箭交给了父亲。

江格尔接过来,一眼便认出这支羽翎青钺箭。他猛然怀念起北方本巴故乡,回想起只身一人留守在那儿的赤胆雄狮洪古尔,急忙问儿子:

"昨天是谁人送了那匹马?今天又是哪一位交给了这支箭?快快告诉阿爸!"

古那干·乌兰绍布锡格尔将这两天所遇见的人与所经历的事儿向父亲如实做了陈述。江格尔听后,当即大声喊道:

"这些人是我三十五位勇士啊!"

"那您是什么人?"儿子惊讶地问。

江格尔抱起儿子:"古那干·乌兰绍布锡格尔呀,你是阿爸用北方本巴领土换来的,是用赤胆雄狮洪古尔生命换来的!"言罢,把儿子放在左膝上亲他的左脸蛋儿,又挪到右膝上吻他的右脸蛋儿。怀里的儿子仰头问道:

"阿爸,您说的洪古尔是何人?世间孤儿又是何人?"

江格尔从祖先北方本巴故乡,一直到以洪古尔为首的三十五位勇士,向儿子做了一一介绍后,便道:"我得赶紧回去看一看了!"

这时,站在屋外的赤兔马听到主人要回去,嘶鸣七十二次,也口吐人言:

"身为男子汉要怀念故乡,作为骟马的我同样思念伙伴们啊!"

江格尔拎起鞍子走了出去,鞴上马刚要跨上鞍时,自忖:"想起洪古尔得走,留恋儿子古那干·乌兰绍布锡格尔又想不走,怎么办呢?"他想来想去,想出个两全齐美的办法。把儿子叫到身边,一只手抓他右手,另一只手指向前方说:

"孩子啊,你瞧见那座青青的大山没有?"

"瞧见了。"

"你额吉的娘家就在那儿,沙金梯巴可汗是你舅父,你把额吉送到你舅父那里,赶回本巴故乡来见我!"江格尔交待完,跨上赤兔马扬鞭驰去。

圣主江格尔疾速赶回本巴故乡一看,草木凋零,满目荒凉;在金黄宫殿的废墟上,长满了黄色角碱蓬;找不到问话的一个孤儿,见不到吠叫的一只母狗。"本巴海子不是给百姓创造过财富吗!我江格尔不是为人民带来过幸福吗!"江格尔一边伤心、悲痛,一边骑马信缰而行。不一会儿,只见从一座黑毡包天窗冒出袅袅炊烟。他赶到毡包门前问:

"屋里有人吗?"

"看来,乌仲·阿拉德尔可汗的孤儿江格尔回头了!"一位苍苍白发的老翁嘟哝着走了出来。

"老人呵,这里究竟发生了什么不幸?"

"我不知该怎么样对你讲。先前,希拉·固日夫魔王带来七百万之众,将咱们本巴家园洗劫一空,又活捉去赤胆雄狮洪古尔,并把他抛进了

红湖之底!"老人指了指脚下继续说:"你不看,这里就是拖进洪古尔的那洞口,我一直在守候着它。"

圣主江格尔听了老人答话,当时便昏倒了。

四

圣主江格尔醒来后,把神驹赤兔马交给了老人,从荷包里取出一条两丈长的绳索,沿着那两层宽一层窄的地道钻了进去。

儿大之后,古那干·乌兰绍布锡格尔也赶了来。他走到那位白发苍苍的老人那里,说明自己是江格尔的儿子,并言明:"我要为美丽的本巴国出征,要为父老乡亲报仇雪恨!"

坐在洞口的老人道:

"我说呢,一瞧你的模样就不像普通人的后代。祝你平安归来!"言罢,将赤兔马交给了他。

神驹赤兔马闻着泥土芳香,让小主人骑在自己背上驰去,半个月赶完一年的路程,半天跑完一个月的旅途,一日,奔到父亲江格尔圣主属民们迁居的戈壁滩。古那干·乌兰绍布锡格尔问迎上来的人们:

"你们是谁的属民?"

"我们过去属于圣主江格尔,现在归希拉·固日夫可汗管辖了。"答话人没见过这孩子,可认出了赤兔马:"主人没来,坐骑却来了。说不定咱们的圣主江格尔就是他伤害的呢!"言罢,失声痛哭起来。

古那干·乌兰绍布锡格尔显得有些不耐烦:

"别哭啦!希拉·固日夫魔王驻地离这儿有多远?快告诉我!"

"足有三个月的里程。"那人擦着泪水回答。

古那干·乌兰绍布锡格尔当下启了程,直向希拉·固日夫魔王宫殿策马疾驰。正当他扬鞭飞奔时,迎面有一位少年扬起微微红尘赶来。看上去他的坐骑比乌鸦飞得还快一些。

古那干·乌兰绍布锡格尔拦住这位少年:

"你是什么人?快讲!"

少年勒住缰绳,答道:

"当初,我是圣主江格尔的属民;现在,受希拉·固日夫可汗管辖。"

"那你为啥这样急急忙忙地奔跑?"

少年继续说:

"眼下,圣主江格尔的三十五名勇士全部赶来,正与希拉·固日夫魔王大军激战。我正要去通知咱们的属民赶紧迁回本巴故乡呢。"

"希拉·固日夫魔王势力如何?"

"那家伙凶得很,他在宫殿之外筑了钢铁栅栏,又围了一道白石垒的高墙,由多如蚂蚁的妖兵魔将守卫着。"

"朋友,我听阿爸讲,在塔比拉图河源头有咱们五百万属民在放牧,你快去将他们迁回本巴故乡。日后我会重重赏你!"

古那干·乌兰绍布锡格尔吩咐罢,又厉声对坐骑道:

"若不在明日中午之前赶到希拉·固日夫魔王宫殿,我要打掉你的四只蹄子!"

"放心吧,我的主人!"神驹赤兔马说罢,纵身飞驰而去。

赤兔马果真如期奔到目的地。乌兰绍布锡格尔勒住缰绳向前一望,江格尔的三十五名勇士正与希拉·固日夫魔王的妖兵魔将浴血奋战。他急忙纵马赶到希拉·固日夫魔王前面,向他发起挑战:

"你小子,是好汉就上来跟我较量一下!"

希拉·固日夫也不示弱:

"你小子有本事,就下来! 咱们徒步较量!"

"你以为我怕你不成!"言罢,乌兰绍布锡格尔跳下赤兔马冲了上去。

古那干·乌兰绍布锡格尔身体灵活得像只飞燕,而希拉·固日夫体宽肚大,气喘吁吁,显得有些笨重。两人一上去就扭在一起。彼此揪住肩膀和腰带,相互用脚勾住大腿,嵌住膈肌,整整搏斗了十二个昼夜。希拉·固日夫眼看敌不过小英雄,急忙跑去跨上坐骑,朝着胡罕查干山逃去;古那干·乌兰绍布锡格尔也跨上马追了上去。当两匹马头尾相接之际,乌兰绍布锡格尔一枪刺倒了对方。他当即跳下坐骑,将希拉·固日夫魔王的腿扭过来捆在他的腰背上,双臂折过来绑在他肩胛骨上,高高

举起,把老家伙在岩石上摔个一堆烂泥。这时,站在一边观看的赤兔马嘶鸣了七十二下。

圣主江格尔三十五位勇士也高呼着:"我们的事业成功了!"用梢绳拴着敌军头颅,肩并肩赶来。这时,赤兔马又嘶鸣了七十二次。

随后,阿拉坦策基为首的勇士们集合起希拉·固日夫魔王的大臣们,令他们排成两行面对面坐好,在他们右脸上个个打上本巴国那永不消退的火印,使他们变成了圣主江格尔的属民。

三十五位勇士唱着凯歌,赶到希拉·固日夫魔王宫殿。被掳来的夫人们终于获得了自由,她们一起迎了上来。圣主夫人阿盖·萨布塔拉上去抱起古那干·乌兰绍布锡格尔,并道:"孩子呵,你阿爸还没有音信,快去把你母亲接来吧!"

为了庆贺胜利,首席勇士阿拉坦策基主持举办了盛宴。人们畅饮美酒,尽情歌舞欢乐。此时,古那干·乌兰绍布锡格尔把母亲也接来了。

此刻,神驹赤兔马与菊花青思念起主人,长吁短叹,不时发出声声哀鸣。赤胆雄狮洪古尔被压进红湖之底的深洞,受尽磨难;圣主江格尔为救出他,钻进地道后也杳无音信。这些,他们的坐骑十分清楚。

五

江格尔钻入地洞,相继经过两层宽地道一层窄地道,到了七层地狱。他左瞅右瞧:"这该向何处走呢?"正发愁时,只见一个小孩在玩耍着,腋下夹着两座山,并不时来回调换那两座山的位置。江格尔心想:"地下世界,竟有这般巨大力气的孩童啊!"他赶到那孩子跟前问:

"小朋友,你知道北方本巴国的赤胆雄狮洪古尔在哪里吗?"

"洪古尔在这里可吃够了苦头。有八千个妖怪,每天抽打他八千鞭,刀剐他八千下。你想救他,就跟我来!"言罢,小孩领上江格尔走去。

当他们走到一处干旱无雨,十分炎热的地方时,迎面又跑来一个孩童。江格尔向他询问洪古尔的下落,小孩说道:

"我听到洪古尔成天叫喊:'寻找我的江格尔,为啥还不来?'你要找他,就跟我来!"说罢带上他们俩继续走。

一行三人走呀,跑呀,不一会儿,赶到一座没有支架没有围绳的长方形白色毡包之前。他们接连问了几声:"有没有人?"无人答话。三人走进毡包一看,炉灶的火烧得熊熊,锅里的水开得滚滚,两旁还堆着一些鲜美的鹿肉。江格尔说自己太累了,便像一根皮条,一棵红柳,躺在一处睡了起来。两个小孩把肉放入锅里煮了起来。锅快开时,突然走进一个长着铜嘴巴、黄羊足的老太婆。孩子见后道:

"老奶奶,咱们一块吃肉吧!"

她没有应声,便坐下来加柴烧火。肉煮熟了,两个小孩抬头相看之际,锅里的肉全没了,老太婆也不见了。二人在问:"莫不是遇上了女妖!"再往锅里放肉,加柴烧火时,那老太婆又来了。两个小孩生了气:

"你给我们滚开!"

"小兄弟,别发火。我的孩儿们挨饿呢。"说罢,她坐在那里烧起了火。

可肉一熟,眨眼间又没了,那老太婆也不见了。

一个孩子很为难地说:

"跟咱们走的这位诺彦醒来,可咋交待呀?"

另一个道:

"咱们煮的肉全叫那个该死的老太婆拿走了,有啥办法!"

"他当面不说,背后也会骂咱俩是馋鬼。"

"那咱们再给他煮一些吧。"

两人正欲拿刀割肉,江格尔醒来,便道:

"你们俩吃饱了,就去睡吧!我吃的肉,自己煮好啦。"

江格尔正在煮肉时,那老妇人又走进毡包站在东侧,手捂着嘴俯身而笑。江格尔见后,有些不解地问:

"俗话说,逢哭要教训,见笑要询问。不知你为啥发笑?"

"我在笑这两个不懂事的孩子呢。"

"为啥?"

"世间人们的偶像——江格尔,叫两个孩子煮肉,自己去睡大觉;而此刻他们俩空着肚子睡了觉。你说可笑不可笑?"

江格尔看她长相,听她的话音,知道这是个妖怪。他悄悄在老太婆那具有魔法的红袋底部捅开一个小窟窿,继续煮他的肉。老婆子见肉熟了,又往袋子里装时,肉撒满了她整个前襟。江格尔顺手拔出阴阳宝剑上去给了她一剑,老婆子当下被砍成两段。可她下身钻进地里,上身刹那间腾空不见了。江格尔叫起熟睡的两个孩子道:

"妖婆被砍成两段,可她下半身钻入了地里,我要追她去!"他从怀里掏出一条用人筋拧成的绳子,又吩咐两个孩:"我把这绳子的一头留在洞口,你们好生守着,它一动就往上拉!"言罢,江格尔便钻进了地洞。

江格尔到了地下,见有一座无围绳没支架的毡包。走进一瞧,有位天仙般的姑娘坐在里面。姑娘拿出了美味的各种食品让客人品尝。江格尔一边吃一边问:

"有个受了伤的女人向这里逃来,不知你瞧见没有?"

"见了。"姑娘用手指了指不远处的一座黑茅屋。

江格尔辞别了这位姑娘,走近黑茅屋向里一瞧,有七个秃头小子在缝接一个人的胸部与腰部呢。原来,这人就是那个铜嘴巴、黄羊脚的妖婆。这个妖婆还在向七个秃小儿吩咐:

"人世间本巴国的希望江格尔来了。在他救出洪古尔之前,你们赶去把那个关在红湖之底的洪古尔的牙齿打碎,舌头割掉,让他真正成为北方本巴人们的梦幻!"

江格尔一听这话,顿时心中燃烧起怒火:"你们黑夜梦幻、白天期望的江格尔来了!"他大叫着闯进茅屋,揪住迎面冲上来的七个秃子的头,相互猛力撞击,不一会儿,他们个个死于非命。这时,生下来刚满三个月的一个婴儿,从铁摇篮里跳了出来,揪住江格尔的衣襟叫嚷:

"你这该死的老东西,昨天砍伤了我母亲,今天又杀害了我七个兄长,我要跟你拼个死活!"言罢,上去与江格尔扭做一团。江格尔与小婴儿厮斗了七天七夜,没分胜负。身经百战并了解妖怪习性的江格尔,瞅准对方的细腿,一连踢了八十二下,将他踢翻在地,拔出阴阳宝剑一砍,

146

那宝剑像是碰上了顽石，左右颤动。小妖却安然无恙地说：

"你别高兴得太早，一会儿我叫你去见阎王！"说着，他跃身而起，又抱住江格尔拳打脚踢，与他滚成一团。足智多谋的江格尔一只手攥紧小妖的手，用另一只手朝着他后脑勺一连打了两万拳，朝他腹部踢了一万下，接着对准胸口刺了一剑，掏出他的心脏甩在一边。这时，从那颗心脏上燃烧起的三股烈火向江格尔烧来。江格尔见后，呼唤众佛保佑，向去世的父母祈祷，天空立刻降下了倾盆黑雨，熄灭了魔火。

江格尔消灭了铜嘴、黄羊脚的妖婆及其妖儿们，向那位天仙般美丽姑娘的白毡包走去。

六

原来，这位天仙般的姑娘是黑那尔天神的女儿。一日，她在山坡上采花时，被那个铜嘴、黄羊脚的妖婆抓来，被逼着照看摇篮里的小妖儿。

江格尔走进白毡包，问道：

"姑娘，你想回天宫还是想留在这里？"

"我想回去。"

"那好，我来想办法。"江格尔把姑娘领到出口，手指那吊着的人筋绳子说：

"你抓好这吊绳的半截！"

"不，江格尔你先抓吧。"

"为啥？"

"你是德高望重的男子汉，我可不好意思在你上头。"

"你是天神之女，不是凡人。就别计较了！"江格尔执意让姑娘抓紧绳子上半截，自己抓住绳头，命令守洞口的两个小孩："快拽绳子！"

两个人拉出一看，不是江格尔，而是一位美丽的姑娘，便惊奇地问：

"江格尔呢？"

"他在半腰上，快拽绳子吧！"

可这两个家伙没听姑娘的话,反而把人筋绳子给切断了。这一切不要紧,抓着绳子往上爬的江格尔随着断去的绳索跌下去,把右胯摔得粉碎。

江格尔受了伤,躺在地上口里念道:"这该咋去救洪古尔!"这时跑来一公一母两只老鼠。

"这儿有块儿又肥又大的肉,咱们可以大饱口福了!"母老鼠瞅着江格尔说。

"谁都有不幸的时候,他正在痛苦中呻吟,你别去动他!"公老鼠说着走了。

"现成的肉不吃,你想吃啥?"母老鼠经过江格尔身边时,从他大腿上咬下了一口肉。

"人倒了霉,老鼠也来欺负!"江格尔一拳打断了母老鼠的右胯骨。公老鼠见后,急忙逃去。

次日一早,那只公老鼠嘴里衔着一片树叶跑来,放在母老鼠受了伤的胯骨上,将伙伴救活了。母老鼠伤好后没有走,说:"这个混蛋好叫我受苦呀!"说着扑上去又咬了江格尔一口。江格尔一拳打断它左胯骨后,把它拉到自己身边。

"叫你别去咬他,偏不听,真是自讨苦吃!"公老鼠生气地走了。

过了两日,公老鼠又衔来一片树叶,刚要递给伙伴时,江格尔一把抢过树叶放在身边。公老鼠再跑去,三日后衔着一片树叶来,又叫江格尔掠了去,与上面那片树叶放在一处。过了三天,公老鼠衔来的第三片树叶又被江格尔夺了过来。

江格尔用一片树叶救活了母老鼠放走了。自己嚼碎了一片,涂在右胯上,治愈了伤口。剩下的一片吞进肚里,他跳了起来,继续赶路。

不一会儿,他走至一棵高大紫檀树下。仔细一看,这树的梢子通至上面的洞口,便抱着向上爬到了当初他滑下来的那个洞口。江格尔从树杈上撷下二十片叶子继续赶路时,刚好碰上了为占有天仙般姑娘而在争吵的那两个孩子。他放走了姑娘,厉声斥责两个小孩:

"两个没安好心的东西,你们潜入地下、飞到天上,都逃不出我的手掌！不改邪归正，日后我要收拾你们！"言罢，他嘴里衔着一片树叶去寻找洪古尔。

当江格尔赶至红门道时，那位天神女儿打发三个仙女，给他送来各种美味食品，并告知他关押洪古尔的地方和到那里的三个渡口。

江格尔沿着她们指给的路，赶到红湖之滨时，迎面奔出警戒的八千个恶魔。江格尔不由分说，将他们斩尽杀绝，继续赶路。这时，又有四个妖怪奔来拦住了去路。江格尔一连"咔、咔、咔"三剑，砍死其中三个。那剩下的一个气呼呼地扑过来拼命厮杀。江格尔趁机拦腰抱住对方抛到空中，没等落地，又将他劈为两段。

随后，江格尔摇身一变，变做一片绿叶从红湖水面上飘过去。到湖中心一瞧，刚好有一堆石块与木头。他变回原貌，把人筋绳索的一头系在那堆石块与木头上，手里抓牢另一头，口中呼喊着本巴沙日图赞丹①口号潜到了湖底。他左顾右瞧，见不远处有一堆白骨。走至跟前，江格尔嚼碎那神树叶向骨堆吹了上去。不一会儿，只见那散了架的白骨合拢到一处；又嚼了一片神树叶吹去，骨架上立刻长出肌肉，慢慢变成了酣睡着的洪古尔；随后往他嘴里塞进一片树叶，洪古尔口里唠叨着："人会睡得这么长久吗！"便慢慢起了身，还不停地打着哈欠伸着懒腰。

站在一旁的江格尔，见洪古尔醒来了，一个箭步上去，把洪古尔的鹰钩鼻子贴在自己脸颊上，二人抱做一团。江格尔拥抱着洪古尔，洪古尔搂着江格尔，七天七夜难舍难分；相互诉说别后的遭遇，又是七天七夜。

随后，二人踏上归途，来到那个小孩的住地。江格尔对洪古尔说：

"这两个黑心肠的东西，叫我受尽了地狱的苦头，你给我好好惩罚他们！"

"叫我说呀，他们俩是有功劳的！没有他们，你能弄到神树宝叶救活我吗！"洪古尔说完，将两个孩子放走了。

二人赶到出口，江格尔道："这地道共有七层，而且有宽有窄，可不好往上爬呢。"他从荷包里取出两根金撑子。爬宽处支撑两下，过窄处支撑

_____

① 鼓舞志气，激励勇气的战斗口号。

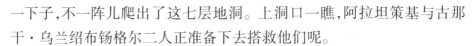

一下子，不一阵儿爬出了这七层地洞。上洞口一瞧，阿拉坦策基与古那干·乌兰绍布锡格尔二人正准备下去搭救他们呢。

江格尔指着儿子，向洪古尔说：

"你遭受地狱种种苦头的代价，便是我这儿子。"

"为啥不早告诉我，非找你评评理不可！"洪古尔开了个玩笑，上去一把抱住古那干·乌兰绍布锡格尔亲了几口。

当江格尔一行四人赶回北方本巴故乡时，其三十五名勇士早已把家园重建如初了。他们见圣主等人凯旋，纷纷迎了上来；阿盖·萨布塔拉夫人领上小古那干的母亲也走过来，向夫君江格尔请安。

圣主江格尔为庆贺他和洪古尔平安归来，召集三十五个勇士、七十二位可汗，在金碧辉煌的大殿举行了盛宴。

美丽的本巴又和昔日一样，没有严冬，四季如春；富饶的本巴还与往日一般，人们没有死亡，长生不老。

勇士与可汗们，以圣主江格尔为中心，围成七圈正在畅饮美酒，纵情

歌唱时,赤胆雄狮洪古尔突然起身道:

"我与江格尔有个争端,请诸位明断!"

"啥争端!"众人不解地问。

"小古那干·乌兰绍布锡格尔的事儿,他一直没向我讲清。诸位说,这对不对?"

众人听了,一致声称:

"洪古尔言之有理,圣主没向他讲明,分明不对!"

洪古尔得到大家的支持与肯定,十分高兴。他叫来古那干·乌兰绍布锡格尔道:

"祝愿你成为一个女人不能征服,男人不能战胜的额尔合巴达玛①!"

伴随着洪古尔的祝愿,在座的勇士与可汗们也寄予他美好的祝福。

这样,北方本巴乐土比以往更加喜气祥和,举国上下过起了太平幸福的日子。

---

① 盛开的莲花。这里是兴旺发达之意。

第十一章
赤胆雄狮力斩
魔王兄弟仨

一

江格尔是一位生有一副公驼前额，长着驼羔鬃毛般的鬓发，满口洁白牙齿，一对乌亮眸子的英雄好汉。他肩有七十五尺宽，胯部宽也不少于八十五尺。

江格尔征战异乡，未吃过败仗；出兵外地，从没负于对方。闻到他的英名，边远的部落纷纷前来归附进贡；见到他影子，近处部族争相赶来俯首听命。江格尔自出生以来，未曾失过大好江河，在大千世界中闻名遐迩，一直被人们称颂为圣主。

圣主江格尔故土本巴是个没有严寒，四季常青；没有贫穷，美丽富饶；没有战乱，永远安宁的乐园，所以这里歌声不断，人们始终沉浸于幸福与欢乐之中。

此时，圣主江格尔又在那座有四十四片哈那，四千根椽林的洁白大殿里举行盛宴。上至十二名勇士、八千个宝通、双鬓染了霜的老翁与银发斑斑的老媪，下至健壮的小伙子、漂亮的媳妇、妙龄少女围成七圈，在大殿就座，畅饮着美酒。他们和着曲调放声高歌，踏着节拍不时得婆娑起舞,席间尽兴地饮,尽情地唱,纵情地跳,人们在圣主江格尔身边自由自在,无拘无束,气氛显得十分欢快而和谐。盛宴进行了六十天,接着又持续了七十日。人们在高兴之余,又赞颂起自己的故乡——本巴乐园:

　　"北面的夏营地,
　　温溢着乳汁;
　　南面的夏营地,
　　泛溢着奶油;
　　山岭上的夏营地,
　　漾溢着美酒;
　　原野上的夏营地,
　　飘溢着欢乐气息。

　　美丽的本巴哟,
　　是个吉祥的乐园!

　　朝山川放眼望去,
　　野兽成群结队;
　　再瞭那无垠的旷野,
　　布满了肥壮的五畜。
　　马儿吃的酥香草,
　　牛群吃的茇茇草,
　　骆驼吃的优苔藜,
　　羊儿吃的黄蒿蒿,
　　更是满山遍野。

　　额尔齐斯本巴哟,
　　是个富饶的乐园!

这里，

那波涛滚滚的三条河流，

可供五畜饮用；

五个部族的民众，

不分彼此和睦相处。

这里，

没有严冬四季常青，

没有贫穷家家富裕，

没有孤寡人丁兴旺，

没有动乱永远安宁。

北方的本巴哟，

真是个幸福的乐园！"

圣主江格尔有位美丽超群的夫人，其名为阿盖·萨布塔拉。她那粗而长的黑辫子垂悬脊背，以珍珠镶饰的衣扣子排列在喉咙下面，沿着脖颈吊垂着银链耳坠，贴着后襟飘飞着银制发绳。阿盖·萨布塔拉夫人的脸颊比血还红，前额比雪还白。如果她站到皓月之下，凭借她发出的光亮，人们能看守马群，可做针线活儿。

圣主江格尔与这位贤惠美貌的夫人端坐中间，正同众人畅饮美酒，尽兴欢乐时，那匹力大可搬山、腿快能旋转宇宙的神驹赤兔马，从大殿之外突然发出一声嘶鸣。圣主江格尔听后，不觉一怔，纳闷坐骑为啥要嘶鸣？他掐指一算，预感要有一场灾难降临。

二

那时，在遥远的日落北方，居住着三个魔王兄弟。老大叫阿塔嘎尔黑魔，长着十五颗脑袋；老二叫浩特古尔黑魔，长着二十五颗脑袋；最小的那个叫古南黑魔，有三十五个脑袋。

这三个魔王的领地，距本巴国不知有几日几月的里程。据人们讲，骏马奔瘦了,健壮小伙子跑垮了,才能到达他们的驻地。

这三个魔王兄弟野心勃勃,早就预谋如何将本巴国占为己有。

一日,老大向两个弟弟道:

"在日出的南方,有个叫江格尔的可汗,你们可曾听说过吧!我想咱们这就启程,去征服他本巴家园。"

老二说:"是听说过,可据说这可汗十分厉害。他不但征服了周围七十位可汗的领地,而且手下还有十二名勇士、八千个宝通。咱们恐怕不是他的对手。"

"怕个啥?"老大满不在乎地继续说,"听说本巴国的可汗江格尔,还有他身边的十二勇士,个个两鬓挂了霜,胡须全白了。咱们弟兄三人趁着坐骑蹄快如飞,剑戟无比锋利,自身体健力强,前去合力袭击,我想定能打败他们。"

两个弟弟虽有些畏惧,可早就对那没有严冬四季常青,没有孤寡人丁兴旺,没有贫穷人人富足,没有动乱永远安宁的本巴乐园垂涎三尺了。听了哥哥这番话,二人都壮了胆,马上站起来争相大叫:

"这就去收拾他们,让江格尔与他的十二个勇士在咱们马蹄下瑟瑟发抖吧!"

"把江格尔那没有贫穷无比富足的家园,掠夺得不剩下一只羊羔!把他那没有寒冬四季常青的乐园,踏成一片废墟!"

三个魔王兄弟商定好出征的事宜。次日一早,朝日出方向一望,正好是吉日良辰。他们当即披挂整齐跨上各自坐骑,老大在前,老二居中,老三守尾,相继朝本巴国驰去。

三

这时,圣主江格尔以那天赋的灵感,预测到三个魔王兄弟所策划的这场阴谋。

众勇士以及宝通们正围坐成七大圈畅饮阿日滋、胡日滋美酒,又说又唱时,圣主江格尔从那四十四条腿的银桌子上,端起酒碗抿了一口,连

连叹气道：

"今天的酒宴，虽说盛况空前，可近日将要发生一件谁也预想不到的大事了。"众人听了此话，个个感到十分惊讶。江格尔继续道：

"诸位有所不知。在那骟马奔瘦了，好汉跑乏了才能到得了的日落北方，居住着三个魔王兄弟。他们想捣毁塔黑勒·珠拉先祖所开创的伟业，霸占我们的领土，掠夺我们的财富，眼下正向咱们这里奔来。诸位，你们想一想，拿啥办法去对付这三个恶魔为好啊？"

席间的众人一听将有凶猛恶魔赶来，个个惊慌失措：想上天吧，天又太高；欲入地吧，地又太硬。众人的两眼直盯着地，谁也不言语了。

此刻，右翼首席勇士阿拉坦策基打破了这寂静的场面，首先开了言：

"圣主江格尔，看来在座的十二名勇士与八千个宝通是想不出如何对付这三个恶棍的好主意了。"

经他这一激，众人开始喧哗起来：

"这三个家伙见咱们个个年事已高，是不是在蔑视我们？"

"据说这三个家伙是有舌人不敢惹，有嘴人不敢冒犯的恶魔。他们还每人各持一把带黑勾的叉子，一触到人身上就会中毒呢！"

"还叫器凡是带蹄的骏马到得了的地方，全应属于他们所有。咱们本巴国，一连有七代不曾被敌人所侵占、玷污，我们决不甘当人家的俘虏！"

"一旦这不堪入梦，不敢想象的灾难降临，咱们这伙人怎么向父老乡亲们交待？"

阿拉坦策基见众人你一言我一语，半天没想出一致的主意，就谈了自己的想法：

"光这般嚷嚷没有用。果真到了大家所说的那地步，本巴五个部族的民众将要遭殃要吃尽苦头，十方魔鬼将把咱们这伙人打入十八层地狱的。我想，有一个小伙子能收拾这三条恶棍……"

没等说完，众人齐声问：

"是谁？快讲！"

阿拉坦策基继续道：

"速派人前去位于希贺日鲁河畔的大力士孟根·锡格希日克的领地,将他的儿子赤胆雄狮洪古尔叫来!"

"对,洪古尔一定有办法对付那三个恶棍。"

圣主江格尔赞同这个提议,立即派出一名骑士,叫来笔贴式①宝音图,命令他给洪古尔写一封诏书。宝音图拿起笔在麻纸上写道:

"十方恶魔的克星赤胆雄狮洪古尔:我们这块拥有五个部族,五百万属民且不分彼此完全自由平等,成为上方七国梦幻,下界七国理想的本巴国土将面临一场灾难;没有严寒四季常青,没有孤寡人丁兴旺,没有贫穷永远富足的阿尔泰家乡,将受到三个魔鬼的铁蹄践踏;勇猛的希日克可汗驰遍神州大地,把骏马骑到瘦骨嶙峋,费心劳力拼命厮杀,除掉五个妖魔后奠定下来并连续七代没发生动乱的吉祥而安宁的大好山河,如今将要遭到魔鬼袭击。赤胆雄狮洪古尔啊,你是擎天立柱。御敌卫国的重任已落到了你的双肩上!"

笔贴式宝音图书写罢,盖上银制大印交给了圣主。江格尔叫来贺·吉拉干宝通,令道:

"你速去将这诏书交给洪古尔!"

贺·吉拉干是一位通晓几种语言的杰出通事②。他不仅精通蒙语,汉话说得十分流利,俄语讲得滔滔不绝,哈萨克语谈得口若悬河,藏语也说得滚瓜烂熟。人们说他,讲起话来能使清水上浮起两指厚的奶皮,这一点儿也不夸张。

贺·吉拉干怀揣诏书,跨上玉面棕色马启了程。他日不停蹄,夜不住宿,在云层下树梢上像鸟儿般飞翔,似离弦的箭疾驰,直向大力士孟根·锡格希日克驻地奔去。

---

① 类似当今的文书。
② 古代蒙古人称翻译人员为通事。

四

　　一日,赤胆雄狮洪古尔正在家里与阿爸额吉无事闲坐,忽然听到有骏马奔驰的声音,便命令仆人:

　　"快出去瞭一瞭,看来了什么人?"

　　洪古尔话音刚落,通事贺·吉拉干已飞马从院落之间穿了过来,到了孟根·锡格希日克府第之前勒住缰绳,翻身下了坐骑。他将玉面棕色马用铁绳吊起后,用钢绊绊好马蹄,走去用肩头掀起那用七十只绵羊绒毛制成的白毡门帘,进了宫殿。贺·吉拉干双膝弯曲,跪在洁白的毡垫上,首先面向洪古尔父亲施礼道:

　　"具有大力士美称的孟根·锡格希日克大伯,您好!"说罢,拱手敬献上哈达。接着向希勒台·赞丹格日勒夫人请安:

　　"尊贵的夫人额吉,您一向安好!"

　　随后向洪古尔兄长问好,彼此寒暄了几句。

　　洪古尔问道:

　　"贺·吉拉干,你骑马大汗淋淋到寒舍,是不是出了啥事儿?"

　　贺·吉拉干从黄色铁袋里取出那封诏书,双手呈递过去。

　　洪古尔拆开一看,不觉一怔。喔!原来是三个魔鬼兄弟将要侵袭北方本巴国。只因十二名勇士一时无所适从,所以圣主下旨令他速去制服那三个恶棍。他看罢圣主江格尔的书信,顿时嘴角显出咄咄逼人的神威,巨鹏眼珠般的乌亮眸子急剧转动了十二下,额头上的血管鼓得像是几条鞭柄,泉眼似的心脏突突跳动,启齿问:

　　"阿爸呀阿爸,有三个凶猛的恶魔要入侵咱们本巴国,圣主令孩儿前去惩治他们。我的坐骑、铠甲、鞍子在哪里?"

　　大力士孟根·锡格希日克见儿子这般气愤的样子,便道:

　　"你坐骑神驹菊花青牧放在马群之中,战服与铠甲放在衣柜里,弓与箭挂在墙上,金刚宝剑仍在剑鞘里。"

　　赤胆雄狮洪古尔征得父母的同意后,吩咐马夫呼肯查干:

"快给我鞴马来！"

洪古尔坐骑菊花青，据说是吮吸着五十匹马乳汁长大的。如今，它正与九万匹铁青马合群，在哈日盖图草甸子放青，马夫呼肯查干骑一匹马赶去，将那群马儿收拢到查干湖来饮水。神驹菊花青竖起竹笋般双耳，两眼眺望着远方群山，跟随群马走下湖水。趁此机会，马夫呼肯查干当即抛出了套索，可菊花青凌空一跳，躲开了套索，蹬上河岸驰去；马夫沿着呼和珊巴山坡，一直追到赞丹河岸，这才套住了菊花青。菊花青奔腾挣扎，呼肯查干坐在鞍子后面拼命拽，把足有手腕粗的套索拉得像小拇指般细了，仍没能制服了它。此刻，正由这里路过的额尔敦乌兰勇士急忙赶来，截住将要挣逃的菊花青，与呼肯查干二人合力，好不容易拽住了它。马夫顺着青丝套索慢慢走去，随后抚摸着它宽大而肥胖的腰部，伸手抓住其鬃毛，给它带上银饰笼头，牵到大殿之前，拴在桩子上。

随后，马夫呼肯查干取来由一百个婆娘撕絮、七十个婆娘压制，仿照草原模样而制成的洁白毡屉铺在菊花青脊背上，扣好仿照山冈模样做成的黑色巨鞍，先后到马儿左右两侧，理齐了六十六条肚带，将其一一拉紧扣牢后，在菊花青胸前配戴了银饰攀胸，臀部搭上银制后鞦。

此刻，赤胆雄狮洪古尔正在大殿里穿戴披挂。他双足蹬进穿上一百年磨不破靴帮，一万年踩不烂底儿的藏式靴子，在光华缎袍之外套了三层古老锦装，披好铠甲，头上戴了银盔。随后，肩膀挎上那里面刻有雄鹰攫蛇、柄把雕有狮虎厮斗、背面刻着一对童男玉女嬉耍、扣子上雕着两只公黄羊角逐的巨大黄弓。这张弓，拉弦须用五十个力士的气力，射出箭要用九十个壮汉的力气。洪古尔又把金刚宝剑佩带在右胯下。这把剑也非同一般。它是由熟练的工匠铸造、冶炼，经哈萨克巧匠淬火，哈力玛克工匠开刃，头一年配了剑鞘，第二年安了剑柄的。看上去，这把剑比雪还白，比纸还要薄。最后，洪古尔将那根以七十张牛皮捆扎鞭心，用八十张牛皮编制了表皮，并在毒汁中浸泡好的黑鞭子攥在右手之中走去，向阿爸额吉二老辞别。

额吉希勒台·赞丹格日勒拉住儿子的手道：

"犹如旭日光芒的孩儿啊！

你是额吉的
黎明前的启明星，胸膛里的连心肉。
犹如火红鲜花的孩儿啊！
你是额吉的
脂肪里包裹着的肾脏，
鸟蛋里孕育着的初乳。
孩儿呀，
额吉祝福你
出征他乡要走运，
除尽恶魔要扬名，
斩绝妖魔抖威风，
调转金缰回归本巴！"
母亲祝福罢，抚摸着儿子的脸颊，亲吻了他的额头。

接着，父亲也开了言：

"愿神灵保佑你，你能如愿以偿！"说着，老人的眼泪雨点般流满了双颊。

一代英豪洪古尔接受了双亲的美好祝愿后，轻轻举步迈出了威严的宫门，走至坐骑跟前，解开那三十三庹长的由公黄羊颈皮拧制而成的缰绳，在手腕上挽了三圈时，昂首挺胸站在那里的神驹菊花青把银镫子向主人甩了过来。洪古尔的足尖一触银镫，菊花青立即凌空而起；敏捷的洪古尔犹如掷出的羊踝骨，"嗖"的一下稳稳当当坐在那藏红垫子上，启齿道："可汗阿爸，母后额吉，祝你们万事如意，贵体安康！孩儿走了。"祝福罢，与贺·吉拉干通事二人直向圣主江格尔的宫殿驰去。

五

神驹菊花青放开四蹄，犹如离弦的箭疾速飞驰；沾在四蹄上的木盘般大的泥块，连连溅上高高的天空。

赤胆雄狮洪古尔行至平原，纵缰驰骋；踏上陡坡，勒辔缓行；到了缓坡,再撒缰奔驰。如此这般,不一会儿便赶到了坐落于额尔齐斯河畔的江格尔宫殿之前。

洪古尔翻身下马,在一棵老紫檀树荫下,在一棵小紫檀上吊拴好坐骑。他把松软土地踩陷到腿肚,将坚硬地皮踏陷至踝骨,大步流星走去,拉开那银门进入大殿时,圣主江格尔正与众勇士、宝通饮酒。他走到圣主与夫人面前:

"名扬四方的圣主江格尔啊,您的龙体一向健康!"

"尊贵的嫂夫人,您的玉体安然无恙!"

他请罢安,又与十二勇士互相问好,叙说了别后之情。

随后,洪古尔走至槌形边地毯中央,把银盔往脑后一推,开了言:

"英明的圣主江格尔,您不是生来从未失去过政教两权,并以此享誉世上三大地区吗?"

"就是。"

"您不是有顶天立地的十二勇士、八千个宝通吗?"

"就是。"

"那您怕的是什么呢?"

圣主听了这连连发问,泪如泉涌。他用袖口擦着眼泪道:

"北方居住着十分凶猛的三个魔王兄弟。他们就要前来侵袭我国土,将我美丽的家园踏成一片废墟呢!"

"看来,这三个家伙要断绝塔黑勒珠拉可汗的烟火哩!"

"一点儿也不错!"江格尔道:"我估计其他勇士哪个也难于对付他们,才下诏叫来了你。"

随后,众人也问:

"洪古尔,你有没有信心?"

赤胆雄狮洪古尔起身,从怀里掏出一块瑰宝放在洁白的哈达上,双手捧向圣主江格尔:

"趁我手中之枪还无比锋利,自身还年富力强,一定能除掉这来犯之敌!"

江格尔一听这话,十分欣慰。他伸出双手:"我的洪古尔,拿来吧!"

说着,接过了礼品。随后把洪古尔抱在左右膝上,亲吻了一下。

接着,席间的众人一起唱开了洪古尔颂歌:

"英俊剽悍的洪古尔哟,

十方百姓对你赞不绝口;

武艺超群的洪古尔哟,

六方敌人见你胆战心惊!

你是

北方本巴的擎天立柱,

美丽家园的神奇梦幻!"

圣主江格尔用红润的手掌,抚摸着洪古尔丰满的前额说:

"虽然你的肉还未长硬,血还未变稠,可就要同恶魔那柄十五勾黑戟较量了。"

赤胆雄狮洪古尔接受了惩治魔鬼的重任,昂首阔步走出了宫殿。这时,勇士、宝通与依勒顿们纷纷赶来送行,有的人抓好坐骑菊花青的缰绳让他跨了上去,并齐声祝福:

"愿你前往那遥远的地方,

斩尽杀绝那万恶的魔鬼,

让菊花青的脑门与颈鬃,

带着洒下的阳光与月色,

平安的回归本巴圣地!"

洪古尔眼看着送行的众人说:"祝各位平平安安,事事如意!"他祝福罢,纵缰沿金碧辉煌的大殿从右绕了一周,向日落的方向驰去。

六

赤胆雄狮洪古尔以太阳的升落计算着白昼的里程,用月亮的轮回数着黑夜的行程;神驹菊花青脊背带着月亮洒下的银辉,额鬃挂着太阳射下的金光奔驰。主人与坐骑日不歇息夜不住宿,头擦着云空,蹄扫着树梢,扬起漫天滚滚的尘烟,惊得野兽东逃西窜,好似疾飞的雄鹰,又像离了弦的箭,一直向前驰骋,不一日踏入了一片广袤无垠的荒原。洪古尔找个歇息处,翻身下马,绊好坐骑,搭起灶火,放上铁锅,煮沸了浓酽的茶,不分左右扬了一阵子,放入了一块乌鸦也驮不动的黄油。然后,他从皮袋里取出一些干得像木块的干粮,边喝边吃了起来。

洪古尔吃饱喝足后,跨上坐骑继续赶路。他一口气跑完当月的里程,又跨入了下个月的征途。

不一日,洪古尔登上一座名叫阿木盖的沙丘。他勒住缰绳,足蹬银镫,掏出洁白的绸巾擦拭了几下乌亮的双眼,极目眺望那四年里程之遥的远方:那巍峨美丽的阿尔泰山,耸立于日出的东方。他又向日落北方一张望,在一缕尘烟之下,只见一个影影绰绰的东西在晃动着;洪古尔定睛仔细望去,好家伙,那个十五头的黑魔,嘴里吐着火舌,鼻孔喷着黑烟,正从迎面疯狂地奔来。

神驹菊花青也发现了,它口吐人言:

"我的主人洪古尔啊,你瞧见了吧!那魔鬼口吐火焰,鼻喷黑烟正向咱们奔来。你是本巴故乡的骄傲,是我们大家的希望。在这节骨眼上,你万万不可心慌意乱啊!"

洪古尔笑了笑:"我想用那家伙嘴里吐出来的火,烧茶喝;用他眼中喷出来的火,点烟吸呢!"他又说:"菊花青,你放心好啦。他那不过是在虚张声势!"

洪古尔下马重新整了整鞍子后又跨上去,策马奔下阿木盖沙丘,赶到一座覆盖着的白雪的山脚下,堵住了那十五头魔王的去路。

黑魔见有人截住了他,十分生气。他用能让人感到一百零八种灾难的腔调骂道:

"我瞧你呀,像个吃着生父肉长大的坏种,又像是流窜的牤牛,横飞的箭头!你小子家住何方?叫啥名字?快快对老子讲来!"

洪古尔没有回答,却反问他:

"我瞧你呀,是个变成了岩洞的回声,老公驼唾沫的坏蛋!我问你,生你的父亲是谁?管你的诺彦又是何人?从哪里来?要到何处去?"

黑魔答道:

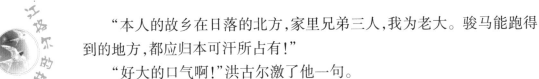

"本人的故乡在日落的北方，家里兄弟三人，我为老大。骏马能跑得到的地方，都应归本可汗所占有！"

"好大的口气啊！"洪古尔激了他一句。

黑魔继续道：

"据说，日出的东方有个叫江格尔的可汗。时下，他与他手下十二勇士个个两鬓挂了霜，头上长满白发，已到了入土的年纪了。趁此机会，我们兄弟三人正要赶去，把他那没有贫穷、无比富饶的家园洗劫一空，把他那没有严寒四季常青的乐园踏成废墟，让他的十二勇士跪在我们马蹄下瑟瑟发抖，叩首求饶呢！"

赤胆雄狮洪古尔听了黑魔这番狂言，气得把白皙的十指紧紧攥在掌心，腮牙咬得咔咔作响，高声吼道：

"你这有眼无珠的混账东西，以为是去讨要山羊羔的债，还是去索取绵羊羔的债！你小子听说过吧，本巴国有个十方恶魔的克星赤胆雄狮洪古尔吧，本人便是。有我洪古尔在，你混账小子的野心休想得逞！我看你真有点儿活得不耐烦了，非要来这荒无人烟的野地送死不成！好啦，咱俩用父母所给予的双手拼搏，还是用工匠们铸造的剑枪厮杀？你小子说吧！"

十五头黑魔也不甘示弱：

"选哪种方式较量都行。"

洪古尔一听这话，当下从剑鞘中拔出经硬石上磨，在软石上开了刃的金刚宝剑驰过来，对准黑魔的一颗头颅，连同其坐骑一齐砍了下去。可哪知被劈掉的那颗头，顺着剑刃跳到肩膀上，又复位生还了。黑魔犹如没事人，手掸着剑迎面杀过来，照着洪古尔的头部还了一剑。而那剑像是砍到了坚冰，当下滑了下去；又似碰到了岩石，弹了回去。

洪古尔气冲冲骂道："你小子连牛犊的力气都没有，竟敢装出大牤牛的本事。看剑！"一边骂着，一边朝他正中间的头部砍了一剑。这回，被砍下来的头颅滚到地上，没能返回原处。黑魔身子像万山崩塌，随之跌下了坐骑。赤胆雄狮洪古尔跳下坐骑，将他剩下的那十四颗头颅一一砍了下来，系在坐骑尾巴上，跨上菊花青，去迎战那长着二十五颗脑袋的浩特古尔黑魔。

七

洪古尔心爱的菊花青是一匹躲着自己影子飞跑,闪着自身尾巴狂奔的神驹。此刻,它驮着主人将遥远的路程缩短,以让仇敌心惊肉跳之势瞬间奔上宝力召格图山冈。洪古尔勒住缰绳放眼一望,那二十五颗头的浩特古尔黑魔,骑着一匹黄斑马正从远方迎面奔来。菊花青发出小驹似的嘶鸣,口吐人言:

"洪古尔啊,老大十五头黑魔被斩死了。这迎面奔来的二十五头黑魔,不知有多大力气?"

洪古尔道:

"我离开家时,阿爸曾讲过,这弟兄三个之中,那长着三十五颗头的老三古南黑魔最凶。不管怎样,见机行事,我来收拾他好啦!"

主人与坐骑正在交谈之际,浩特古尔黑魔也驰上了宝力召图山冈。洪古尔上前拦住了去路,开口便骂:

"看上去,你这个家伙像个爬儿蛋的公驼,又如乱飞的流弹。你小子从哪里来?要到哪里去?"

浩特古尔黑魔见眼前骑着马的这位面闪红光,两眼发亮的好汉出口这般无礼,便反问道:

"好个无礼的混账东西!我倒要问,你小子叫啥名字?到这里想干什么?"

"嘴上没毛的家伙,我在问你!"洪古尔厉声说。

对方咧开大嘴哈哈大笑,若无其事地说:

"你想听吗,那我告诉你。老子正去征讨那日出东方的本巴国,掠夺江格尔诺彦的牲畜与属民。你小子要是识时务,干脆别来阻挡我的去路!"

"连两岁牛犊的力气都没有,竟敢口出大牤牛的狂言!"洪古尔气不打一处来:"你小子,竖起两耳听好,本人就是圣主江格尔手下名将——

赤胆雄狮洪古尔。我不叫你小子自食其言,自掘坟墓,绝不罢休!"说完,他"嗖"的一下拔出了金刚宝剑。

浩特古尔黑魔一听这话,更没有好气,立刻挥剑上来,照着洪古尔的右肩与其坐骑一起砍了下去。洪古尔身子被劈成两半,刹那间,顺着剑刃那两半儿身躯又跳上坐骑,全身愈合如初,当即翻过来,朝着浩特古尔黑魔"嗖"的还了一剑,紧接着"吱"的又一捅,恶魔犹如万山崩塌,当下从坐骑上栽了下来。

洪古尔跳下马,将二十五头黑魔碎尸万段,用烈火焚烧后,将其骨头塞进他胸腔之中,压在一块卧牛石之卜。

随后,赤胆雄狮洪古尔跳上菊花青,去迎战那三十五颗头的古南黑魔。

八

洪古尔在奔驰的途中,到了平滩放开缰绳,遇上陡坡收紧缰绳;忽而在山巅之上翱翔,忽而在荒原上飞驰。坐骑菊花青见主人连连获胜,心情也无比激动。它的鬃毛喷射出火焰,它的四蹄溅出火星,它用额鬃同日月嬉耍,向着前方纵情奔驰。

洪古尔正沿着山冈层叠的丘陵、野草黄蒿丛生的山坡让菊花青信步小跑时,突然那长着三十五颗脑袋的古南黑魔迎面奔了过来。这家伙一见赤胆雄狮洪古尔,把腮牙咬得咔咔响,滚动着两眼厉声问:

"不知前来的这位勇士,家住何方?怎么称呼?是从哪里来要到哪儿去?"

洪古尔没有回答对方问话,反问道:

"你这个前襟让晨风蚕食、后襟被晚风腐蚀,成为世人笑料的呆货,从哪里来?要向哪里去?"

古南黑魔没理睬对方的谩骂,一本正经地陈述了自己的意图:

"本人家住日落的北方,家里有弟兄三人。我们弟兄三人一直图谋占有骏马能跑得到的一切地方。时下,正想赶到本巴国,活抓江格尔与他手下十二勇士。两位兄长已先期前往,本人在追随他们赶路呢。"

洪古尔听了古南黑魔狂言,气得怒发冲冠:"本巴国确实是个没有孤寡人丁兴旺、没有贫穷、永远富足的乐园。可是它欠过你们一只山羊羔的债还是一只绵羊羔的债?"他说罢,便向对方请战:"本人是圣主江格尔手下名将——赤胆雄狮洪古尔。在沙场上胆识过人,摔跤场上没有对手。我非叫你这个蠢得像个狗头雕,笨得像个大树墩的家伙自食其果不可! 你小子想用父母所赐给的臂膀较量,还是以工匠铸造的刀枪拼杀?"

三十五头黑魔听后,哈哈大笑:"我从来没见过像你这样狂妄的家伙呢。以啥方式较量,由你好啦!"言罢,黑魔滚下坐骑,将马绊拴了起来。

赤胆雄狮洪古尔见后,也翻身下了马。双方将以力气对抗了。

黑魔古南将公岩羊皮裤腿卷到腘窝,赤胆雄狮洪古尔把鹿皮裤角挽到腿肚,双方从一宿里程之遥,各自拣起绵羊般大的石块奔过来,互相抛击,谁也没能打着谁;彼此扭在一起,一个像公驼似的撕扯,另一个像牤牛般的顶斗,两人使用各样绊子,施展各种招数,胜负也未见分晓。双方这般厮打,使高坡夷为平地,平滩变为洼地,历时半年谁也没能战胜谁。

这时,雄狮洪古尔猛然想起他阿爸大力士孟根·锡格希日克先前所教给的摔跤术:用肘部顶住对方的心窝,绊住他一只腿,摆起来抖了十三下,向背后一抛,那黑魔的巨大身躯撞到远处一个白色岩峰上,凿出了一块深印,顿时犹如山倒岩崩,发出一阵轰鸣,恶魔躺在地上再也爬不起来了。随着这塌崩之声,附近高大的檀树纷纷倒在地面。

洪古尔立刻赶到那以身躯堵着十五道山口而躺在那里的三十五头黑魔旁边,用膝盖顶住对方胸窝,狠狠捣了几下后,厉声问:

"你小子有啥怨恨,快讲!"

古南黑魔躺在地上,上气不接下气地说:"吃了亲生阿爸肉的洪古尔……"他喘了口气。"我有怨恨!"

"那就快讲!"

"没有占领本巴国土,让江格尔可汗及其十二勇士跪在自己马蹄前瑟瑟发抖,这是我头一个怨恨!"

"其次呢?"

"没能掠夺光本巴国的牲畜与财产，没能使它成为一片废墟，这是我第二个怨恨！"

"还有啥？"

"没能用红缨钢枪刺你祖坟三下，没能叉开腿坐到你小子胸脯之上，这是我第三个怨恨！"

听了对方这般诉说，洪古尔暴跳如雷：

"俗话说：出口的话儿要向主人报告，坡地的水要向沟里汇积。我非把你小子这些狂言，从你心窝里挖出来不可！"言罢，他"嗖"的一下拔出了金刚宝剑。

黑魔毫无惧色，把腮牙咬得咔咔作响："如果再把母亲的乳汁让我吮吸三个月，非叫你小子成为自己塞牙的肉丝不可！可惜，眼下我无计可施了。"言罢，闭上了双眼。

洪古尔分三次砍下黑魔古南的三十五颗脑袋，接着将他巨大的身躯一节一节分解剁碎，全部扔进烈火中焚烧后，把其余的骨头塞进他的胸膛，压在一块黑色巨石下面，使他成为狐狸不能吃，牛不喜欢闻的一堆臭尸。

赤胆雄狮洪古尔相继除掉三个魔鬼兄弟后，跨上神驹菊花青，朝着他们的住所，日不停蹄夜不住宿，驱马驰去。

九

三十五头黑魔古南有一位名叫锡格顿乌兰的夫人。当古南同两个兄长远征本巴国后，这位夫人与名叫忽杜哈日、道格信哈日的两个勇士留守在家。

锡格顿乌兰夫人养着名叫哈尔钦、巴尔钦的两只大雕和名叫哈沙尔、巴沙尔的两条恶狗。一日，哈尔钦、巴尔钦两只雕老是扑打着翅膀鸣叫，哈沙尔、巴沙尔两条狗也不停地吠嚎。锡格顿乌兰夫人见后，心中十分不安，便叫来仆人道：

"不知为啥，雕与狗叫个不停。他们兄弟三人去了多日没有音信，莫非这是不祥之兆? 昨夜,我还梦见日出的南方,有一位异常凶猛的勇士向咱们这里奔来呢。"

这位仆人提议:

"夫人,这事儿最好与众将士们商量商量。"

锡格顿乌兰夫人依仆人的话,又命人叫来了放牧驼群的忽杜哈日、看守马群的道格信哈日两个勇士与众勇士的首领,并吩咐勇士首领:

"你爬上宫殿顶上,朝日出的方向瞭一瞭,看看有啥动静?"

勇士的首领遵旨,慌慌张张地爬到宫顶端,放眼一望,只见有个庞然大物随着一缕缕白尘埃迎面赶来;他再仔细一瞭,是一位乘着骁骑的巨人,头顶放射玛哈尕腊神的光焰,前额闪耀着宗喀巴佛的光环,纵缰奔驰。"来者是谁呢?"又定睛一望,原来是英名盖世的圣主江格尔手下名将赤胆雄狮洪古尔。他一认出来者是洪古尔,便急急忙忙跑回宫,大叫:

"夫人,夫人,不好了! 雄狮洪古尔来啦。我听人们讲他是个有舌人不敢冒犯,有嘴人不好顶撞的凶猛之辈。这该咋办呀?"

听了禀报,锡格顿乌兰夫人也慌了手脚:"果真是洪古尔来了,那咱们的寿命就到头了!"

此刻,赤胆雄狮洪古尔坐骑神驹菊花青,翻越山岭,跨过荒野,一日,赶到三个魔王兄弟的领地。他正在气势磅礴地纵缰奔驰时,忽然听到一种像啸叫的飞箭,又似嘶叫的狂风,令人毛骨悚然的怪声。这时,坐骑向主人道:

"洪古尔,可要当心啊! 哈尔钦、巴尔钦两只巨雕向咱们飞来了。"

主人朝前一望,正是古南魔王那两只大雕,正向他展翅俯冲。他急忙拉起张开需五十个好汉力量,射出需六十个壮汉力气的黄弓,搭上锋利的箭用劲射,两只雕双双中箭,坠在岩石上。

过了一会儿,又响起一阵"嗖"、"嗖"的怪声。菊花青向主人道:

"洪古尔,这是恶魔的那两条狗向咱们冲来!"

洪古尔举目一望,果真是古南黑魔那两条狗,像恶狼蹿跳,如猛虎捕食,龇着尖利的獠牙,滚动着火红的眼睛奔来。他立即挥舞带着彩穗、刻着鱼鳞的黑鞭子迎了上去,猛力抽了两鞭。顿时,那两只狗的眼珠迸出

　　赤胆雄狮洪古尔射死一对雕,打死两只狗,继续向一条进口处弥漫阵阵大雾,出口处黑烟缭绕的山谷奔去。他连连大声呐喊,并叫菊花青四蹄闪射着火花冲进这条山谷时,古南黑魔的水晶宫突然横在眼前。洪古尔马不停蹄疾速飞奔,赶到了宫殿前,翻身下马,拽开七层钢门,径直走进宫。这时,古南魔王的锡格顿乌兰夫人正端坐在桌子后面。洪古尔不由分说,上去一把将这个女人拉在一边,拔出剑从头顶砍了下去。当剑砍到腹部时,"咔"地响起一声击撞声,从其肚子里爬出一个拖着脐带的男婴。这婴儿一出娘肚,便立刻起身死死缠住洪古尔厮打起来。起初,洪古尔跨入魔王领地边界时,坐骑菊花青曾对自己讲过:"锡格顿乌兰夫人腹中怀着一个三个月的男婴,不除掉这妖孽,日后会成为咱们的祸害。"洪古尔一见他,便知这就是那个妖童了。他揪住妖童的双肩朝这边摔打,对方变成了一根皮条;抓起来往那边甩过去,又变成了石块。没等洪古尔调过头来,那小婴早跳到膝下,揪住他的裤角爬向胸脯。双方

继续厮拼,打得山峰纷纷崩塌,摔得岩石变成了粉末。

站在水晶宫外面的菊花青见厮斗了这么一阵子,还未分出胜负,咬得嚼铁咔咔响,发出咴咴嘶鸣,口叶人言喊了一声:"洪古尔!"

主人一听是坐骑的声音,问道:

"何事?"

"你对那小妖该施用神奇的法术了!"

"不知用哪一种呢?"

"要召唤来一股刺骨的寒风,猛吹他肚脐!"

洪古尔衣照神驹菊花青的话,施展了呼风唤雨的法术。刹那间,天空布满乌云,刮起了狂暴黑风,直向小妖的肚脐吹去。这时,四周的万物全部冰结了,可小妖依然挣扎厮斗。洪古尔一气之下,把金刚宝剑插进鞘里,使出奔越十五道山梁的力气,上去一把拎起对方狠狠一甩,小妖这才跌倒在地。洪古尔趁势赶去,一脚踩住他,正要挖出他心脏时,小妖仍不服气,破口大骂:"我要是满了月份,吃足了额吉的乳汁,非把你小子变为自己牙缝里的肉不可!"

洪古尔哪里受得了这般侮辱,他"嗖"地拔出金刚宝剑,"咔嚓"一声砍掉了他的头,可那颗头沿着剑刃又按到了原位。接着,洪古尔又砍一刀,这时小妖才一命呜呼。

洪古尔将妖童碎尸万段,用烈火烧焦了,使其成为牛不闻,狐狸不吃的一堆臭尸。

十

赤胆雄狮洪古尔除掉了妖童,心里还嘀咕仿佛还有啥事儿似的。他猛然想起:"喔,听说古南魔王还有两个异常凶猛的勇士,不知他们眼下在哪里?"

洪古尔决定除掉了那两个家伙,将魔域的牲畜与财产统统掠回本巴国。他走出水晶宫,跨上坐骑去寻找那两个勇士。

神驹菊花青四蹄溅出火花,扬起缕缕尘烟向前奔驰,突然从峡谷中

闪出两员猛将，赶来阻拦去路，厉声问：

"我们这日落北方的三个可汗兄弟的领土上，从未来过异国他乡的人。吃自己父亲肉长大的小子，你是何人之子？归哪个可汗管辖？姓甚名谁？快快讲来！"

这两个不是别人正是魔王手下名为混杜哈日、道格信哈日的两个勇士。二人挥舞大刀向洪古尔逼近。

洪古尔大喊一声："你们以为我是谁？"

两个勇士听到喊声不觉一惊，立刻勒住了缰绳。洪古尔继续道：

"本人就是成为十方恶魔克星的赤胆雄狮洪古尔！"还指着菊花青说："你们这里能有与我这匹神驹匹敌的骏马吗？"

两人各自指着坐骑齐声道："这是啥！"

洪古尔接着挑战："另外，我早晨喝了三碗茶，眼下胃酸得难受，能不能给找来一个消食解痛的小孩子。"

两人不堪受辱，其中一个道：

"我叫混杜哈日，有种咱们较量较量！"

另一个也说：

"我叫道格信哈日，不怕，咱们比试比试！"

洪古尔蔑视地笑了笑说：

"你们的十五头魔王、二十五头魔王、三十五头魔王统统让我斩死，扔在荒野上了！"又指着系在梢绳上那带十五个叉子的黑勾："你们俩瞧瞧，这是啥？"

二人得知三个主子全被斩死，吓得竖起毛发，心想："是抱头逃跑呢，还是冲上去死拼？"正在犹豫不决时，洪古尔上去一把将二人拎了过来，相互撞击了几下，按在鞍鞒之上，捣得他们个个鼻血四溅，胸膛感到窒息，险些断了气。洪古尔又大骂一声："我叫你们厉害！"把两个家伙抛了出去，他们的头颅陷进沙土里足有一拃多深。

两个家伙上气不接下气地挣扎了起来，跪在地上叩头如捣蒜，哀声求饶：

"留下我们这条小命吧！"

赤胆雄狮洪古尔高声命令：

"那好，你们吹起小号，召集小部落的属民；奏起大号，唤来大部落的百姓。随我一起到日出东方的本巴国，到名扬于世的圣主江格尔的领地安家落户吧！"

混杜哈日、道格信哈日二人听后，不敢吭一声，也没有向上瞟一眼，立即起身赶到宫殿之前，吹起大小号角，按照洪古尔旨令召集来所有属民与奴仆，向本巴国迁徙。

走至途中，洪古尔又叮咛："你们俩要追随我坐骑的足迹赶去，不准丢下一只牲畜！"交待罢，自己先向本巴国纵缰驰去。

洪古尔的坐骑菊花青是一匹神驹。它为了早日赶回可爱的故乡，把三个月的里程缩短为七天的里程，忽而变做影影绰绰像燕子般的飞禽，忽而成为时隐时现的苍蝇般小物，在行云之下，在树梢之上，像离弦的箭，似疾飞的鹰奔驰，它所扬起的尘埃弥漫了苍穹。洪古尔极目眺望，只见那雄伟的阿尔泰山，云盘雾绕，巍巍地屹立于远方的天与地之间。他无限感慨，十分激动："可爱的阿尔泰故乡啊，倘若不是为了您，我怎么会这般赴汤蹈火呀！"

这时，圣主江格尔金碧辉煌的大殿里盛宴仍在持续着。众人围坐成七大圈，正畅饮着用未经调教的骒马乳汁酿造的阿日滋酒，尽兴欢乐时，右翼首席勇士阿拉坦策基起身道：

"诸位，我听到了骏马奔跑声音，好像有位好汉朝咱们这里赶来。莫不是咱们的赤胆雄狮洪古尔凯旋了？赛力罕塔布克，你快出去瞧一瞧！"

阿拉坦策基话音一落，赛力罕塔布克立即起身登上大殿圆顶。他取出洁净的绸手帕，擦拭了乌亮的双眼，用巨雕的慧眼远眺四野，仔细一搜寻，只见在那相距十五天里程之遥的一片旷无人烟的荒野上，有个苍蝇般大小的影子在掀起的一缕缕烟尘中忽隐忽现。他想："莫非这是咱们的洪古尔扬起的尘烟？"他又用那望穿七十道山岭的视野一瞭，来者果真是赤胆雄狮洪古尔。看上去,洪古尔的战甲破得像是开了绽的驼羔绒在双肩上飞旋,菊花青瘦得像一把干柴,朝着本巴故乡的边界奔来。赛力罕塔布克立即滑下宫顶跑进大殿,向众人大叫:"咱们的洪古尔回来了!"

听了这一喜讯,以十二勇士为首的八千名宝通,"唰"的一下当即起身,纷纷赶到殿外去迎接洪古尔。

成为十方妖魔鬼怪克星的赤胆雄狮洪古尔让菊花青小跑着赶来。他从列队站好的勇士与宝通前面穿了过去,沿宫殿绕了一周,来到黄斑虎旗下,跳下菊花青,缓缓走至众人面前问好:

"可爱的阿尔泰故乡、神圣的本巴乐园,名扬四方的圣主江格尔,十二勇士与八千个宝通,你们别来无恙!"

"我们都很健康!"

"我们极为快活!"

"我们十分幸福!"

迎接的众人纷纷用吉祥祝词回答后,一齐唱起了赞颂洪古尔的歌儿:

"成为我们夜晚美梦的

洪古尔哟!

你是北方本巴乐园,

擎天巨柱!

成为我们连心肉的

洪古尔哟!

你是神圣阿尔泰的

自豪与骄傲!"

圣主江格尔上去将洪古尔一把搂在怀里,双眼直直地盯了一会儿后,放在膝上吻了起来。

首席勇士阿拉坦策基提议:"大家进宫吧!"

众人尾随圣主江格尔走进宫殿依次入座。赤胆雄狮洪古尔走至江格尔面前禀报:

"圣主江格尔啊,我按照您的旨意除掉了那三个魔鬼兄弟,并掳获了他们属民、牲畜与所有财产。眼下,正由他们手下的两个勇士带着,向咱们这里赶来。"

"洪古尔,你可立了大功!"圣主江格尔接着下令:"赛力罕塔布克,你这就起身前去把三个魔王兄弟的属民安顿好!"

赛力罕塔布克勇士接旨前往。

为了庆贺赤胆雄狮洪古尔凯旋,本巴国的勇士与宝通们又举行了六十天、七十天、八十天的酒宴。拥有歌舞之乡美称的本巴乐园又开始欢腾起来。圣主江格尔长生不老,永远保持二十五岁时的模样;神圣的本巴乐园没有骚乱,永远太平。

第十二章
汗夫背信弃义

一

在远离英名盖世的圣主江格尔故乡本巴九十九年里程的地方，居住着一位可汗，他的名字叫呼日勒·占布拉。

这位可汗手下有八千名勇士。这些勇士个个能与七千个好汉相匹敌，并带领着多如蚂蚁、不易被斩杀、英勇善战的兵卒。

昔日，在神驹赤兔马还异常飞快，阿兰牟长枪十分锋利时，圣主江格尔收罗天下骁骑骏马，广招世间名流贤士，征服了四方四十九个可汗，以枪戟武力打下了大好江山。从此，江格尔这一名字遐迩闻名，太阳下所有黎民百姓异口同声称他为英名盖世的圣主，纷纷前来归顺于他。

过后不久，圣主江格尔与呼日勒·占布拉可汗打了一场遭遇战。双方厮杀了七十年，摔打了八十年，没能分出胜负。随后因兵卒伤亡过多，损失惨重，双方经过商议互相修和。圣主江格尔与呼日勒·占布拉可汗也盟誓结为兄弟。他们还商定："征战时彼此援助，太平时作为朋友相处"，并且又盟誓："互不侵犯，撤回兵马。"

从此过了许多年，两位可汗和睦相处，互相没有征战。

二

呼日勒·占布拉可汗到了风烛残年才得一子。阿爸给儿子起个名字,叫汗夫。

汗夫自幼任性傲慢且争强好胜。长大成人后,有一天他走进宫殿,跪在地上向父亲呼日勒·占布拉可汗道:

"诺彦阿爸,孩儿有件事要禀报。"

"啥事儿?"老可汗问。

"塔黑勒珠拉可汗后裔,汤苏克·本巴可汗孙子,乌仲·阿拉德尔可汗之子世间孤儿江格尔年事已高,眼下已成为岩洞里的回声,空心的朽木。趁此机会,孩儿想前去掠夺他的牲畜与财产,把江格尔本人也抓来,作为自己的战利品。"

呼日勒·占布拉可汗一听儿子口出狂言,不觉一怔:"你在说些什么?"老可汗继续道:"当我的战马奔跑如飞,老身还年富力强时,曾与英名盖世的江格尔诺彦较量过多次。那场战役打得异常激烈,只因双方势均力敌,谁也没能战胜了谁,最后我们俩立下誓言,结盟成了兄弟。"

那时的人们认为:"背弃誓言要落入地狱,船底儿漏水要沉入海底。好汉们更把不出尔反尔、信守誓言视为一种高尚美德。"呼日勒·占布拉可汗见儿子这般肆意胡闹,心中十分不悦:"你还是个没有起飞的雏鸟,万万不可胆大妄为!你绝不能去本巴国,触犯那名扬天下的江格尔!"

可是,汗夫没有听进阿爸的忠言劝告。几天后,他竟悄悄出征了。汗夫风雨无阻,飞奔了七七四十九天,赶到了英名盖世的圣主江格尔金色宫殿之前,翻身下马径直走进了大殿。

当汗夫进来时,圣主江格尔与众勇士、宝通们正举行着盛宴,人们不分主仆不分老幼放声高歌,成对成双地翩翩起舞,尽情欢乐。由于席间人多喧闹,再加上人们酒至半酣,谁也没有理会有外人进来。

汗夫施展法术,从站着的人腋下,擦着坐着的人肩膀,挤进人群偷偷坐了下来。他挑最香的美酒,选最醇的烈性酒痛喝畅饮,足足待了二七

一十四天,席间竟没有被人发现。

汗夫趁人们不注意,又悄悄溜了出来,把守门老将赛力罕塔布克拉上的坐骑,死死地绑在鞍子后面;转身赶去解开神驹赤兔马,牵上它径直奔回了自己家园。

汗夫将赛力罕塔布克与赤兔马分别关进了有七十道门的铁房子与铁栏中。为提防赤胆雄狮洪古尔前来袭击,他又向护城河里灌满了毒水,还令多如蚂蚁的兵卒守卫城郭,并吩咐:"洪古尔是个善施法术的家伙,可能会变为一只什么飞禽飞进来。你们只要见有生命的东西,就给我杀掉!"

三

盛宴仍然在持续着。呼日勒·占布拉可汗之子汗夫绑架守门官赛力罕塔布克、偷走神驹赤兔马的事儿,竟无一人发觉。

圣主江格尔机警过人。他想起"坏人会钻空子袭击,老狼趁雨天来吃牲畜"的那句俗语,当人们还在畅饮美酒,尽情欢乐之际,一人走出宫殿,到各处巡视,发现赤兔马与赛力罕塔布克不见了。他忙叫来仆人到四周又寻找了一番,仍没见踪影。

圣主江格尔急忙赶回宫殿,向众人道:"老将赛力罕塔布克和神驹赤兔马不见了,不知被哪个歹徒偷去了?"他说这话时显出十分伤心的样子。

江格尔怎么会不伤心呢?赛力罕塔布克不分日夜守护门庭,他是堵挡仇敌的门卫,是阻拦来犯者的屏障;赤兔马就更不用说,是一匹与自己同甘共苦的坐骑,在他力斩群魔,把江格尔这一英名传遍四海,建功立业的整个过程中,赤兔马确实立下了汗马功劳。江格尔大叫一声:

"阿拉坦策基老伯!"

"臣在!"

"你是一位牢记过去九十九年往事,预知未来九十九年吉凶的哲人。你快告诉我,是哪个恶棍夺走了我可敬的勇士与心爱坐骑?"

阿拉坦策基听了圣主的请求,眨动一下碗口般大的眼珠,叹了一口气:"咱们饮酒作乐,真有些过头了。"

"怎么啦?"众人不解地问。

阿拉坦策基继续说:

"在咱们沉湎于美酒与歌舞,忘乎所以地尽兴狂欢之际,那个臂力过人的呼日勒·占布拉可汗之子汗夫悄悄溜进咱们的宫殿,吃了咱们的肉,喝了咱们的酒,走时还绑走了赛力罕塔布克勇士,牵去了赤兔马。"

"这该怎么办呀?"众人一时惊慌起来。

"这人是个有口人不可冒犯,有舌人不敢招惹的家伙……"

没等阿拉坦策基把话讲完,从右翼勇士之中,有一人气呼呼地站了起来,高声嚷道:

"本人愿意前往,把赛力罕塔布克与赤兔马夺回来!"

以圣主江格尔为首的众人举目一看,说话者不是别人,正是赤胆雄狮洪古尔。他继续说:"与其让人家盗走了勇士与坐骑,还躲在家里俯首听命,莫如跑到干涸泉眼边洒下自己鲜血呢!"言罢,没等圣主江格尔下旨,他一人拎起粗重的黑衔子,走出喧闹的大殿。

洪古尔赶到清澈的泉水边,抓住在那儿吃着青草的神驹菊花青,牵来拴到圣主金色大殿前的那条大长绳上。随后他走回大殿,肩挎那张背部刻着巨蛇与雄鹰搏斗,里面雕有童男玉女嬉戏,扣上刻有两只公黄羊相互角逐的巨弓;右胯上佩带好那把轻轻一掸便能砍倒七万个雄兵,着力一挥就能一下子使七十万人马丧生的金刚宝剑,走出了宫殿。这时,菊花青早被鞴好鞍子带上嚼子,昂首挺胸站在那迎风招展的黄斑虎旗之下了。

洪古尔跨上坐骑一撒缰,转眼间飞过山头越过峡口,直向呼日勒·占布拉可汗的领地驰去。

四

赤胆雄狮洪古尔赶到呼日勒·占布拉可汗驻地一瞧,好家伙,城郭四周有着一条护城河,河水中灌进了毒水,里岸还由成万成亿的兵卒把守。要攻进这城垣比登天还难。

洪古尔跳下坐骑变做一只蚊子,悄悄飞去。守卫的士兵见后,齐声大叫:"洪古尔飞来了,快动手杀呀!"一起涌了上去。

洪古尔逃回来,又变成一只苍蝇潜入。兵卒们见后,还是认了出来,上去以刀枪相迎,洪古尔没能进得去。

洪古尔跨上坐骑,退到河的源头,把菊花青变做一匹瘦得眼窝里鸟能孵卵,胯骨上能挂弓钗的生癞小驹,把它隐放在草甸子中。随后,自己变成一只脖子有六庹长,耳朵六拃长的黑色猎狗,向呼日勒·占布拉可汗城垣跑去。

途中正巧遇上在野外狩猎的两个猎人。他们见有一条碎步小跑着的猎犬,便喜欢异常:"哎呀呀! 真是一条好狗哩。""今天咱们两个还真够走运啊!"高兴之余,为获得这猎犬,两人争执了起来。一个说:"狗是我先发现的,该属于我!"另一个说:"我先瞧见的,应归于我!"那一个,觉得争不过,就别出心裁地说:"是我阿爸丢失的。"另一个也说:"这狗是我阿爸丢失的!"两人互不相让,争吵不休。觉得没有办法了,那个先开口的猎人道:

"我看啊,咱们谁也别争了,就把这条狗送给可汗诺彦好啦。"

另一个猎人一听,也觉得与其这般纠缠不休,真不如送给可汗落个人情呢。于是两人将猎犬抱到马背上,牵着坐骑走了回来。

变做猎犬的洪古尔被驮在马背上,从众兵卒之中经过时。喃喃地口吟咒语,使士兵们个个昏昏沉沉进入了梦乡。在走向可汗宫廷途中,洪古尔又四处扫视:"好汉赛力罕塔布克在哪里?""神驹赤兔马在何处?"当那七十道铁门开到一半时,发现赛力罕塔布克勇士被关在一间铁囚中,兵卒们从四方还不断地鼓风煽火,使他受尽折磨。可老英雄仍满不在乎,不时传来他的嬉语:"怕我老汉着凉,竟给鼓风取暖,这里真是礼仪之邦啊!""孩子们啊,老爹我不冷,就别为我吹那家伙了!"

再往前走,洪古尔又发现神驹赤兔马被关在一个铁栏中,兵卒们在它嘴唇与鼻子上钉了铁钉,使它尝够世间凌虐。可赤兔马口吐人言,与士兵们开着玩笑:"往日,圣主江格尔只是在出征时才骑我,从来不在鼻嘴上钉钉子,拿我开心!"

当变做猎犬的洪古尔尾随两个猎人走进宫殿时,呼日勒·占布拉可汗夫人一眼便认了出来,急忙大叫:

"这不是条狗,是洪古尔,快砍死他!"

敌军顿时哗然,挥舞刀剑涌了上去;洪古尔见势不妙,立即在地上打了个滚儿,又变成一只黑花雄鹰,从天窗飞了出去,逃到当初落脚的那条河的源头。他从草甸子找回坐骑菊花青,使它恢复了原样。继而,自己动手搭起一座住进一万人也不显得拥挤的红色无顶帐房,又支起一口大铁锅,截断河水引入其中,投入棕色茶叶,熬煮浓浓的红茶,喝了个够,四肢伸展得像皮条、红柳似地躺在地上,一睡就是七七四十九个日夜。

五

赤胆雄狮洪古尔,在源头截断了河水,而驻在下游的呼日勒·占布拉可汗的兵卒及居民可遭了殃。看到人与牲畜喝不上水,老可汗十分着急:"为啥河里没水了?你们快去查查原因!"便先后派出许多人。可这些人惧怕赤胆雄狮洪古尔神威,哪个也没敢靠近他身边,回来后如实向老可汗作了禀报。呼日勒·占布拉可汗也无计可施,无奈地说:

"总得想个法子制服那小子,把水引进来才是呀!"

听了这话,下面勇士哪个也不敢吭声,哪个也不敢请缨。呼日勒·占布拉可汗的儿子汗夫觉得实在没有办法了,便起身道:

"让我去收拾那小子!"

老可汗给儿子几百万人马,并吩咐:"要多加小心,听说那小子很厉害!"

汗夫领旨率军前去与洪古尔对垒。双方从黎明厮杀到黄昏,赤胆雄狮洪古尔的金刚宝剑被鲜血染红,神驹菊花青被腥气熏醉,主人与坐骑好不容易从亿万人马中,摇摇晃晃地冲了出来,赶回帐篷。

次日一早,洪古尔跨上菊花青又出来与汗夫交战时,昨日被斩死的那些兵卒,今日全部复活,重新扑杀过来。洪古尔自忖:"这该咋对付才好呢?"便问坐骑:"菊花青啊,瞧见了吧!虽然咱们奋力厮杀,可敌军死而复生。你我的力气快要耗尽了,你还有其他办法没有?"

菊花青听后,口吐人言:

"你呐喊,我嘶鸣,咱们试试看。"

"这样敌人就能撤退吗?"

"不是这个意思。我说被关在城垣里的赛力罕塔布克与赤兔马一听咱们俩的呐喊与嘶叫声,说不定会赶来援助的。"

洪古尔点头同意。菊花青发出马驹长长嘶鸣,声音听起来十分优美悦耳;随后,主人用能震烈卧在空谷苍狼的苦胆的声音呐喊,震得旷野的树木左右摇摆,大地微微颤动,江河掀起了巨浪。

神驹赤兔马听到菊花青的嘶鸣,立刻腾空跃起,刹那间爆发出当年的力气;老将赛力罕塔布克听见洪古尔的呐喊,也兴奋起来,一时恢复了二十五岁时的模样;他们相继踢破铁栏砸碎囚牢,冲杀出来。

赤胆雄狮洪古尔同赛力罕塔布克,神驹菊花青与神驹赤兔马,相见后亲热无比,异常高兴。空中的飞鸟见他们之间那股热乎劲,感动地寻不见巢窝;地上奔跑的走兽瞧着他们那亲切劲,激动地找不见伴侣了。

此刻,敌军从四面八方又包抄着杀了上来。

赛力罕塔布克急忙道:"神驹赤兔马,咱们俩虽然受尽折磨,吃尽苦头,可眼下大敌当前,不能袖手旁观!"言罢,他猛力连根拔起身后一棵松树,跨上赤兔马向蚂蚁般密密麻麻涌上来的敌军冲去。雄狮洪古尔也跨上菊花青冲入敌阵,正杀得起劲时,呼日勒·占布拉可汗之子汗夫迎面奔了上来。仇敌相见,分外眼红。他们挥舞刀剑杀了几个回合,难分胜负。两将火气方刚,相继跳下坐骑退出阵地,脱掉礼服盛装,换上摔跤时穿的甲,一个把公黄羊皮裤脚挽到了膝盖,另一个把鹿皮裤脚别到了腿肚,各自拣起一块卧牛石,从一日里程之遥奔来相击,仍未见高低。

两将都堪称好汉。你背我摔,我勾你绊,施展着各自的技艺。彼此从下手处撕下一块块肉扯下一片片皮,仍未决出雌雄,一直对打了若干年。

洪古尔见相持不下,想出了个绝招。趁汗夫放松警惕,猛然上去揪住对方肩膀往下一摔,汗夫失去平衡跌倒在地。洪古尔即刻将四肢倒绑在他的腰部,再踏上一只脚,厉声问:

"你小子还有什么要说的?这回你的领地该由扬名四方的圣主江格尔统辖了吧!"

躺在洪古尔脚下的呼日勒·占布拉可汗之子汗夫,上气不接下气地求饶:

"领地归于你们,从今以后听从你们诺彦的旨令。请饶我一条小命吧!"

洪古尔指着他鼻尖,气呼呼地问:

"俗话说:违背誓言者要落入地狱,船底儿漏了要沉入水底。我想你小子再也不敢自食其言了吧!"

赤胆雄狮洪古尔降服了呼日勒·占布拉可汗父子,踏上了归途。

六

圣主江格尔得知洪古尔俘获了呼日勒·占布拉可汗父子,携带着他们所有家产与牲畜凯旋的喜讯,心情无比欣慰。他感慨地向众人道:

"我在年轻时未能实现了的夙愿,今天赤胆雄狮帮我实现了。他真不愧是一条好汉啊!"接着江格尔又下旨:"咱们一起去迎接洪古尔吧!"

扬名于世的圣主江格尔带领本巴国众勇士与宝通登上宝力照图山冈。不一会儿,洪古尔领着呼日勒·占布拉可汗和儿子汗夫,携带着他们的财产赶着他们的牲畜,扬起漫天尘埃,以万马奔腾之势浩浩荡荡赶

来。洪古尔见圣主亲自出来迎接，急忙奔去请安问好。

回宫后，圣主江格尔向仆人下令：

"快给我吹起大号，召集大部落的民众；吹起小号，召集小部落的百姓！"

民众们闻到大小号角声，从四面八方纷纷赶来。他们为庆贺赤胆雄狮洪古尔胜利凯旋举行了八十天的盛宴，六十日的欢宴。

赛力罕塔布克勇士得到圣主的安慰，过起了幸福生活；神驹赤兔马受到主人的赞赏，被放了青。

从此，本巴乐园又呈现出一片没有死亡，人人永生；没有动乱，社会安宁的欣欣向荣的景象。阳光普照大地，游隼和鸦鹊迎着曙光啾啾欢鸣。

第十三章

东希古尔·格日勒黄魔被擒入囊

一

在美丽而雄伟的阿尔泰西侧，希贺尔山的台地上，英名盖世的圣主江格尔那十层九色金碧辉煌的宫殿，距离云霄只差三指，面对沙尔达戈海子巍峨地耸立着。

这座金殿北边的地区盛产奶酪与乳浆，居住在殿南边的人们以肥肉与奶油为食，这里没有贫穷家家富足。本巴乐园的属民们世世代代无忧无虑地生活着。

一日，圣主江格尔犹如十五的月亮，满面红光端坐在大殿里的八条腿紫檀木椅上，他用富裕人家浩特般硕大红润的手掌，扶着右膝，向众人说道：

"在我三岁那年，巨魔希日高勒金曾袭击过我的家乡……"

人们听到圣主怀古叙旧，个个放下酒杯，提起精神集中起注意力。

"到了四岁，我的赤兔马已成为一匹公马。腿刚刚能蹬上鞍镫子，我便出征降服了巨魔图尔登。"江格尔从幼年时讲起，相继谈了自己攻破五个营垒，刺断了数百支枪尖；七岁时，镇服了周围七方，英名威震天下，登

上了这把八条腿的椅子。

那时,世间有一个叫道格信希日的黄魔。江格尔披甲挥剑,征战南北,巡游八千八百个地方,一日,恰巧赶到这个恶魔的领地。悠闲奔驰着的赤兔马,突然剪动起六拃长的双耳,显露出美丽的身影,停在一座耸入云霄的黑色铁制的宫殿之前。江格尔一经打听,便知这就是道格信希日黄魔住所。由于天昏地暗一片漆黑,江格尔正急得束手无策时,从宫殿内突然传出一个女人的呻吟声。他走近细听,是恶魔的妖婆在分娩。江格尔上前又一听,那刚出生的婴魔挨连哭了三声,道出了三宗心愿。道格信希日黄魔夫妇二人给婴魔起了个名字叫东希古尔·格日勒。

圣主江格尔讲到这里,便收住了话题:"时下,这个东希古尔·格日勒黄魔已经三十七岁了。"

听了这番叙说,大殿中围坐成七个大圆圈的人们,几乎异口同声问:"那小子出生时究竟说了哪三宗心愿?"

圣主江格尔道:

"大家想听听吗？"

"想听！"

"东希古尔·格日勒黄魔哭出第一声后，说要掠夺来江格尔那八千匹良种枣红马！"

"第二宗呢？"大家同声追问。

"他哭出第二声后，说要活捉江格尔的勇士赤胆雄狮洪古尔；哭出第三声后，他发誓非要抢来江格尔夫人阿盖·萨布塔拉不可！"

在座的八千名宝通听到这里，面面相觑谁也不言语。有的甚至吓得六神无主，想钻入地下吧，用珊瑚与珍珠铺了的地板硬得无法钻；要爬上天空吧，金碧辉煌的宫顶高不可攀。

眼见这种情形，本巴国圣主江格尔把十三颗虎牙咬得咔咔响，转动那乌亮的眼珠，来回扫视着八千个宝通；而聚宴的这八千个宝通的视线，不约而同地集中到赤胆雄狮洪古尔身上。这些宝通们想："黄魔东希古尔·格日勒已经到了三十七岁，那他一定为完成幼年时的凤愿来侵袭咱们，可要制服他，除了洪古尔别人谁也不行。"这时，洪古尔的右颊闪耀出宝石般的红光，左颊放射出火石般光焰，犹如刚从云雾中露出来的太阳，端坐在那里。眼见众人都在注视自己，他一跃而起，从怀里掏出一条洁白的哈达，踩的珊瑚珍珠的丹墀吱吱响，走至圣主江格尔面前，启奏道：

"圣主，我愿前去活抓那东希古尔·格日勒黄魔，去除掉咱们本巴国的后患。"言罢，他献上了哈达。

圣主江格尔转忧为喜，面露笑容，一边接过哈达一边问：

"洪古尔啊，您想用哪种办法擒拿那黄魔？"

赤胆雄狮洪古尔昂首挺胸，大声道：

"我洪古尔是您鹏程万里的雄鹰，是您智勇兼备的勇士，是您群雄之中的栋梁，是您护家御敌的屏障。请圣主相信我好啦！"

"这一点儿不假。"圣主江格尔满怀信心地说："图布信·锡日克的孙儿，特木尔力戈图可汗的外甥，大力士孟根·锡格希日克的儿子洪古尔啊，你是国家栋梁，属民依托；是晴空星辰，宇宙衢标。我等待你凯旋！"

"嘛!"洪古尔接旨后接着道:"一碗鲜血哪都可以洒,一把骨头哪都可以扔。我现在十七岁,菊花青还膘肥体壮,锋利的金刚宝剑还寒光闪闪,我一定要生擒活抓那黄魔东希古尔·格日勒!"他启奏罢,又走至右手首席勇士白彦贡格·阿拉坦策基面前,问道:"坚守社稷的门庭,通晓政教事务的阿拉坦策基老伯啊,您不是能记述过去九十九年往事,预知未来九十九年吉凶吗?请您告诉我东希古尔·格日勒恶魔驻地离这里有多远,怎么去,途中经过什么地方。"

阿拉坦策基答道:

"恶魔东希古尔·格日勒家离咱们这里有几个月的里程。去那里要渡过三个难关……"

赤胆雄狮洪古尔把老伯的话儿与嘱咐,句句记在心里,腰间挎上那经过能工巧匠铸造、开刃后还未与任何东西接触过的黄色纯钢宝剑,命令马夫:"快给抓来那匹力能驮山,一气能转遍整个宇宙的神驹菊花青!我即刻前往生擒活捉那凶猛的黄魔。"

圣主江格尔见洪古尔即将启程,就用巨大的手掌扶着右膝,叫住他:"洪古尔啊,你是我心爱的勇士,神驹赤兔马是我心爱的坐骑。这次你就骑上赤兔马出征吧。"

洪古尔欣然接受,当即叩头谢了恩。

马夫宝日芒奈从草甸子上牵来了神驹赤兔马,先后把银饰的缰绳搭在它脊背,嘴里勒进坚硬的银嚼,在其腰背上鞴好软薄吸汗垫,又铺了双层毡屉后,搬来以硬木制成的黑色巨大鞍子扣在上面,扣了扣子,沿着其肋条,勒紧了肚带。

这时,赤胆雄狮洪古尔正在宫里穿戴披挂。他首先双足登进那由上万个姑娘缝制腰子,几百名美女精绣帮子的芒古达红靴。这双靴子无比昂贵漂亮,据说,有人想见它踏出的印迹,要出千金高价;要瞧一瞧它,就得出万金巨额。之后,他穿上缎袍子,外边又套了三件长褂和战甲。这件缎袍子与那件长褂也非同寻常。穿上它们,人可以长生不老,祛病灾永远健壮。最后,洪古尔头戴巍巍银盔,佩带三只宝剑。他走出大殿时,私下嘟哝了一句:"愿能除掉恶魔,早日平安返回本巴家园。"

洪古尔祈祷罢,翻身跨上赤兔马,向着远方纵缰驰去。

站在众勇士与宝通之中的圣主江格尔,目送着远去的洪古尔,自言自语:"在这广阔的宇宙间,能赛过神驹赤兔马的骁骑,恐怕还没有出生吧;在有名有姓的人群之中,能胜过体魁力大的洪古尔的好汉,也不会有吧!"接着,他又对众人道:"我相信,这回洪古尔骑上我的赤兔马出征,一定会生擒那东希古尔·格日勒那妖孽的!"

在圣主江格尔这般赞赏的时候,洪古尔与赤兔马早已翻过山头,越过峡谷,犹如蝴蝶又似苍蝇,影影绰绰消失在远方。

二

神驹赤兔马犹如草丛中被惊起的兔子,向上跳跃、朝下蹦跳各一万八千下,由鼻孔喷出的气,掀开蹄下的草丛一个劲地疾驰;骑在它脊背上的洪古尔不由自主地用鼻子吐着青烟,从嘴里喷出火焰。

主人与坐骑整整跑了三个月的里程。一日,突然有一片一眼望不着边际的海水横在面前。这便是阿拉坦策基告知洪古尔的三大难关之一——毒海。这海子水深毒剧,无论从它上游或下游泅渡,都将有被淹没的可能。而且这边的陡岸高达八千八百庹,尖利得像是粗针尖;彼岸的高坎也有八千八百庹,锋利得犹如刀刃;中间还流着染了毒的海水,根本无法渡过。

洪古尔赶到它下游,观察了十五天;奔到它上游察看了二十五天,都没能寻找到渡口。无奈之下,他翻身下马,从肩上取下了箭壶与弓子。这张黄斑弓是按照父亲孟根·锡格希日克旨意,干晒八年后才制成的。洪古尔把箭扣在弦心,拉得弓子上那雕刻的金童玉女鸣鸣哭泣,一放箭,箭口喷出一缕青烟,箭头吐出一丝火焰,相继射穿两岸八千八百庹高坎,顿时出现了能让十万兵马畅渡的一条航道。随后,洪古尔跨上坐骑,沿着这条航道渡过了这染了毒的海子,找到一处流有清凉泉水,长着茂盛草儿的草滩子,放开了神驹赤兔马。而自己支起火撑、架上沙锅、点燃柴

木、煮上浓茶后,从附近猎来一只野鹿,用烧红的鹅卵石烤熟。他饱食了鹿肉,喝足了香茶,就地四肢伸展得像皮条,全身红得似红柳,睡了起来。

　　洪古尔这一睡,整整睡了七七四十九个昼夜。赤兔马吃得膘满肉肥,从草甸子赶来,用鼻尖蹭醒了洪古尔。他起身后,像公驼般大吼一声,似牤牛般伸了个懒腰,抓起剩下的鹿肉,吐掉粗骨头喷出细骨头,填饱了肚肠。随后喝了一会儿茶,解除了干渴,又跨上坐骑纵缰驰去。

　　洪古尔与坐骑又跑了三个月的里程。不一日,他赶到一座银白色名为额日戈勒图山坡前时,有一片长着八千棵紫檀的树林横在眼前。林丛中有一棵枝叶参天、结满珊瑚与珍珠的大树,格外显眼。过了一会儿,从这棵树下突然跑出公母两只鹿。当他出征时,阿拉坦策基老伯曾说过:"那三十七岁的东希古尔·格日勒黄魔的灵魂与力气全在这两只鹿的腹部。"赤胆雄狮洪古尔掏出金套索,挽成十三圈,朝着那逃窜的一对鹿抛去,套索不偏不歪,一下子套住了两只鹿。公鹿与母鹿齐声哀求:

　　"请您手下留情,就饶了我们的生命吧!"

　　洪古尔没有言语,用金套索把这一对鹿拉过去,绑在那棵长有珊瑚与珍珠的紫檀树上就走了。

　　洪古尔跨上坐骑又奔跑了三个月的里程。一日,他赶到一座山脚下时,眼前飘过一缕白尘,而且这尘埃渐渐由远而近。说它是旋风吧,不像;说是雨露吧,也不是。他定睛仔细一瞧,原来是一匹马的四蹄扬起的尘埃。这时,洪古尔猛然想了起来:"这便是阿拉坦策基老伯曾经说过的那个吉戈德格查干勇士向自己奔来。"洪古尔迎了上去,吉戈德格查干勒住缰绳站在那里,开口问道:

　　"敢问这位勇士家住何方、尊姓大名?"

　　洪古尔答道:

　　"有翅膀的孔雀没到过它顶峰,带蹄的走兽没踏过它山麓,美丽的阿尔泰是我故乡;居住在那从上界七个地域征收赋税,成为下界恶魔克星的本巴乐园;名扬四方圣主江格尔的勇士赤胆雄狮洪古尔便是本人。"

　　"那你现在要到何处去?"吉戈德格查干勇士又问。

　　"这次,本人专程前来,是要割掉统辖那七万个魔鬼的东希古尔·格日勒魔王舌头,让他吞进自己过去说过的狂言!"洪古尔交待罢,反问对方:"叫晨风吹烂了前襟,晚风刮破了后襟,像个爬儿蛋的牤牛,流窜飞弹的你这个家伙,是从哪里来,到哪里去?"

吉戈德格查干也直言不讳:"本人正是东希古尔·格日勒魔王的使臣。这回,是专程前来捉拿洪古尔与赤兔马的!"他言罢,冲了上去。

两将开始骑着坐骑交战。互相揪住脖颈拽住肩膀,两匹战马的八条腿交错在一起,你推我拉厮斗了好一阵子也没分出胜负;接着,二人一同跳下坐骑脱光战甲,彼此时而像公驼般冲撞,时而如牤牛般顶撞,使出各自技艺进行巧斗,也没能分出高低;最后,洪古尔突然猛虎般一声吼叫,又苍龙般一声长啸,趁对方受惊失手,上去狠狠给了一拳,一下子将吉戈德格查干击倒在地。洪古尔一鼓作气,当即把他四肢反剪到身后捆牢,又用难以解开的粗大铁链子缠链好,拖到一个岩峰脚下,在其身躯之上压上一块大黑石头。洪古尔返回来朝吉戈德格查干的坐骑又砍了一剑,将其分为两段。

洪古尔一一攻破了东希古尔·格日勒黄魔设下的三大难关。

三

赤 胆雄狮洪古尔跨上神驹赤兔马继续驰骋。不一会儿,他便赶到了东希古尔·格日勒魔王那耸入云霄的黑色铁宫殿之前。

洪古尔通晓八十二般武艺,善用七十二种变术。他在黑色铁宫殿门前下了坐骑,施展法术将赤兔马容进一棵珊瑚珍珠桩子里藏好。随后自己变成一个浑身生满了疮且臭不可闻的孩童向宫殿走去。他使用了隐身术,使守外宫的八万个宝通与守卫内宫的八万个宝通哪个也没能发现他。洪古尔走至宫殿前,又摇身变做一只八条腿的细黄蜘蛛爬上了宫顶,从天窗拉下一条长长的蛛网,顺着这网偷偷滑到宫内后,犹如被圈禁的兔子卧到一角潜伏了下来。

这时,众妖魔正在高声地谈论着。魔王东希古尔·格日勒向满廷的妖怪们道:

　　"昨夜,我梦见雄狮洪古尔来了。诸位大概听说过那小子吧！洪古尔可不是个凡夫俗子,他精通各种武艺,会施展法术,刹那间就能十三变。没准儿那小子变成什么东西前来偷袭咱们。大家要加倍小心啊！"

　　听了魔王这番话,众妖怪一时喧哗起来。有的为了壮胆子,说:

　　"请放心吧,咱们见了苍蝇也不让它飞掉！"

　　有的应和道:

　　"见了蝴蝶也不放跑它！"

　　"不管是啥东西,进来就统统杀掉！"

　　隐藏在角洛里的洪古尔听了众魔的大叫大嚷,口里悄悄念着咒语。众妖魔渐渐开始东倒西歪,不一会儿工夫,便彼此身靠身子全部昏了过去,整个大殿只有东希古尔·格日勒魔王一人清醒着。这时,洪古尔立即恢复了原貌,从怀里掏出父亲孟根·锡格希日克为他制成的红皮囊,径直走到东希古尔·格日勒面前厉声质问:

　　"你可曾扬言,要赶来阿尔泰西麓的圣主江格尔那八千匹良种枣红马?"

　　"正是。"

　　"你可曾扬言要生擒活抓雄狮洪古尔?"

　　"就是。"

　　"你可曾扬言抢来诺敏特古斯可汗之女、圣主江格尔夫人、长得永远像十六岁模样的阿盖·萨布塔拉?不给本巴家园留下一个孤儿,不丢下一只母狗,将它抢劫一空?"

　　"没错。"

　　洪古尔一一证实后便高声叫道:

　　"本人就是你要活抓的圣主江格尔勇士洪古尔。如今我领旨专程前来,已攻破你所设下的三大关卡,现要生擒你小子。"

　　东希古尔·格日勒黄魔见站在眼前的就是雄狮洪古尔,他出口竟如此不逊,就急忙向左右一瞅,其手下勇士们个个东倒西歪、昏迷沉睡,他慌了起来,正起身反抗,雄狮洪古尔一个箭步上去,狠狠的一击一拽,魔王当即倒了下去。洪古尔死死踩在他身上,捆牢他四肢,装入那红皮囊中。随后，洪古尔赶到那棵珊瑚珍珠桩子跟前，将容隐其中的赤兔马弄了出来，让它恢复了原貌。回来后在鞍子后边驮上黄魔东希古尔·格日勒，向本巴故乡纵缰驰去。

当雄狮洪古尔骑上赤兔马奔出魔王宫苑时，守卫着内外宫的无数妖兵魔卒一起涌出宫门急起直追。其中，出名的剑手上去砍杀，没能击中洪古尔；百发百中的射手射杀，也没能射中洪古尔。留在后边的这群兵卒一片哗然，不由自主地大叫：

"不知是啥样的骒马生出这般神速的马驹！不知是啥样的母亲养育了这样英武的儿子！"

四

一日，圣主江格尔与勇士、宝通们在那十层九色金殿里，痛饮阿日滋美酒，尽兴歌唱。宫殿内外洋溢着一片欢乐的气氛。

阿拉坦策基老伯坐在右翼首席上开了言：

"大家停一停，我听见有骏马的奔跑声，是不是咱们的赤胆雄狮洪古尔凯旋了？大家出去瞭一瞭吧！"

人们一闻此言，先后走出大殿，登上高处放眼望去，见有一位勇士骑着骏马沿着旷无人烟的荒野，茫茫无际的丘岗，黄沙滚滚的沙湾迎面驰来。大家仔细一瞭，果真是赤胆雄狮洪古尔骑着神驹赤兔马来了，鞍子后头还驮着一个庞然大物。看上去，洪古尔战甲已残破不堪，犹如棉絮缕缕飞扬；宝剑磨损成了只有两指宽的钢条，在其右胯上闪闪摇晃。再瞧那神驹赤兔马，消瘦得胯骨上能挂弓子与箭壶，眼窝里阿兰鸟能孵卵了。

阿拉坦策基老伯跨上枣红马迎了上去。当老伯驰到跟前，洪古尔立即翻身下马请了安后，指着鞍后的那个庞然大物说：

"我生擒了东希古尔·格日勒黄魔，把他装进这皮囊了。"

"人中鹰"铁臂勇士萨波尔与猛虎将哈日·萨纳拉二人迎了上去，接过了赤兔马缰绳。接着，其他勇士与宝通们也相继赶来。

　　洪古尔上前说道："如玉似翠的阿尔泰峻岭，举世闻名的江格尔可汗，亲如手足的宝通们！"他向前来迎接的以圣主江格尔为首的众人躬身深深行礼后，又问："大家一向诸事顺利，身体安康！"

　　他的声音震得山崖石崩岩坍。

　　萨波尔与哈日·萨纳拉二人，从赤兔马背上卸下那装有东希古尔·格日勒黄魔的皮囊，抬进了大殿。

　　圣主江格尔下令召来四大州的可汗与民众，欢庆赤胆雄狮洪古尔的凯旋。盛宴举行了七十天，酒宴延续了八十日，人们畅饮美酒，尽情狂欢。

　　被放出了红皮囊立在一角的黄魔东希古尔·格日勒，走至圣主江格尔面前，悔悟自己的过错并俯首立下誓言：

　　"英名盖世的圣主江格尔啊，从今以后我要向您奉献百年的贡物，成为您千年的属民。战时，为您冲锋陷阵；平素，愿为您效犬马之劳。"

　　随后，"人中鹰"萨波尔手持本巴大印，走至东希古尔·格日勒跟前：

"这就是我们赠送给你这位客人的厚礼!"说着,在他右脸颊上深深地打上红色印记。

本巴的人们制服了仇敌,畅饮阿日滋、胡日滋美酒,又过起了平安幸福、健康长寿,没有战乱的生活。

第十三章 东希古尔·格日勒黄魔被擒入囊

第十四章
斩掉哈日·特布格图可汗首级

一

英名盖世的圣主江格尔与美丽贤惠的夫人阿盖·萨布塔拉,在十层九色宫殿里,召集诸位英雄好汉举行六十日、八十天的盛大酒宴。

一日,阿盖·萨布塔拉夫人向夫君进谏:

"圣主江格尔啊,您为啥成日沉湎于酒宴中?"

"出了啥事儿?"圣主不解地问。

阿盖·萨布塔拉夫人接着道:

"眼瞅着咱们边界树木叶枯枝干了,旷野的土地变得荒凉了。您是不是需要亲自到各处走一走看一看!"

只因阿盖·萨布塔拉夫人也是一位能记叙过去九十九年往事,预知未来九十九年吉凶的哲人,圣主江格尔一向十分尊重她的劝告。江格尔沉思了一阵子说:

"可以。"他接受了夫人的意见。

次日一早,圣主江格尔骑上神驹赤兔马出发,巡视北方各地。

当他赶到一片旷无人烟的荒野时,从眼前垒起的一座白色石堆里,突然跑出一个男孩儿,拦路躺在地上放声恸哭。圣主问他为什么哭,男孩儿不言语,还是一个劲地哭。江格尔心想:"这大概就是阿盖·萨布塔拉夫人所说的那件奇怪的事情了。"于是他翻身下了坐骑,将小孩抱上马,驮回来后交给手下人照看并吩咐任其玩耍后,自己又去与众人饮酒作乐。

暂不表此事。本巴国西北方,有一位叫哈日·特布格图的可汗。这位可汗也召集雄狮般的勇士与好汉,举行着盛宴。席间,哈日·特布格图可汗向一个叫那钦双和尔的勇士下令:

"你这就去本巴国,对江格尔可汗传达我的旨意!"

"可汗,啥旨意?"对方起身问。

"你告诉他,我周游乡里需要一匹慢步小跑的坐骑,让他把神驹赤兔马送来供本可汗骑乘;舍不得赤兔马的话,就叫他献来阿盖·萨布塔拉夫人,给我夫人倒茶端饭;阿盖·萨布塔拉夫人也舍不得给,就让江格尔从速交来本巴国大红印!"

"嘁!"了一声,那钦双和尔勇士正欲走,哈日·特布格图可汗又叫住他:

"如果江格尔哪一件也不答应,那么你就跟他定好交战日期!"

使臣那钦双和尔接旨走出宫殿,跨上矫健的灰色坐骑,踏上了征程。他日夜兼程,不一日,赶到圣主江格尔十层九色金殿之前,翻身下马。那钦双和尔将坐骑绊好后,走去拽开那七十道宫门,大摇大摆步入宫殿,坐到右翼勇士和宝通们中间,端起最醇的美酒,一连喝了七十大碗。

此刻,江格尔的勇士与宝通们喝得酩酊大醉,根本没人发现陌生人进来。

酒进了使臣那钦双和尔的肚子后,他感到浑身发热,起身走至圣主江格尔的金桌之前,郑重其事地说道:

"本人是哈日·特布格图可汗的使臣,名叫那钦双和尔。这次,专程前来向你传达我们可汗的旨意。"

席间饮酒作乐的人们,这才发现有个陌生人。惊愕之余,大家一下

子把视线都集中到那钦双和尔身上。

使臣那钦双和尔提出那三项要求后,接着说:"如果这三项要求,你哪个也不答应,那咱们双方只有定好交战日期了。"说完,他回到原位入了座。

哈日雅岱可汗之子哈日·吉灵是圣主江格尔的得意神箭手。见对方如此侮辱他们,当下站了起来:"与其听他胡搅蛮缠,不如一剑捅死这小子!"骂罢,他"嗖"的一声拔出宝剑。

圣主江格尔止住他,道:

"哈日·吉灵,你先别急。明天,你带上我同样的要求前去,向哈日·特布格图可汗提出来,看他如何做答复!"

哈日·吉灵一听,觉得这话有理,与其这般蛮干不如斗斗智,于是把宝剑插入鞘里。

二

前些天,从石头堆里蹦出来的那个男孩,得知哈日·特布格图可汗派来使臣,向圣主江格尔提出三项要求且大闹本巴国的事儿后,急忙起身向洪古尔报信儿去了。

当时,赤胆雄狮洪古尔不在圣主江格尔身边,而是住在父亲大力士孟根·锡格希日克的家园。

那孩子跑到孟根·锡格希日克府邸时,这里正大摆宴席,尽兴作乐。他顺着坐着人的腋下,贴着站着人的踝骨边儿挤了进去一扫视,洪古尔不在席间。那孩子走至希勒台·赞丹夫人面前,给她叩头请安后,问道:

"夫人,洪古尔在哪里?"

"他拿上金银踝骨玩去了。"夫人回答。

从石堆里蹦出来的男孩辞别了老夫人,到宫外四处寻找也没能找到。当他走至一片平滩时,有踝骨掷出的黄一块白一块的痕迹。他沿着这踪迹走去,在不远处见洪古尔一人玩耍着。小孩跪到跟前,大声叫道:

"洪古尔啊,你还有心思玩!"

"咋啦?"洪古尔猛然抬起头来问。

"圣主江格尔金殿里,来了一个可恶的家伙!"

"他叫什么名字?快给我讲!"

"是哈日·特布格图可汗派来的使臣,名字叫那钦双和尔。"

"他干啥来了?"

"你还问呢!那家伙盛气凌人地扬言,叫咱们圣主把神驹赤兔马、阿盖·萨布塔拉夫人、本巴国大红印都献给他的可汗……"

洪古尔当听到"如果这坐骑、夫人与大印哪个也不给,就定好交战日期"时,真想立即回去,把那小子赶走。可洪古尔十分懂得礼仪,他先回宫向父母双亲讲明事由,请求出征。

父亲大力士孟根·锡格希日克听了儿子的叙说,便答应他的请求:"孩子,那你就快去速回。"

赤胆雄狮洪古尔即刻辞别双亲,把黄斑金刚宝剑别在右胯上,跨上神驹菊花青驰去。他赶到圣主江格尔驻地,翻身跳下坐骑走进金殿时,哈日·特布格图可汗使臣那钦双和尔仍然坐在右翼勇士之中饮酒。他见满面红光的洪古尔走进来,根本不去理睬,依然盛气凌人地逼问着圣主:

"江格尔你听着,我不能这样久等着,你不想给那三件东西,就直言何时交战吧!回去我好对可汗有个交待。"

赤胆雄狮洪古尔听了这些话,气得十指在掌心发抖,两边腮牙咬得咔咔响,大声喝道:

"我瞧你呀,连两岁牛犊的本事也没有,竟敢摆出大牤牛的架势来唬人,别吹牛啦!你小子可要知道,我们的江格尔诺彦自出生以来,从未失陷过自己故土,自掌权至如今,从未败坏过自己声誉。知趣的话,你快给我滚回去!"

那钦双和尔抬头一看,是一位若是山有把子也能举起来,海子有牵绳也能拉过来的巨汉。大叫声让使臣惧怕得一时答不出话来,准备乖乖地溜出宫殿时,洪古尔上去又拦着他道:

"回去告知你的可汗,三天之内,我洪古尔一定赶到你们宫邸,要杀死你们哈日·特布格图可汗,取回他的首级!"

使臣那钦双和尔依然没作声,跨上灰毛马逃之夭夭。

那钦双和尔回来,向可汗如实禀报了前往本巴国的经过。

哈日·特布格图可汗听后,做了相应的准备。可汗手下有一名叫道格信·朝呼尔的大臣,专事守护可汗生命的重任。可汗令这位大臣带领七万兵卒,在里院把宫殿围了三层守护可汗;又令使臣那钦双和尔率领三万人马,将宫苑围了两层,护卫宫殿。

哈日·特布格图可汗对采取这样的防范措施还不放心,又召集来所有将领与兵卒,下旨道:

"大家千万要明白,那洪古尔不但是一名雄狮虎将,而且还会施展法术。他能八十二变,说不定有时变做猪、犬、虫,有时变做喜鹊、乌鸦、苍蝇进来偷袭。"

众人听了可汗这般讲述,个个吓得瑟瑟发颤。

哈日·特布格图可汗最后又提高嗓门道:"所以,你们只要见到有生命的东西,统统给我杀掉。"

四

使臣那钦双和尔走后不久,赤胆雄狮洪古尔奉圣主之命,带领铁臂勇士萨波尔、赛力罕塔布克与艾日斯图·哈日宝通三人,又驮了一皮口袋胡日斯①,直向哈日·特布格图可汗的领地驰去。不一日,赤胆雄狮洪古尔一行四人,登上阿日斯楞②山峰,翻身下马搭起

---

① 意为有毒的酸奶干儿、奶豆腐。
② 意为狮子。

了住上七十个人也不显得拥挤的宽敞白帐篷,帐内又支起火撑,放上砂锅煮了一锅酽茶,喝了个足。洪古尔向伙伴们说道:

"你们在这里歇一歇,我先去刺探一下敌情。"

洪古尔交待罢,驮上那袋子胡日斯驰去。他进入哈日·特布格图可汗的领地后,将神驹菊花青变成一匹矫健的灰毛马,自己变做那钦双和尔勇士的模样赶到可汗宫苑外。护守宫苑的士兵见到伪装的那钦双和尔,纷纷嚷着:"咱们的头儿来了!"一起迎了上来。

"大家千万要小心,洪古尔那小子说不准变做什么东西前来袭击。不管啥东西,只要是有生命,一律杀掉它!"变做那钦双和尔的洪古尔提醒了众士兵,并从皮袋里掏出那胡日斯,继续说:"这里有渴了能解渴,饿了能充饥的东西,你们吃吧!"说着发放了下去。守护士兵见后,个个高兴异常,抢着吃起胡日斯来。

洪古尔直入院子后,又变做道格信·朝呼尔大臣。守护内宫的士兵见了,一齐上来迎接。伪装的道格信·朝呼尔向众人扬言:

"洪古尔那家伙奸诈得很,说不定要变做什么东西溜进来。你们只要见到有生命的东西就斩死它!"

变做道格信·朝呼尔的洪古尔临走时,接着道:"这是充饥的食物,你们吃吧!"说着给每个人分发了三块胡日斯。

胡日斯是酸奶干儿与奶豆腐。洪古尔所发放的,不是人们平素所食用的胡日斯,而是以毒汁制成的具有蒙汗药的作用。士兵们哪里晓得这奥秘,吃了后个个中毒昏倒了。

随后,洪古尔又变成一只猎犬潜入可汗寝宫。他口念咒语,使坐在那里的夫人叫醒熟睡的哈日·特布格图可汗,并向可汗说:"可汗啊,这是一条好猎犬。你出外巡视各地时带上它,该有多美!"

可汗一瞧,果然是一条好猎犬。他随即命令佣人给那条狗带上链子拴牢。

夜间,等人们都进入了梦乡,洪古尔恢复了原貌。这时,哈日·特布格图可汗打着三岁牤牛般的鼾声正在熟睡。洪古尔心想:"我不是来取哈日·特布格图可汗首级的吗? 此刻不动手,更待何时!"他"嗖"的一声抽出黄斑宝剑,闪出七道火焰一砍,哈日·特布格图可汗随着头颅的飞落,其身躯被抛向一旁。接着,对睡在一边的夫人又砍了一刀,将她砍为两段。

洪古尔把哈日·特布格图可汗夫妇二人斩死后,拎着可汗那颗头走出宫殿,将其作为彩穗系在坐骑尾巴上,呐喊着冲了出去。

那些中毒昏迷沉睡着的守护士兵们此刻个个躺在地上不能动弹;只有那钦双和尔勇士一人尾随追了上去。可是越追距离却落得越远。焦急的那钦双和尔对坐骑灰毛马骂道:

"眼瞅着快追上了,为啥距离拉得越来越远?"

灰毛马口吐人言答道:

"雄狮洪古尔骑的菊花青,是一匹年轻公马的后代,年轻骒马所生的神驹,它吃着翠绿的草原草儿自由自在长大的;而你的灰毛马是老公马老母马交配所生,是在马群践踏的泥沼里长大的。我怎么能与人家相比呢?"

那钦双和尔见坐骑追不上,就弯弓搭箭射去,可这箭仍然落在其后,他着急道:

"让你穿过洪古尔的身躯,把了钉到鞍鞒上,你却只飞到他扬起的尘烟处就落了地。这究竟是为啥?"

箭口吐人言:

"他那匹神驹菊花青老是在云霄之下树梢之上飞奔,我实在无法射中。"

那钦双和尔勇士无奈地叹着气,眼巴巴地看着对方逃去。

此刻,留在阿日斯楞山上的勇士萨波尔、赛力罕塔布克与艾日斯图·哈日三人正在白帐篷中下棋。他们突然听到马蹄的奔驰声,三人急忙冲出帐篷一看,是赤胆雄狮洪古尔向这里驰来,在坐骑尾巴上拴着哈日·特布格图可汗的首级。三人迎了上去将洪古尔扶下了坐骑。洪古尔走进帐篷后,向三个伙伴说道:

"虽然斩来了哈日·特布格图可汗的头,可那钦双和尔与守护可汗生命的大臣道格信·朝呼尔还没有除掉;那些吃了剧毒奶豆腐与酸奶干

儿的士兵也快苏醒了。"

"你先在这里歇息着，他们由我们三人来收拾好啦。"言罢，三勇士分别跨上各自的坐骑驰去。

见哈日·特布格图可汗身亡，那钦双和尔回宫坐上可汗的宝座，并叫来道格信·朝呼尔大臣，命令道："你代替我先前的职务，统辖巡视宫殿内外的守卫事宜。"

不一会儿，萨波尔、赛力罕塔布克与艾日斯图·哈日三人一路冲杀过来。他们冲破道道关卡层层卫兵，把前来阻截的兵卒斩的斩、杀的杀、俘虏的俘虏；赛力罕塔布克活抓了道格信·朝呼尔大臣，反剪其四肢绑在自己坐骑尾巴上，返回了阿日斯楞山；萨波尔与艾日斯图·哈日两位勇士包抄追击哈日·特布格图可汗的军队，杀进宫殿，生擒了刚刚称汗不久的那钦双和尔，连拖带拽也相继赶了回来。

洪古尔正在白帐之中歇息时，喜讯一个接一个传来。他见先后把敌方道格信·朝呼尔与那钦双和尔两人推了进来，便下令：

"把那钦双和尔这家伙的身躯，一块块剁碎，用火镰打起火把它焚烧成灰烬！"

以道格信·朝呼尔大臣为首被俘虏来的敌方将领与士兵急忙一齐跪在洪古尔脚下，叩着头立下了百年的誓言，忏悔六年的过失，纷纷请求饶恕。

洪古尔道：

"你们知错，忏悔就好，我不杀你们了。圣主江格尔有令，把哈日·特布格图可汗的属民、牲畜与财产，不留一个孤儿、不剩下一条母狗，统统带到本巴国。那咱们收拾收拾就启程吧。"

赤胆雄狮洪古尔一行四人，赶着成为俘虏的人群与他们的牲畜，昼不停蹄夜不宿营，急速赶路，不一日，回到了圣主江格尔身边。

圣主江格尔为犒劳洪古尔一行四人的凯旋，举行了六十天的盛宴。

第十五章
哈日·吉勒干与萨仁格日勒可汗交战

一

圣主江格尔与夫人阿盖·萨布塔拉成婚已有好多个年头,可是可汗与夫人膝下还没有射猎驼鹿的男儿,绣缝荷包的女儿。这对于到了花甲之年的夫妇二人来说,不能不是一件苦恼事儿。此后过了几年,阿盖·萨布塔拉夫人有幸怀了孕。之后过了几个月,她才向夫君江格尔告知此事。江格尔听后十分生气,并对夫人讲:

"你怀了孕为啥不早告诉我?我这就出去,给孩子订一门娃娃亲。"

"可汗啊,您这纯属是给未出生的孩儿做铁摇篮,为没落地的婴儿造钢摇篮。您就别去啦!"

当时,圣主江格尔手下有兄弟两个勇士:一个叫地上的刚布和;另一个叫天上的特木尔布斯。有一天,兄弟二人突然听到圣主那黄铜洪钟敲打的声音。这洪钟七年没有敲过,八年没有响过。他们想:"一定发生了什么大事儿,不然洪钟是不会敲响的。"兄弟二人互相扶着肩膀,唱着美妙的歌儿,赶到江格尔驻地时,圣主还在敲打着那洪钟。两人不解地问:

"圣主啊,您为啥敲打这洪钟呢?"

"两位勇士有所不知,阿盖·萨布塔拉夫人已有身孕了,我心里十分高兴。我想为即将出生的孩子去寻一门指腹婚,可夫人不让我走。"

兄弟二人听后十分高兴,便道:

"一国之主将喜添贵子,这是件大事啊!应该通报各地,举国庆贺庆贺才是。"说罢,两人分头将这件喜讯布告各处。

属民得知这喜讯后,在公驼上驮了阿日滋、胡日滋美酒,在母驼上驮着羯绵羊与羯山羊,先后赶到圣主江格尔的金色大殿,大摆酒席欢庆了六十天、八十日。

二

到了月份,阿盖·萨布塔拉夫人如愿生了个男婴。孩子胸脯上还长着一颗拇指般大小的红痣。

圣主江格尔高兴得把儿子抱在怀里,亲吻着他左右脸颊,拿起剃头刀给他剃了发,说道:

"就叫他哈日·吉勒干吧!"随后又给予美好的祝愿:"祝你日后成为一名名扬本巴故乡的勇士!"

圣主江格尔又令手下人吹起大号,召集来大部落的部众;吹起小号,召集来小部落的民众庆贺后,叫来木工整修木料,请来泥匠脱了坯子,给哈日·吉勒干建造了一座金碧辉煌的宫邸。

随着日月的流逝,小哈日·吉勒干已有七岁,一日,他来谒见阿爸江格尔与额吉阿盖·萨布塔拉。他进宫后,占据一庹之地屈膝跪下双手扶地,叩着头祈求阿爸:

"我的坐骑在哪里?"

圣主江格尔听了儿子的话,转过脸悄悄地哭了,但过了一会儿转过头来又笑了笑道:

"你年仅七岁,就别出征了。"

接着儿子又向母亲乞求:

"我穿的战服在哪里?"

母亲也背着脸悄悄地哭了,但过了一会儿转过脸笑了笑劝道:

"孩儿啊,你的肉还没长硬,血液尚未变浓呢。等成了人再说吧。"

可是儿子跪在那里,抽搐着犹如牤牛的前额,翘起好似公驼的虎牙,依然坚持地说:

"我觉得向萨仁格日勒可汗讨债的时机到了,请阿爸额吉准许孩儿出征。"

原来,哈日·吉勒干请求出征是有缘故的。当他还在额吉腹里时,有一位叫萨仁格日勒的可汗率兵前来,把圣主江格尔宫苑围困了多日,险些要了江格尔本人及其手下两名勇士——地上的刚布和与天上的特木尔布斯的命。前些日子,小哈日·吉勒干从别人嘴里听说了这事儿。这次征讨,就是要为汗父与本巴国报仇雪恨。

哈日·吉勒干见阿爸额吉不让出征,便生气地走出了宫殿。

过了一会儿,额吉阿盖·萨布塔拉有些回心转意。她开导夫君:"我想即使枪尖向他刺来,咱们的哈日·吉勒干也不会惧怕的。咱们怎么能挫伤他那远大志向呢!"

江格尔听了夫人这番话后没说什么,走出宫,把那黄铜洪钟又敲了三下。

地上的刚布和与天上的特木尔布斯兄弟二人听到钟声,立刻赶到圣主宫邸,问道:

"圣主啊,您敲响了洪钟有何吩咐?"

江格尔回答道:

"我的儿子哈日·吉勒干突然向我索要坐骑、战服、武器,要去征讨萨仁格日勒可汗。当我与夫人劝他,你年幼血稀,等长大成人后再去收拾那家伙也不晚时,哈日·吉勒干以为是在挫伤他的锐气,就生着气走了。两位勇士,你们有啥好主意?"

两人听了圣主的话,回答道:

"依我们之见,还是成全他这远大的志向为好。"

江格尔仔细一想,这话也有道理。便派人找来儿子哈日·吉勒干说:

"你的坐骑在长有青青嫩草,流着清凉泉水的阿日其图山麓下的放牧的马群里。"

"我怎么去辨认它呢?"儿子问。

"那里有一位大胡子老头儿在放马,他会告知你的。"

哈日·吉勒干辞别父亲,拿着一付结实的牛筋绊子走到阿日其图山麓时,有一位老者拖着套马杆的粗柄,不住声地吆喝着走来。只见这位老者下巴的胡须垂到膝盖,上唇的胡须耷拉到腰带上。哈日·吉勒干走上前去双膝跪地,扶着一庹宽的地叩了几个响头,请安道:"老伯,您好。阿盖·萨布塔拉夫人是我生母,我的名字叫哈日·吉勒干。"

大胡子牧马人急忙跳下坐骑:

"哎呀,你瞧我真老糊涂了,连自家的孩儿都没有认出来。"说着,他把哈日·吉勒干搂在怀里:"我的小黑野猪啊!看上去你的牙齿还没有出齐;我的黑驼羔啊,你的鬃毛尚未长全呢。"老伯把小勇士抱在右膝上吻了一会儿,又放在左膝上亲了个够。

哈日·吉勒干问:

"老伯,请告知我的坐骑在哪里?"

牧马老伯道:

"阿日其图山顶上长着一棵紫檀树,你的坐骑就站在那树下。"

小勇士哈日·吉勒干辞别大胡子牧马人,踩碎硬地,踏塌软地,径直向阿日其图山顶走去。当他爬上山顶朝前一瞭,果真有一匹栗色骒马生下的小驹站在那棵檀树之下。而那只小驹用它的脐带将骒马绕了三圈,犹如皮条展躯睡在一旁。据说,那骒马怀了九年胎,涨了九年奶,又疼痛了九年,才生下了这只驹的。

哈日·吉勒干将套索在手腕上绕了三圈后说:"你是我所乘的坐骑,这套索就套住你!"口里念叨着一抛,套索正好套住了小驹的脖子。进了套子的小驹立即跳了起来,炝起蹶子挣扎;哈日·吉勒干使出浑身力气往后拉,小驹仍然拼命向前挣扎;哈日·吉勒干足蹬岩石、尽力拽住树丛不放。这般我拽你挣,把山地蹬为平川,平地踢成小丘。哈日·吉勒干手掌被磨烂了,皮绳陷入了筋肉;小驹脖颈也磨破了,套索勒进了骨头。

最后,哈日·吉勒干无奈开了言:

"你究竟是不是我的坐骑啊? 为什么这样折磨人呢!"

小驹口吐人言道:

"你是我主人的话,就解开纽扣露出前胸,让我瞧一瞧!"

哈日·吉勒干勇士依着它的话解开纽扣,一露出胸脯,那颗拇指般大的红痣,放射出三色彩虹,展现在他胸上。

小驹见了这颗红痣,埋怨起主人来:

"刚才为啥不解开纽扣呢? 你我挣来搜去,你白白耗费了三年摔跤的力气,而我也无故地消耗奔跑三载的力量。"

说罢,他张开号筒般的鼻孔,闪着望穿千里之遥的眼睛。弯下兔子般的脊梁,将鹤颈般的脖子伸给了主人。

哈日·吉勒干上前,给神驹枣红马带上笼头,鞴上鞍子,扣紧肚带,右脚插进镫子,正要跨上去,坐骑又道:

"主人啊,请你抓牢缰绳,坐稳鞍子。我想消除驹马爱惊闪的那毛病。"

当小英雄的屁股一挨鞍座,枣红马即刻尥开蹶子奔去,将沿途山冈踏平,平地刨出土丘。哈日·吉勒干喝喊着猛抽了一鞭,坐骑鼓足更大的力气,不分高山、平川与狭谷,犹如大鹏呼啸着向前飞驰,不一会儿,便赶到大胡子牧马人身旁。

老牧马人迎了上去,抚摸了三下哈日·吉勒干的黑发:"祝你这次把萨仁格日勒可汗的清泉水源切断,使他的青青的牧场枯萎了再回来!"

接着,老人又把枣红马从前额至胸脯抚摸了三次:"愿你成为一匹能追上所有的马,不让所有马追上自己的神驹!"

大胡子牧马人为哈日·吉勒干与枣红马做了美好的祝愿后,请他们上了路。

三

小英雄哈日·吉勒干骑着枣红马赶回了家,走进金色宫殿,问父亲江格尔:

"阿爸,我所携带的武器在哪里?"

圣主江格尔令佣人将那柄把上雕有一对虎熊厮斗的弓箭,碰上坚冰不打滑,遇上岩石不卷刃的宝剑,用七十头公牛皮包扎鞭心,用八十头公牛皮编制表皮的沉重大黑鞭一一取来,交给了儿子。

哈日·吉勒干又问母亲:

"额吉,我的战服在何处?"

阿盖·萨布塔拉夫人令仆人取出穿上一万年磨不烂腰子,一百年磨不破帮子的皮靴与厮杀时穿的战甲交给了儿子。

当儿子哈日·吉勒干披挂整齐后,父汗江格尔与夫人阿盖·萨布塔拉又令佣人取来阿日滋酒。小英雄用七十人方能抬得动的海碗一连喝了七十碗,接着又饮了八十碗。

哈日·吉勒干一口气饮了这些酒,鼓起好汉的勇气,步出宫门时,神驹枣红马正甩动着额鬃与日月嬉戏,抖动着前蹄停立在庭院中。

他跨上坐骑,首先向父母双亲告别:

"阿爸、额吉,请你们举行八十天、七十日的大宴等待孩儿归来!"

勒转右手缰绳,面向西边的父老乡亲说了一句:

"我将在第二个年头上返回家园。倘若回不来,我的鲜血一定洒在杀场上了!"

他又勒转左手缰绳,脸向东边的邻里亲人说了一声:

"假如到三个年头还没有回来,我的骨头必定扔在战场上了!"

哈日·吉勒干一一告别完,纵缰驰去。

神驹枣红马时而如大雕,时而像大鹏疾飞。不一会儿,当哈日·吉勒干赶到阿木亥山冈时,这山冈立马变作一座苍茫的雪峰挡住了他的去路。小英雄勒缰绳,正沉思如何越过它才好时,枣红马口吐人语:

"小英雄哈日·吉勒干啊,你在沉思什么? 连吃草长大的我都不畏惧,你倒怕起来了!"

听了坐骑之言,主人即刻省悟,当下挥起那用七十张牛皮拧成鞭心,用八十张牛皮编制表皮的大黑鞭子,朝着坐骑的大腿肌肉狠狠打了几鞭。枣红马猛然精神抖擞,像大雕如巨鹏往上一冲,犹如一点火焰闪在那阿木亥山顶峰。

哈日·吉勒干勒住缰绳,掏出洁白的哈达擦了擦眼睛,放眼一眺望,好家伙,萨仁格日勒可汗的大队人马犹如蚂蚁一般涌来。

四

当小英雄哈日·吉勒干出征之际,地处远方的萨仁格日勒可汗做了个梦。梦见他的金宫墙塌瓦崩,檀树枝叶凋零,泉水断源干涸,牧场满目苍凉了。

可汗从梦中惊醒后,觉得这是一个不祥之兆。他便命令手下人,吹起大号召集来大部落的民众,吹起小号召集来小部落的部众。向众人说明了梦中之事后,并问道:

"哪一位能给我解释这梦啊?"

这梦确实预示着一个不祥之兆。见众人听后,个个心慌意乱,没人言语,可汗的三大勇士齐声道:

"只要我们三人在,再凶的敌人休想进犯。可汗,您放心好啦!"

萨仁格日勒可汗举目一看,发话者是六十五颗头的晋吉勒、五十五颗头的丹德尔与四十五颗头的杜恩黑魔兄弟三人。可汗问道:

"你们能解释这梦吗?"

"不能。"弟兄三人回答。

这时,有个叫阿日亥的宝通起身禀报:

"我家里有个极为聪明的姑娘。"

"这个姑娘会卜卦吗?"可汗问。

"她能数出人头上有几根头发,肉皮里有几条骨头。"

萨仁格日勒可汗听后十分高兴,即下令:"她叫什么名字。快把她叫来!"

阿日亥宝通出去,不一会儿工夫,便叫来了那个名叫浩布其的卜卦姑娘。可汗问她:

"你能解释一下那个梦预示着什么吗?"

浩布其姑娘低头想了想,禀报道:

"远方有一位自出生以来未曾失掉过政权与江山的江格尔可汗。这位可汗有个儿子,名叫哈日·吉勒干。眼下,他已经登上了阿木亥山冈。"

"他到那里想干什么?"可汗问。

"想占领可汗所有领地。"

萨仁格日勒可汗一听这话慌了起来,急忙问:"这小子力气如何?"

"是一位有舌人不敢招惹,有口人不能冒犯的好汉。"

"他有没有法术?"

"精通法术。有时他能变做旋风刮来,有时能变成蜘蛛拉网爬来,有时还会变做泥块沾在靴底儿上进来……"

三个黑魔听后,满不在乎地说:

"可汗,您别怕他,那小子果真来了,我们会吃了他的肉,把他的细骨用鼻子喷出去,粗骨用嘴吐了出来。早先,他的父亲江格尔前来与咱们较量,最后还不是让咱们给撵了回去!"

其他人听了卜卦姑娘的话,个个惊慌起来。他们先后到了外边,把靴子擦拭干净,进来后又拍了拍靴底儿。

萨仁格日勒可汗得知哈日·吉勒干要赶来,便派出六十五头黑魔与五十五头黑魔前去迎战。

五

哈日·吉勒干勇士奔下阿木亥山冈,迁到萨仁格日勒可汗的领地后,变做一只八腿蜘蛛,拉开网爬去。

萨仁格日勒可汗的兵卒见后大叫：

"哈日·吉勒干从这儿爬过来了！"

他变做一股旋风刮去。士兵们见了大喊：

"哈日·吉勒干变成旋风袭来了！"

他又变做泥块，沾在一个士兵坐骑的蹄上被带了进来。人们还是认了出来，高喊：

"哈日·吉勒干变做泥块进来了！"

小英雄无计可施，恢复了原貌，取下那张大弓，搭上箭，从旭日东升时辰起拉到日落西山时，朝着敌军射了出去。可是，他怕留下"有一个秃子跑来在异国他乡放了一把火"的坏名声，便急忙加鞭，从那射出的箭后面追去。那神驹枣红马疾飞驰去。没等箭从这座山头射到那座山头，便被中途截住，小英雄探头一口将箭咬在嘴里。这时，枣红马口吐人言：

"主人啊，快朝前面看一看！"

哈日·吉勒干抬头一看，那个六十五颗头的晋吉勒黑魔正迎面奔来。

坐骑又进言：

"你以数万英雄的气势向他杀去，我以万马奔腾之势冲锋！"

这时，六十五头黑魔张开大嘴，以一口吞掉哈日·吉勒干之势奔了过来。坐骑花斑马劝主人：

"那个哈日·吉勒干可不好惹呢。你休想由鼻孔喷出他的细骨，从嘴里吐出他的粗骨。与其跟这小子硬拼，不如赶回去向可汗报告为好。"

晋吉勒黑魔听后，十分生气：

"俗话说：吃草长大的牲口会说人语，将吞噬主人的头颅。你这个该死的畜生，怎么说这种不吉利的话！"说着，他朝着坐骑的头抽了数鞭。

黑魔与坐骑正相互争执时，小英雄哈日·吉勒干策马赶来。他踢直铁砧般银镫，压弯马儿的四根肋条，端坐在鞍子上大叫：

"从哪儿狂吠而来的老笨蛋！"说着，就朝着他扣子般大小的六十五颗头抽了三鞭。

晋吉勒黑魔挨了鞭子，神志开始昏迷，失去了知觉。坐骑花斑马见主人左右摇晃，以脖子托起、用臀部扶着调转头逃去。小英雄哈日·吉勒干唯恐留下在他乡杀了老人的罪名，便飞马追上对方，在其伤口处涂上不到一天就使人起死复生的灵丹白药。

过了一阵儿，六十五头黑魔清醒后，仍不服气："我要用父母赐给的臂膀，同你小子较量！"说着，他跳下坐骑，将鹿皮裤腿挽到膝盖，奔了上来。

哈日·吉勒干骂了句："不识好歹的家伙！"也跳下枣红马冲了上去。

两人扭做一团彼此厮打，互相抓下一把把肉，撕下一块块皮，这样对打了若干年，没分胜负。一日，哈日·吉勒干趁对方没提防，上去一把将他抱起来，朝身下的山口抛去。晋吉勒黑魔精疲力竭，没有立住身子，顺势倒了下去，再也爬不起来了。他见哈日·吉勒干奔来，上气不接下气地说：

"看来，这可爱的家乡将要沦陷了。该我倒霉，我靴腰里有一把黄柄剃头刀，你取出来割断我脖子好啦。"

哈日·吉勒干一听这话就气了："你以为我的宝剑宰不了你吗！"说着，他"嗖"的一下抽出那把碰上岩石不卷刃，遇上坚冰不打滑的宝剑，一一砍下黑魔六十五颗头。随后，将这些头颅分别剁成碎块，用火镰打着火，焚炼了碎块，使它们成为牛不肯闻，狐狸不愿舔的一堆臭肉，埋入泥土中。

紧接着，小英雄哈日·吉勒干以同样的方法除掉了前来援救的五十五颗头黑魔丹德尔。

六

萨仁格日勒可汗手下还有两位叫阿日亥、沙日亥的勇士。一日，两人进宫谒见可汗，并禀报：

"阿木亥山冈上空，扬起了铺天盖地的黄尘。看样子，好像是出了大事儿。"

萨仁格日勒可汗听后，大为惊愕：

"那就快叫来卜卦的浩布其姑娘,让她算一算吉凶如何?"

浩布其姑娘抽了签,便禀报:

"可汗啊,大事不好!圣主江格尔的儿子哈日·吉勒干,正要前来袭击您宫苑,夺取您那可汗宝座了。"

"我的两位勇士不是去阻截了吗!"萨仁格日勒不解地问。

"您派去晋吉勒与丹德尔两员大将,已经被剁成碎块,用火镰打出的火焚烧了。"

可汗极为恼怒:

"哪位去除掉这畜生?"

得知两个哥哥已身亡,坐在一旁不服气的四十五颗头黑魔杜恩应声"腾"的一下蹦了起来请战:

"就让我去一口吞掉那小子,用鼻孔喷出其细骨,嘴里吐出其粗骨!"

萨仁格日勒可汗允诺了他的请求。

杜恩黑魔跳上花斑马,不住声地怪声呐喊,不眨眼地向前驰去。他的坐骑边奔跑边口吐人言:

"主人啊,你那两个兄长没能抵得过他,相继送了命,你单枪匹马怎么能对付得了呢!依我看,这次你是想白白将骨头扔到沙场,把鲜血洒在野外才罢休哩!"

四十五头黑魔听了,以为这是不吉利的话,就大发脾气,朝着坐骑的头部狠狠地抽了三鞭。

杜恩黑魔没听坐骑劝告,正继续奔驰时,只见一个脸蛋儿红红的,留着一头乌亮美发的小伙子挥舞着黑鞭迎面赶来,在黑魔没来得及躲闪时,就朝他的肩部一连抽了三鞭子。黑魔招架不住,往前驰去。哈日·吉勒干追上去,趁势朝着他头颅又猛力抽了一鞭。这下,黑魔失去了知觉,神志模糊,险些跌了下去。坐骑发现主人在上面左右摇晃,便以鬃毛与臀部托扶着他拼命逃去。小英雄哈日·吉勒干勒住缰绳,拉满弓,朝着他背部射了一箭。四十五颗头杜恩黑魔,当下便跌下马去,一命呜呼了。

小英雄哈日·吉勒干相继除掉三个黑魔兄弟,趁着盛气,扬起万马奔腾的尘埃,发出万条巨龙般的呐喊,向萨仁格日勒可汗宫殿驰去。

萨仁格日勒可汗生有一女,已到了出嫁年龄,名为敖特根哈日。她得知小英雄哈日·吉勒干赶来,便打发手下一侍童去迎接。这个满口皓牙,一头美发的侍童出来,拦住小英雄的去路,占据一席之地跪下道:

"姐姐打发我来向你请安。"

哈日·吉勒干见这侍童既可爱又懂事,面露喜色地跳下了坐骑。随后他上去将侍童的美发抚摸了三下,把他那俊俏的左右脸颊各亲了一口,继而绊好坐骑,尾随侍童走进了可汗宫殿。

可汗女儿敖特根哈日一见哈日·吉勒干便萌生了爱慕之心;小勇士哈日·吉勒干也喜欢上了敖特根哈日姑娘。

萨仁格日勒可汗发觉两人眉来眼去,彼此传递着爱慕之情,心中十分不悦。可汗无计可施,便命七十个仆人,抬来在木桶里发酵了七年的一桶毒酒。小英雄哈日·吉勒干盛来一碗,先敬给了可汗,而可汗没有沾唇,只是闻了一下便洒在地上。小英雄发觉酒里有毒,便推辞道:

"我身子有些不舒服,过一会儿再喝这酒吧!"

接着哈日·吉勒干施展法术,就地弄个窟窿,悄悄地把毒酒倒了出去。

又过了一会儿,小英雄哈日·吉勒干嘿嘿地笑着,拍打拍打右腿,向萨仁格日勒可汗道:

"可汗,把女儿许配给我吧!"

一听这话,萨仁格日勒可汗先是发愣,后来想这小子武艺高强,僵持是不行的,便道:

"谁向我女儿求婚,必须在三项竞技中都得头一名才行!"

"哪三项?请讲。"

"那还用说,射箭、摔跤、赛马呗!"

哈日·吉勒干勇士愉快地接受了可汗提出的条件,并在这三项赛事中都得了第一名,随后问萨仁格日勒可汗:

"这回,还有说的吗?"

萨仁格日勒可汗转过脸去悄悄地哭了,过了一会儿转过脸来勉强地笑了笑,无奈答应了这门亲事儿。

过后不久,萨仁格日勒可汗选择良日吉辰,为哈日·吉勒干与女儿敖特根哈日完了婚。

数日之后,哈日·吉勒干勇士向萨仁格日勒可汗提出携带新娘敖特根哈日返回故里的事儿。岳丈问新郎新娘:

"你们走时,想带些啥财宝啊?"

女婿女儿回禀:

"财宝,我们啥也不拿。您就把奴仆中的俊脸美发的侍童、马群中的兔鹘儿马、驼群中的白色母驼、牛群中的黄牛与羊群中的那只黄头绵羊给我们好啦。"

萨仁格日勒可汗虽然有些舍不得,只因这是女儿与女婿提出来的,也不得不一一应允。

新郎哈日·吉勒干与新娘敖特根哈日二人领着美发侍童和赶着可汗赐给的儿马、母驼、黄牛、黄头绵羊踏上了归程。

当时有这样一种习俗:女婿在他乡成亲,带领新娘回故里时,女婿务必先赶回家里,待新娘接近家园时再出来将其接回家中。依照这一规矩,哈日·吉勒干得先行一步。一日,他临行前吩咐随行人员:

"你们记好,一定沿着我走的踪迹前行。见到画横道的地方就住宿,碰上画圆圈的地方便打尖。"交待罢,他驱马向本巴故乡驰去。

随后,新娘及其他人员也上了路。可是萨仁格日勒可汗的居民跟着那侍童全搬迁了;成群的牛随着那条黄牛哞哞叫着追去了;一群骆驼跟着白色母驼吼叫着奔去了;整群的羊儿随着黄头绵羊,咩咩叫着涌去了。

此刻,萨仁格日勒可汗巴望着这远去的人群与畜群惋惜地叹道:

"真没有想到,一时间我那青青的草滩枯黄了,清澈的甘泉枯竭了,茂密的檀林凋落了,碧绿的海子变成了沙滩。"

七

日，圣主江格尔与众勇士、宝通正在饮酒尽兴作乐。有一个仆人突然进来禀报：

"阿木亥黄沙岗那边扬起了冲天尘烟，好像有人朝这里驰来。"

圣主听后，向阿盖·萨布塔拉夫人与众人讲：

"说不定咱们的儿子回来了，快出去瞧一瞧！"言罢，江格尔带领大家走出宫外，一起朝阿木亥山冈眺望。

不大一会儿，果真小英雄哈日·吉勒干先头赶来，向父亲江格尔与母亲阿盖·萨布塔拉请了安，禀报了自己出征的经过与娶亲的事儿。他得到父母亲的赞许后，驱马返程将走在后边的新娘敖特根哈日及其一行人员迎了回来，向双亲引见并谒拜。

圣主江格尔见儿子旗开得胜又娶来一个漂亮的媳妇，极为高兴，他当即发出指令向边缘地区的民众通报了此事儿。人们得知这一喜讯后，牵着公驼，满载阿日滋美酒；拉着母驼，驮上羯羊肉肩并肩，高唱牧歌先后赶到圣主江格尔身边，举行盛宴欢庆。

从此本巴国上上下下举行了六十天酒宴、八十日盛宴，人们尽兴作乐，沉浸在幸福与欢乐之中。

第十六章

洪古尔降伏布日古德魔王

一

昔日，当英名盖世的圣主江格尔远征他方之际，有一位叫布日古德的魔王带领三名勇士袭击了他的故乡，将他们牲畜与财产洗劫一空。

一日，在圣主江格尔大殿中举行盛宴，众人围坐成七大圆圈畅饮着芳香的美酒，尽情作乐。可江格尔想起布日古德魔王侵袭一事，马上低头默默无语了。

席间十二勇士与六千名宝通感觉莫名其妙，不知出了啥事儿。

塔利亚奇可汗之子塔布台·吉勒彬勇士首先从围坐的人群中站了起来。此人精通多种语言，蒙语讲得口若悬河，能使骑马的人听得发愣；俄语讲得滚瓜烂熟，能叫出出进进的人听得出神；藏语讲得无比流利，能让在座的人听得目瞪口呆。他为弄清这究竟是咋回事儿，便以使骑马的人听得下马，行走的人听得坐下来的俐齿发问：

"圣主啊，莫非是在想您的十二勇士、六千名宝通已经无济于事了？"

江格尔没答话。

"莫非是觉得目前所占有的这塔巴嘎图河上游五十个部落、陶罗盖图河上游七十个部落的本巴国太狭小了？"

江格尔没有说话。

"莫非是嫌神驹赤兔马跑得不快了？"

江格尔仍不作答。

"莫非是阿盖·萨布塔拉夫人容貌不美了？"

这时，圣主江格尔无法忍受对方这一连发问，便开口说道：

"当初，我征服了天下四十四个可汗，将他们领地占为己有，把江格尔这一英名传颂于世间，接着，让额尔敦·哈日勇士留守故乡，我带领十二勇士又出征了。那时，有个叫布日古德的魔王带上三个勇士入侵了我的故土，掳走了额尔敦·哈日勇士，掠去了无数的牛羊，连那个长相十分漂亮的牧牛姑娘也被掳走了。这个魔王凶得很，手下又有索勒东·哈日、呼德尔·哈日两个勇士与有一个叫赫·乌兰的通事相助，更觉得不可一世了。时下，我一想起那次的耻辱，心中就十分气恼。

"我这就去收拾那小子！"赤胆雄狮听了这段往事儿，当即从人群中跳了起来。他把牙咬得咔咔响，接着说："与其叫那魔王践踏国土，使我们蒙受凌辱，远不如到荒山野地跟他决一死战呢！"

洪古尔是一位为了故乡、为了圣主江格尔不惜洒下热血，扔掉骨头的顶天立地的英雄；是一位言必信，行必果的铮铮好汉。他说完了话，表了态，当下赶到清凉泉水边，牵来神驹菊花青。

赤胆雄狮洪古尔披挂整齐，踏上铺银地板，大步流星走进大殿，手捧洁白的哈达向圣主江格尔与阿盖·萨布塔拉夫人辞行，江格尔道：

"洪格尔啊，跟邻里间来往，你活泼开朗；与仇敌厮杀，你勇敢顽强。这回，我祝你把仇敌踏在脚下，斩尽那些害虫，早日拨转金缰，凯旋而归！"

"但愿如此。"洪古尔说着给圣主江格尔行了个礼。

随后，阿盖·萨布塔拉夫人道：

"洪古尔呵，你像冉冉升起的太阳的光辉，是富饶而美丽的故乡的希望。祝你除掉祸根，早日拨转金缰，平平安安返回故里！"

"愿您的祝福能应验。"洪古尔又给夫人行了个礼。

赤胆雄狮洪古尔与众勇士、宝通一一告别完，正欲往外走时，圣主江格尔问众人：

"还有哪位愿意跟随洪古尔出征？"

阿拉坦策基勇士起身道：

"在下愿意前往。"

阿拉坦策基话音刚落，那个伸展躯体而坐占据五十个人席位，缩屈身子而坐占据二十五个人位置的巨人库恩伯喊叫着："还有在下！"说完跳了起来。

接着，先前向圣主发问的精通多种语言，并善于辞令的塔布台·吉勒彬勇士站起来道：

"在下也跟着去。"

这样，以赤胆雄狮洪古尔为首的一行四人，辞别了家乡父老，向布日古德魔王领地纵缰驰去。

二

不一会儿，四勇士赶到了一片无垠的荒野。洪古尔为了解闷消愁，提议道：

"咱们与其这样无聊赶路，不如赛着马驰进魔王领地更有趣些。"

"好啊。那咱们就比试比试，看谁的坐骑跑得最快？"其他三人异口同声地赞同。

于是，他们扬起漫天尘埃，马蹄敲得山川微微颤抖，竞相驰去。阿拉坦策基那匹用七千户属民换了来的枣红马挣着口衔向前疾飞；巨人库恩伯那匹具有七庹身躯的乌骓抖动着银缰奔跑；塔布台·吉勒彬那匹黑鬃云青马也不甘落后，拼命驰骋。

赤胆雄狮洪古尔的坐骑菊花青是一匹全本巴国驰名的快骑。它疾驰起来比射出的箭还快，慢跑起来能使途中的小草来回摆动。可竞赛一开始它就落了伍。主人洪古尔对此十分生气：

"你从本巴把我带到这异国他乡，是想丢我的脸吗？"他说罢，"嗖"

的一下拔出了金刚宝剑。

坐骑道：

"你别埋怨了，赶紧拉满弓射箭吧，我一定会追上它的。"

洪古尔听了坐骑的话，极为高兴：

"好啦。"言罢，他把那张拉弓时需要五个力士气力，松弦时具有五十个力士力气的黄色雕弓拉满，将箭射了出去，呐喊着把菊花青抽了一鞭。

刹那间，坐骑菊花青像离了弦的箭嗖嗖地啸叫，又似雄鹰凶猛飞旋，在白云下，树梢上驰去，不一会儿追上那射出的箭。而主人洪古尔从其背上纵身探头，一口叼住了那喷着火的飞箭。

赤胆雄狮洪古尔又纵缰爬上呼舍楞山梁，翻身跳下坐骑，将黄斑虎旗插在山梁上。随后，他支起高大的火撑，放上紫色铜锅，下面点燃了柴木，煮沸了浓茶。

过了一会儿，其他三名勇士也相继赶来，下马与洪古尔坐在一处喝起了茶。阿拉坦策基笑着问：

"你为啥眨眼间绕过了山咀，刹那间飞过了山头，一时不见踪影了？"

洪古尔道：

"没别的意思，只是为让菊花青过过蹄瘾。"

四勇士就这样边喝茶边嬉说，歇了一阵儿。洪古尔提议自己先去刺探敌情，阿拉坦策基提醒道：

"你一人先去刺探一下也无妨，但布日古德魔王的领地是个四面环山的险境。这且不说，那儿离这里远得很，据说骒马磨破了鞍子，好汉系断了腰带也难以到得了。你此番前行，要倍加小心才是。"

"请您放心吧。"洪古尔辞别了三个伙伴，赶了一程路，把坐骑变做一匹生癞疮的小驹，自己也就成一个一挠头就掉下蛆虫的丑陋不堪的小秃子。小秃子骑上那癞疮驹，一蹦一颠地行走，不一日，便赶到布日古德魔王宫殿门前。守门兵卒见他把生癞驹拴到大臣勇士们的坐骑旁边，愤愤地跑过来，大声喝道：

"哪里来的这么个丑陋鬼？竟敢在大臣与勇士坐骑旁拴自己的癞疮驹，快给我滚！"

　　"俗话说:每逢喜庆盛宴,骷髅也要打转转。听说你们可汗在举行酒宴,我想讨一点牛羊的肚肠,解解馋充充饥,总可以吧!"小秃子说着顺手把用芨芨草做成的烂弓往魔王宫顶一扔,顿时,那宫殿左右摇晃起来,险些倒塌下去。宫里饮酒作乐的众人,发觉宫殿摇晃抖动,顿时乱作一团,纷纷叫道:"这是怎么啦?这是怎么啦?"

　　趁此机会,小秃子走进宫殿,挤进厨子佣人中坐了下来。佣人见有客人来了,便用七十个人才抬得动的黄海碗,盛满了浓茶给他端了上来,小秃子趁端茶人东张西望,一连喝下十五碗;佣人用带豁口的黑木盘盛满一盘肉端了来,他趁佣人左顾右瞧,吃了个空,并以鼻孔喷出其细骨,从嘴里吐出了粗骨;随后,佣人又拿上阿日滋酒,小秃子以大海碗相继饮进了七八碗,然后若无其事地端坐在那里。

　　人们眼见他这般吃这般喝,个个为他的如此之大肠胃惊叹不已。

三

　　这时,布日古德魔王的三位勇士走到可汗跟前,问道:

　　"尊贵的可汗啊,您为何召集吾等举行这七十天、八十日的盛宴呢?"

　　魔王抬头一看,是自己的贴身勇士索力东·哈日、呼德尔·哈日与赫·乌兰通事三人。

　　"事情是这样的。"他沉着脸道:"我连续三个夜晚了,尽做些噩梦。不知是怎么回事儿?"

　　"您都梦见了些啥?"三勇士问。

　　"梦见了我那斑巴拉山石碎岩崩,富饶的国土四分五裂,圣洁的黑泉水源枯竭,茂密的紫檀林枝残叶凋。把诸位请来,就是想让你们解一解这个噩梦。"

　　妖将索力东·哈日听后,上前道:

　　"听说那英名盖世的圣主江格尔手下有一位叫洪古尔的勇士,说不准是那孽障来了！"

"对，对！梦里就是有这小子。"魔王急忙说。

妖将索力东·哈日继续道：

"果真是这孽障来了，那咱们就不好对付了。据说洪古尔这小子有多变的法术，他时而是原来的模样，忽而又变成秃子侵入；时而变做嗡嗡叫的蚊子，忽而又成为翩翩起舞的蝴蝶飞来；时而就成一只大鸨蹒跚行走，忽而又成为一只孔雀开屏旋转；时而变成飘浮不动的蓬蒿长在那里，忽而又成为轰然崩塌的岩石立在山谷间；时而变做一棵茅草挺挺地长在野地，忽而又成为一只母狗沿途逐臭奔来。不管是有生命的和没生命的，他什么都能变得出来。"

众妖魔得知洪古尔这般厉害，纷纷大叫："这该如何是好呀？"

"大家不要怕。"索力东·哈日勇士见众人个个惊慌不已，又安慰道："咱们不是有一条护城河吗，里面灌进剧毒的水，他再有什么变术也进不来了。只要在明日黎明前把这件事做成了，就没有啥危险了。"交待罢，他派人前往那看守布日古德魔王灵魂的勇士处，叫他们好生守护魔王灵魂。

随后，众人起身去操办上述事宜，小秃子也跟着他们走出了宫殿。他左看右瞅，发现不远处有个臭烘烘的污水坑。小秃子为试探一下众魔的力气，故意把生癞的小驹推进那污水坑后，自己佯装拽缰绳，又去扶小驹臀部，摆出一副拉不动的样子，大喊道：

"哥儿们啊，小驹陷进这水坑，我实在力不从心了，快来帮帮忙吧！"

那妖将呼德尔·哈日闻声赶来，双手揪住小驹的尾巴猛力一拽，癞疮驹趁势被甩出一声①之地，四蹄着地直直地站在那里。

妖将见后，赞赏不已：

"若是好好饲养调教，别看这生癞疮的小驹，日后会成为一匹良驹哩！"

小秃子笑了笑说：

① 喊出声音至听到声音的距离。

"常言不是说冬皮里包着良驹,皮袍里裹着好汉吗。可不能小瞧啊!"言罢,他跨上小驹,一颠一颠向前奔去。

过了一会儿,小秃子变回洪古尔的原貌,飞马赶回呼舍楞山冈,向在那里等待的三个伙伴一一告知了自己所刺探来的情况。据此,四人又商量了对策后,便睡了觉。

四

次日一早,洪古尔一人又驰进布日古德魔王的领地。他赶到那流有毒水的护城河一看,只见河上架有两座木桥,而且由妖将索勒东·哈日带兵卒把守着。洪古尔走到一个隐蔽处,摇身变成一只水老鼠,返回来钻进河里,从水下面游上对岸后,立刻又变做一只壁虱,上去叮在看守木桥的妖将索勒东·哈日的前襟之上,索勒东·哈日视察一番,四处未发现可疑现象,便回到那光怪陆离的宫殿,与众人饮酒作乐了。

这时,布日古德魔王的夫人其其格乌兰忽然捏起鼻子大叫:

"宫里怎么有了蛃螂的臭味?"

索勒东·哈日仔细观察了一番,没看见有啥东西,便道:

"哪里是蛃螂味儿,说不定我刚由护城河那边回来,身上带来了毒水的气味呢。"

索勒东·哈日喝了一阵子酒,便起身视察去了,而变做壁虱的洪古尔离开他,钻进他坐过的那快毡垫里留在了宫中。到了夜间,人们都进入了梦乡。洪古尔又变成一只黑毛阿兰鸟飞到宫殿顶棚,栖身在那里,谋划着如何除掉布日古德魔王。可是,没过多久,却被护城河毒水的气味熏醉,头变得昏昏沉沉,不一会儿便睡着了。

此时,那匹峭壁般吊立,躺柜般绊着的神驹菊花青发觉主人在昏睡,便从护城河对岸用巨蹄刨动大地,瞬间大地为之震撼,房屋门窗为之颤抖。神志昏迷且沉睡着的洪古尔被震醒,朝下一瞅,魔王正打着呼噜沉睡。洪古尔从顶棚上跳了下来,变回原貌,拔出锋利宝剑,朝着布日古德魔王的头部猛力一砍,"当"的一声犹如碰到了岩石;又一砍,"叮"的一声像是与坚冰相遇;再一砍,好似落到木头上,砍了几剑下去才弄破了一点儿头皮。

被惊醒了的布日古德魔王睁开双眼一瞧,一位雄狮大汉站在前面。他"腾"的一下跳了起来,当即与对方交手搏击。二人拳打脚踢厮杀了起来,洪古尔见抵不过魔王,即刻变成一股清风从天窗飞了出去,赶到菊花青身边,跨上坐骑便逃往呼舍楞山。

布日古德魔王率领大队人马沿着菊花青的蹄印,从后面追来。当洪古尔还未来得及与留驻在呼舍楞山上的三个伙伴说几句话,魔王的兵卒像蚂蚁般密密麻麻涌了上来。

洪古尔等人当即变做四个孩童就地若无其事地玩耍起来。索勒东·哈日勇士上前,厉声问道:

"你们是哪里来的小孩?"

一个孩子答:

"我们是奥云吉日嘎可汗的四个儿子。"

妖将索勒东·哈日哪里能相信这话,便下令把四个孩子全抓了起来,继续追问:

"那你们为啥到了这里?"

其中一个回答:

"那拉台、朝拉台、嘎拉台三个魔鬼侵占了汗父的领土。我们无处藏身便逃了出来,想给有孩子的人家当个佣人,没孩儿的人家做个儿子。"

索勒东·哈日真是个像妖怪一样的老奸巨猾之徒,他听了孩儿们的答复还是不相信,叫来手下人,吩咐道:

"江格尔手下的勇士,最差的也会三种变术。你们好生押回去,等候我的发落!"

魔兵们用麝筋绳子捆住四个孩子的双手,足上锁好镣铐押了回来,扔进七十度深的地狱,由手持烧火棍的四个妖婆看守。不仅如此魔兵们烧红烙铁每日把他们烙上三次,每个人一天只给一块生肉吃。四个人吃尽苦头,受尽了折磨,可谁也没有失口。

一日,妖将索勒东·哈日进宫向布日古德魔王禀报:

"这四个孩子哪个也不承认是从江格尔处来的。如果他们真的是江格尔派来的,遭受这般折磨,早就变成一个什么东西逃走了。"

魔王还是不放心,便吩咐:

"不论他们是不是江格尔的人,都要严加看管!"

此时,恰逢早先从江格尔领地掳来的那个放牛姑娘有事进宫。她偷听到魔王与索勒东·哈日二人上述对话后,暗暗思忖:"不知是圣主江格尔哪位勇士来了? 我非得想个办法刺探清楚。"

五

一日,这位放牛姑娘借故走到地狱之口,朝下一瞅,地牢里坐着四个小孩。她凭借射下去的微微阳光仔细观察,只见一个小孩的太阳穴上长着一颗大拇指般大小的白痣,肩上又有一个红红的大痣。姑娘一时想起了在故乡时人们常唠叨的一个传说:洪古尔出生时有这样的痣,那样的斑。她暗自猜测,这个小孩说不定正是那洪古尔哩,便产生了设法救出故乡亲人的念头。

几天之后,姑娘笑嘻嘻地走入内宫。布日古德魔王见后既吃惊又喜欢,忙问:

"以往从不见你有笑脸,今日为啥这般高兴?"

姑娘说:

"可汗,我来您这里不吭一声地过了三春,没吱一声地过了三冬,总是巴望有朝一日圣主江格尔派人来把我救走,可是时到今日连个人影也没见着。看来指望远方的亲人是没有用的,近在眼前的可汗您还是与我有前世之缘吧。"

布日古德魔王听了姑娘这甜蜜蜜的话,浑身酥软了,急忙上去把姑娘搂在怀里,让她坐到自己身旁。魔王心想:"她是从江格尔故乡掠来的,一定会认识那里的人。"便道:

"我抓来了四个可疑的小孩。你去认一认,他们是不是江格尔派来的密探？”

这对姑娘来讲真是个千载难逢的好机会。她马上答应：“行，我去瞧一瞧，看有没有认识的人。”言罢，她走出了宫殿。

过了几天，姑娘又来谒见魔王，并回禀：

“我到关押他们的地狱观察了几日，一个也不认识。看样子这四个孩子像是异乡人。”

魔王听了姑娘的禀报，叫妖将索勒东·哈日把四个孩子带进宫里，魔王审问：

“你们究竟是谁家的孩子？”

四个孩子仍按先前商量好的计策作答：

“我们是奥云吉日嘎可汗的儿子。汗父的领地被那拉台、朝拉台与嘎拉台三个恶魔占领后，我们想找一处栖身之地才流浪到这里。俗话不是说，来了孤儿增添人丁，来了穷人增多财富吗！就是为了这，我们专程前来投奔可汗您的。可哪承想，您手下人天天烧灼七斤重的铁器烫烙我们，把我们折磨得死去活来。看来，人若是贫穷了，亲朋们也不认了，鸟儿要是疲乏了，就毁掉自己巢窝，这句话说得一点也不假。”

布日古德魔王相信了四个孩子的话，叫人切断了捆绑他们的绳索，打开了他们脚上的镣铐，把头一个孩子交给了伙夫，把第二个孩子交给了守门官，把第三个孩子交给了马夫，把最末一个孩子交给了打更倌。

六

数日之后，那放牛姑娘叫来赤胆雄狮洪古尔，毫无避讳地说：

“我早就认出你是洪古尔。眼下你打算如何除掉这布日古德魔王？”

洪古尔听了这话，不觉一怔：

“你是什么人？”

姑娘笑了笑说：

"别怕。我是早些年魔王从圣主江格尔领地俘虏来的那个放牛姑娘。我正想助你一臂之力呢。"

"那就太好了。"洪古尔兴奋之余,忙问:"依你之见,怎么对付这魔王才好?"

姑娘想了想说:

"据说魔王的灵魂不在他身上,也不在宫里,而是装在一个匣子里,藏在一只母鹿腹部。不先处置这灵魂,你休想治他于死地。"

"这只母鹿现在何处?"

"母鹿在一条叫委牧仁的河边,由额尔敦·哈日勇士看守着。详细情形你去问他好了。"

这位额尔敦·哈日就是当初圣主江格尔出征时为其留守故土,后来布日古德魔王入侵本巴国时掳来的勇士。时下,专事看守布日古德魔王的灵魂。

将上述情况了解清楚后,变做小孩的洪古尔在次日一早走进魔王宫殿,站在其西侧,面对布日古德失声哭了起来。

"孩子啊,你为啥这样痛哭呢?"魔王有些不解地问。

洪古尔继续抽泣着说:

"在故乡时,将八十只白驼羔拴在一旁让它们嗷嗷嗥叫,把上百只花白绵羊拦进圈里让它们咩咩叫唤来消遣;还有一年一度驮着山一般多的肉,海水一样多的酒,赶到三个月里程之遥的地方玩耍一个月。想起这些往事,不知多么开心哩。而今,待在你们这儿,除了生火烧茶,别的啥乐趣也没有,过这种无聊的生活,不由自主觉得有些伤心。

布日古德魔王已确信这四个孩子是奥云吉日嘎可汗之子,便毫无怀疑地道:"这是啥为难的事儿,你随心所欲地去玩好啦!"接着他吩咐手下人:"在他走的途中飞禽不准飞,走兽不准跑,让他只身一人到三个月里程之遥玩个够,玩个痛快,尽情地享乐就是了。"

变做小孩的洪古尔驮上肉与酒,来到护城河对岸的一个隐蔽处,找到坐骑菊花青,跨上去继续赶路。因他这次行程的主要目的不是出来游山玩水,而在于尽早找到额尔敦·哈日勇士,除掉那恶魔灵魂,所以一离开布日古德魔王宫苑,便将肉扔在荒野,酒倒在地上,直奔委牧仁河夜不住宿,昼不停蹄驰去。他快马加鞭三天赶完三个月的里程,三个时辰奔完二天的里程,一日,来到额尔敦·哈日勇士住所门前。

赤胆雄狮洪古尔跳下坐骑,一边蹒跚着行走一边拍打着双肩上的尘土,一边摇晃着前行一边整理前襟,跨入那住所,双手捧着哈达,向额尔敦·哈日请完安,寒暄了一阵后,便道:

"你我二人都是圣主江格尔的贴身勇士。我想除掉布日古德魔王,请快告知我魔王的灵魂藏在何处?"

额尔敦·哈日沉思了一阵儿,启齿道:

"在委牧仁河彼岸站着三只母鹿,魔王的灵魂就在中间那只母鹿腹部里。"

赤胆雄狮洪古尔得知魔王灵魂所藏之处后,立即辞别了额尔敦·哈日勇士。他把坐骑变做一只天鹅,自己变成一只白雁,比翼向目的地飞去,当他们飞过了委牧仁河一望,在远方果然有三只母鹿在草滩上吃草。为了既靠近鹿又不让鹿发觉,洪古尔与坐骑时而变为大鸨、巨鹏翱翔,时而变为蓬蒿、莎草长在地上等候,都不见那三只母鹿走来。无奈又变成一对蚊子来回飞旋时,猛然发现眼底下有金银两眼泉水。洪古尔料想鹿可能会到这两眼泉上喝水,便飞到近处一块卧牛石背后趴在那里。不一会儿,三只母鹿果然来到金银泉水旁边。前头与后面的两只将嘴唇伸进泉里饮水,可中间那只母鹿却说:"怎么有一股蜈蚣味!"它不敢喝水。那两只母鹿劝道:"这里哪有蜈蚣,你鼻子里是不是长了疮?"中间那只母鹿心想也是,便走到泉水边,刚要低头喝水,变做蚊子藏在卧牛石后边的洪古尔恢复原貌,拉满黄弓一射,中间那只母鹿的脖子中箭,当即蜷曲着身子倒了下去。洪古尔趁势跑过去,一刀捅开它腹部时,只见一只有银把的金匣子从里边蹦了出来。洪古尔一把抓住它,打开一瞧,匣里有孵出的两只小雏儿和未孵出雏儿的两颗鸟蛋。洪古尔除掉了两只小雏儿,将没孵出雏儿的两颗鸟蛋夹在腋窝里赶回额尔敦·哈日住所。

额尔敦·哈日勇士见后,高兴得迎面奔了上去,一把将洪古尔搂在怀里说:"洪古尔啊,你是鸟蛋里的蛋黄,脂肪中的肾脏,是咱们本巴故土

的骄傲!"言罢,他亲吻了洪古尔左右脸颊。

七

赤胆雄狮洪古尔与额尔敦·哈日勇士赶到魔王布日古德宫殿之前,先后叫来充当守门佣工的巨人库恩伯、清扫马粪的阿拉坦策基和打更的塔布台·吉勒彬,一行五人奔进了魔王的宫殿。此刻,布日古德魔王正由老婆守着奄奄一息地躺在床上。洪古尔上前厉声道:

"本人是英名盖世的圣主江格尔的勇士洪古尔,是专程前来收拾你小子的。你有意归降,可以把你领走;如果不愿意,只好把你驮在马上带走了。"

布日古德魔王躺在床上气愤地叫道:"生了不教养不会成人,量了不裁剪不能成衣裳。"手指着额尔敦·哈日又骂道:"本汗一向视你为亲生骨肉,真没想到你小子会背叛我!"言罢,他"嗖"的一下从身后抽出了宝剑跳了起来。

洪古尔见他仍不服气,着力一夹腋窝里的那两颗蛋,鸟蛋当下被挤碎流出了汁液。布日古德魔王也随之像是崩塌的峭壁,无根的树倒在了地上。

赤胆雄狮洪古尔将布日古德魔王捆好,驮在他那匹花白马的背上,带着向呼舍楞山奔去,其余四勇士阻截杀过来的魔兵妖将。

双方厮杀了一阵子,魔王兵卒见拼杀不过对方,便向四处逃窜。巨人库恩伯沿着阿尔泰山麓追逐过去;额尔敦·哈日勇士追杀逃往沙原的敌军;阿拉坦策基飞马驰到大山入口处阻击敌兵;塔布台·吉勒彬勇士顺着汤苏克河斩杀魔兵。四勇士分头挥剑砍杀,魔兵头颅满地滚动,死尸漫山遍野。而他们的宝剑被血凝住了,人也被腥味熏醉了,实在支撑不住了,便先后摔下坐骑,跌倒在野地上。

赤胆雄狮洪古尔一人奋力厮杀了一阵,也让血腥味熏醉,在坐骑脊背上来回摇晃了起来。当他向前栽下去时,马儿用长鬃将他托了起来;

向后倒下去时,马儿以尻骨把他扶了起来;向左右侧摔下去,马儿用肋骨支着他奔驰。菊花青没让主人挨上一刀一箭,把他驮到一片旷无人烟的荒野时,洪古尔实在支撑不住了,便昏迷了过去,栽下了坐骑。

神驹菊花青站在一旁,用鬃毛甩打落在主人身上的苍蝇;鬃毛耗尽了,便以尾巴甩打。最后尾巴毛也脱落净了,胯部瘦得能挂弓箭了,深陷的眼窝可供鸟儿生卵了,而菊花青依然站在那里守护着主人。真可谓是一匹忠于主人的神驹!

八

赤胆雄狮洪古尔去征讨布日古德魔王期间,他的夫人——阿拉嘎其可汗之女古希·孟根其其格所生的儿子胡苏尚在摇篮之中。而眼下,他已经满七岁了。这孩子经常与邻里的小孩们掷踝骨玩。

一日,在玩耍中胡苏赢了小伙伴们的全部踝骨。输光踝骨的孩子们一气之下,张口辱骂他是"没有阿爸的小狗!"小胡苏一时无言以对,便气愤愤地跑回家里,质问母亲古希·孟根其其格:

"额吉,我阿爸究竟是谁?"

额吉没有吭声。

"额吉,我阿爸叫啥名字?"

额吉仍没有回答。

"额吉啊,人们说我是个没阿爸的孩子。您无法告知孩儿,莫非这是真的?"言罢,小胡苏甩袖要走。

这时,额吉古希·孟根其其格忙把儿子拉到身边,才启齿道:"你在说些啥呀,我的孩子。你咋就没有阿爸呢,他叫赤胆雄狮洪古尔。当你很小很小的时候,你阿爸为了除掉那布日古德魔王到很远很远的一个地方去了。"古希·孟根其其格叹了口气接着说:"刚才没讲实情,是怕你去找阿爸。"

胡苏道:"额吉,我阿爸出征这么多年没有音信,真让人不放心,我得

找他去。"

古希·孟根其其格夫人见儿子执意要去寻找阿爸,无奈向儿子说了洪古尔的长相与体态,坐骑菊花青的样子与毛色。

小胡荪辞别了母亲,腰带上夹了一根松树,手里拎上半根松树,跨上黄白驹纵缰驰去。

黄白驹跑呀奔呀,不一日赶到荒原上的一棵紫檀树下;小胡荪勒住缰绳一瞧,有一位勇士奄奄一息地躺在那里,身旁还站着一匹腹部里没了脂肪,骨头里没了骨髓的铁青马。胡荪端详了一番,他的长相、体态与母亲说的一模一样。他认准这就是自己父亲,急忙翻身下马,将躺着的人扶了起来。

洪古尔软弱无力地问:

"身着刮毛皮袍,腰系毛腰带的这孩子,你是谁家的子弟?"

胡荪扶着洪古尔道:

"阿爸呀,阿爸!我是您儿子胡荪。"

洪古尔说了一声:"是吗!"又闭上双眼倒在地上。

胡荪急忙掏出那起死复生的灵丹给父亲服下;随后,又给站在一旁的菊花青身子上滴洒了一些甘露,将它撒放到清凉泉水边的青青草甸上。

不到一日,洪古尔痊愈康复了,坐骑菊花青也膘肥体壮了。他领着儿子从阿尔泰杭盖山奔至阿日彬荒原,先后找到四个伙伴,给他们分别服了灵丹妙药,又为他们的坐骑滴洒甘露,把人与马一一救活。

赤胆雄狮洪古尔父子与四个勇士,将布日古德魔王横驮在他那花白马背上,昼不停蹄,夜不住宿,奔跑了七七四十九天,回到了本巴故土。

九

赤胆雄狮洪古尔一行六人,驮着布日古德魔王赶到金碧辉煌的大殿门前勒马停蹄时,英名盖世的圣主江格尔率领众勇士与宝通列队上前迎接。出征的勇士一齐上前向圣主江格尔请安后,又与诸

位互相问候,叙谈离别之情。圣主江格尔得知洪古尔之子胡荪前往营救了蒙难的五位勇士,更是喜不胜喜,把小英雄抱在怀里说:

"你人小志气大,救活我五位勇士,抓来了仇敌,为我本巴国报了仇,真是好样的。"言罢,他将小胡荪齐肩的黑发抚摸了三下,又放在自己的双膝上把胡荪左右脸蛋各吻了三下。

赤胆雄狮洪古尔把布日古德魔王从花白马背上卸了下来,口里灌进灵丹妙药,使其起死复生后,推到圣主江格尔面前。铁臂勇士萨波尔上去在他右脸颊上打上本巴红印,问道:

"你想成为谁的属民?"

布日古德魔王低着头回答:

"愿当圣主江格尔的属民。"

江格尔笑了笑说:

『第十六章』洪古尔降伏布日古德魔王

　　"俗话说:时运来了雪地上也会着荒火。你发誓愿成为我的属民,我就放你回去。"

　　布日古德魔王"嘛"了一声,又叩了个头,退了出来。

　　圣主江格尔令手下人吹起了大号,召集来大部落的部众;吹起了小号,召集来小部落的属民。从即日起,本巴国在金碧辉煌的大殿里,举行了六十日、八十天的盛宴。

第十七章
斩掉玛拉·哈巴哈的头颅

一

日,圣主江格尔委派一个叫乌兰的宝通到沙图黄城与哈密拉黑城取来最醇的阿日滋、最浓的胡日滋,以备欢宴之用。

乌兰宝通领旨,前往这两座城,从属民处如数弄到阿日滋与胡日滋美酒,用五百峰骆驼驮好后便上了路。这驼队的每峰骆驼迈着坚硬的四蹄,甩动着直立的鬃毛,翕动着兔子似的扁嘴,溅起那途中的积水浩浩荡荡赶了回来。

十二名勇士、三十五个宝通与八千个骁将欢聚一堂,开始了六十天的盛宴,大殿之外又开展了游艺与竞技活动。举国上下在圣主江格尔福荫之下,忘记白天与黑夜,无拘无束地豪饮狂欢,人们个个沉浸在幸福与欢乐之中。

二

下界赡部洲有一位可汗,名为玛拉·哈巴哈,秉性十分残暴。其时,这位可汗也在自己黑色铁制的宫殿聚众,以琴笛弹奏

六十六个音调,举行盛宴狂饮作乐。

席间,玛拉·哈巴哈可汗向勇士与宝通们以蛟龙长吟、猛虎咆哮般的嗓门问:

"上界赡部洲有位英名盖世的可汗,名叫江格尔。本可汗想占有他美丽的阿盖·萨布塔拉夫人、神驹赤兔马与贴身勇士赤胆雄狮洪古尔。哪位愿前往传递我的旨意?"

勇士与宝通们听后,没人敢吭一声,个个低头不语。

玛拉·哈巴哈可汗又问:

"哪位愿前去,在他那陶日阿拉坦河湾点起大火,使江格尔这 盛名销声匿迹?"

勇士与宝通之中依然无人作答。

玛拉·哈巴哈可汗接着问:

"哪位前往,把江格尔的金银财宝装进口袋,用骆驼驮来?"

可汗手下有个叫哈萨尔·哈日的勇士。这时,他看到还是没人敢于前往,无奈起身道:

"虽说那个本巴国是个有口人不敢冒犯,有舌人不敢招惹的地方,可本人愿意前往,向江格尔传递可汗您的圣谕。"

凶暴的玛拉·哈巴哈可汗听后十分高兴,当众夸赞了哈萨尔·哈日勇士的胆识,亲自给他斟了酒,以示赞赏。

哈萨尔·哈日勇士用七十人抬不动的黄海碗一口气喝了七十下,接着又干了八十碗。烈性酒进了肚,不一会儿全身通红。他大步流星走出宫殿,给坐骑黑骏马鞴上鞍子,翻身上去,直向圣主江格尔领地驰去。

三

英名盖世的圣主江格尔及其勇士宝通们,接连不断地驮来阿日滋烈性酒、胡日滋美酒,依然畅饮狂欢,对于即将来临的不测风云毫无戒备。

席间,那牢记过去九十九年往事,预知未来九十九年吉凶的阿盖·萨布塔拉夫人，从一旁劝夫君江格尔：

"请圣主赶快停止这没完没了的盛宴吧！"

"举行游艺竞技活动要畅饮美酒，尽兴作乐，这是我们的习俗。为啥要停止呢？"江格尔不解地问。

"昨夜，我梦见远方有一位十分凶猛的可汗，他派来一个使臣，要向我们索取点财物。我想这不是个好兆头。"

圣主江格尔听了夫人的劝告，十分不满：

"我想胆敢闯进我这十二勇士、三十五个宝通之中恣意闹事的人还未出生哩！诸位，别听那一套，咱们继续喝！"

不一会儿，从外边传来马蹄的"嗒嗒"声。玛拉·哈巴哈可汗派来的哈萨尔·哈日使臣，果真赶到西门外下了马。使臣拉开宫帐衲花毡帘，走了进来，没问好没请安就径直坐到洪古尔下手的位置上。

赤胆雄狮洪古尔见来者这般无礼，当下怒发冲冠，把腮牙咬得咔咔响。他紧皱额头，一把揪住哈萨尔·哈日勇士的肩胛，厉声骂道：

"你既然是个有血有气的人，为啥不懂得请安？我要斩断你小子那六个骨节的脖子！"

哈萨尔·哈日勇士说：

"请兄长息怒。我从远方来，快要渴死了，先给我一碗酒喝好吗？"

佣人们抬来了酒。他上去拿七十个人才抬得动的大海碗，一口气喝了七十下，接着又喝了八十碗，还嫌不满足。

圣主江格尔道：

"你过了酒瘾，有话就快讲吧。"

哈萨尔·哈日勇士又移到锅撑子旁边开了言：

"射出的箭不击中目标不折回，可汗的使臣不达到目的不返回。本人是来传递玛拉·哈巴哈可汗旨意的。"

"你们可汗说了些啥，有啥意图？快讲吧！"

"我们可汗说，要你的阿盖·萨布塔拉夫人，为自己端茶送饭；要你的赤兔马，供他游玩时骑乘；要你的赤胆雄狮洪古尔，为他洗锅刷碗"。

在座的勇士们一听这话，轰然而起，个个义愤填膺地叫道："快把这

家伙抓起来!"

　　而哈萨尔·哈日勇士见势头不妙,"嗖"的一声隐身乘风飘离了宫殿,人们不知他的去向。

四

　　哈萨尔·哈日勇士在不知不觉中匆匆逝去后,圣主江格尔及其勇士宝通们即刻停止了酒宴。正如俗话所说,白天夺得的江山,当夜便有失掉的可能。他们不得不警戒下界赡部洲玛拉·哈巴哈可汗了。有人进谏:

　　"圣主,咱们与其防备他来犯,不如主动出击。"

　　圣主江格尔赞同这提议,便向众人发问:

　　"哪位前往下界赡部洲,将玛拉·哈巴哈首级斩来?"

　　十二勇士及三十五个宝通乍一听圣主这般发问,一时面面相觑,不知所云。只有赤胆雄狮洪古尔一人,从左翼首席起身道:

　　"本人愿前去,斩来玛拉·哈巴哈头颅。"

　　洪古尔带头请战后,其他勇士随之醒悟过来,相继要求出征。铁臂勇士萨波尔叫道:

　　"我愿意同洪古尔前往!"

　　宝灵格尔之子猛虎将哈日·萨纳拉也起身道:

　　"我也愿意同他们一起出征!"

　　圣主江格尔又问:

　　"还有哪位?"

　　"我!"骑有红沙马的长脖子古日戈勒台勇士喊了一声,站了起来。

　　圣主江格尔把神驹赤兔马赐给洪古尔当作坐骑;随后,他又令佣人盛来以烈性牝马奶子酿制而成的阿日滋美酒,祝福出征的四勇士:

　　"愿你们把仇敌踩在脚下,让恶魔屈服于辔环下,调转金缰,早日返回本巴家园。"

　　以赤胆雄狮洪古尔为首的四勇士先后接过荡溢着的酒碗,个个一饮

而尽,齐声道:

"愿圣主祝福灵验!"言罢,四人跨上各自坐骑驰去。

五

赤胆雄狮洪古尔一行四人昼不停蹄,夜不住宿一路赶去。一日,当他们爬上阿塔日嘎丘陵地带的一道山坡时,只见有一群花白色的马群。洪古尔指着这马群道:

"这是圣主江格尔马匹,咱们杀一匹骒马,祭祀大地与江河,叩拜完苍天再赶路,如何?"

伙伴们赞同道:

"对!"言罢,四人一起冲进马群,套住一匹有七年没下驹的栗色骒马拉上就往群外走。

这时,骑着一匹黄马的老者,手中拖着根桦木套马杆从远处奔来,厉声斥责:

"你们是哪里来的人? 竟敢像抓走一只小羊羔那样套走一匹大骒马!"说着,老人挥起套马杆向对方打去。

这位老者不是别人,正是圣主江格尔的牧马人——大胡子巴岱,洪古尔认出来后,急忙上前大声道:

"大叔啊,大叔! 请别打啦!"

洪古尔拦住后,接着说:"我们四个是圣主江格尔手下勇士。如今奉圣主之命,去征讨下界赡部洲玛拉·哈巴哈可汗。在离开故乡之前,为了祭典山水之神,叩拜天与地,我们就从这马群里抓了一匹骒马。请大叔息怒。"牧马人大胡子巴岱这才恍然大悟:"大叔我没有认出自家的孩子。出征之前祭天祈地是对的,别说一匹就是杀几匹骒马都值得。祝你们能除掉仇敌,早日回归故土!"言罢,老人纵缰驰去。

牧马人走后,洪古尔等四勇士,把这匹不生驹的骒马拉到山坡上宰掉,将肉切开弄成串,用火烤好,奉献给天地之神。随后,他们合掌祈祷叩拜完毕后,吃了个饱喝了个足,又踏上了征途。

到下界赡部洲,必须越过一座冰山,渡过一条弯曲的河流。四勇士跨过重重山岭,一日,赶到一片不见人迹的荒野。他们为了寻觅越过那座冰山的道路,商定向四个方向奔去,谁找到了越过的道路,就以射出去的箭来告示大家。他们有的沿着十年前的蜘蛛足印驰去,有的顺着二十年前的爬虫行迹奔去,可谁都没能找到越过冰山的路。

一日,洪古尔在一峰山岩之前发现在一块巨石上踩下的一个没膝深的大蹄印。他惊奇不已:世上竟有如此之大蹄子的马呀!便在蹄印旁让神驹赤兔也踩出一个蹄印一比较,好家伙,赤兔马蹄印只像是铁锅里放进一把勺子,显得太小了。洪古尔在想:"这不知是下界哪位勇士坐骑的蹄印呢?"他准备沿着此蹄印跟踪而去,便射出箭,向伙伴们发了信号。

三个伙伴得到信号后,从各方先后奔了过来。洪古尔指着那马的蹄印道:

"我估摸这一定是哈萨尔·哈日勇士坐骑的蹄印。他不是前些日子来咱们本巴国传递他们可汗的旨令吗,咱们沿着这蹄印追踪而去,准能赶到下界赡部洲。"

三个伙伴眼见如此大的蹄印,眼睛一下子瞪得像碗一般大,不知该咋办了。洪古尔瞧见伙伴们有些犹豫不决,就启齿道:

"如果返回去,人们会讥笑咱们,看到人家马的一个蹄印就吓跑了,将成为家乡妇孺的笑料。你们想回去就回去吧,我一个人去好啦。"言罢,他跨上赤兔马沿着那蹄印跟踪驰去。

三个伙伴见洪古尔单枪匹马走了,也下定了决心:"我们将与赤胆雄狮洪古尔同生死,共存亡!"发完誓,跨上各自坐骑,从洪古尔身后追了上去。

三人沿着洪古尔砍出来的冰口子越过那座冰山一望,玛拉·哈巴哈可汗那座七层铁宫殿在云雾之间时隐时现地映入眼帘。洪古尔嘱咐三个伙伴:

"你们在这里歇息歇息。我一人先去刺探一下敌情。"

洪古尔交待罢,自己变成一个小秃子,将赤兔马变做一匹癞马,一瘸一拐地朝玛拉·哈巴哈领地赶去。当他骑上生癞马直入下界赡部洲时,一个叫察日戈雅·查干的放驼人骑着一峰正在发情的骆驼迎面赶来，问道：

"这位脸颊发红、双眼闪光的小孩，你从哪里来？要往何处去？"

"大叔，您不认识我啦？"骑着长癞马的小秃子继续说："我是玛拉·哈巴哈可汗一万个秃子中的一个。我丢失了一峰没穿鼻子的黑色公驼，眼下正在到处寻找呢。"

放驼人察日戈雅·查干道：

"你在撒谎。你是上界赡部洲本巴国派来的密探。"

"大叔啊，你可不能瞎说。我真的是玛拉·哈巴哈可汗那些秃子中的一个呀。"小秃故意诡辩。

"你小子别骗人了，老汉我早就认出你是大力士孟根·锡格希日克的儿子洪古尔了。我这就向可汗禀报你去！"说完，他抽了一鞭发情的公驼，向玛拉·哈巴哈可汗宫殿甩蹄驰去。

小秃子心想："这样放走他，肯定坏我的大事儿。"他便拉满弓，从他背后射去，一箭射中对方。小秃子赶上去，将他的公驼斩死，用火烤熟，吃了一顿。随后，他变做一只灰嘴雄鹰，将赤兔马变为一粒干粪蛋，装入荷包里向前飞去。途中，头一天见到两伙小孩以牲畜肋条当弓，用杏树条做箭相互对射玩耍，并佯言与江格尔拼杀；第二天碰见一群媳妇与姑娘摩肩接踵翩翩起舞，她们还不时高歌："本巴乐土是个幸福之园，咱们姐妹们能否到那里享一番清福。"第三天继续飞行时，又看见一群狗面对面蹲在那里不停地嚎叫。洪古尔心想："看来，这个国家不是今年被征报，明年也会自行灭亡了。"

变做雄鹰的洪古尔飞至七层铁铸的黑宫殿顶上，从天窗飞进宫里落在一处，他把玛拉·哈巴哈从额头至足掌仔细一瞧，发现这家伙原来不是人，而是一个介于生铁与鬼怪之间的精灵。洪古尔转身飞出宫，由原路赶回三个伙伴歇息的地方，向他们诉说了一路所刺探到的情况后，说道：

"虽说玛拉·哈巴哈是个十分厉害的家伙，但从各种迹象上看，这块土地迟早将落入咱们手里。"

洪古尔带领三个伙伴,从来路赶到那七层铁铸黑宫附近让他们埋伏好,自己变做一个本地乡里人,向玛拉·哈巴哈可汗的黑宫走去。

这时,玛拉·哈巴哈可汗早有防备,他令二十一个妖婆严加守护宫门,而且这些妖婆都是精明鬼,个个能辨清十年前的蜘蛛足印,认清二十年前的小虫爬迹。洪古尔走到她们跟前,念了三遍咒语,将她们个个纹丝不动地定在原地,自己拽开黑宫外的七道门,推开宫内的七重门,径直走入宫里。

此刻,玛拉·哈巴哈可汗正在酣睡,头前与脚后处各站着四个人举灯守护着。洪古尔口念三次咒语,将这八个守卫人员又个个定在那里,走到床前一瞧,玛拉·哈巴哈与夫人像三岁牤牛般,打着鼾,发出七种怪音。

赤胆雄狮洪古尔恢复了原貌,"嗖"的一声抽出宝剑,朝着玛拉·哈巴哈与他的夫人砍去。可那被劈开的身段,在拔出剑时又复了原。这时宫殿内外乱作一团,人们纷纷大叫:

"洪古尔来了!"

"洪古尔来了!"

赤胆雄狮洪古尔见势不妙,急忙奔出宫外,跨上赤兔马逃到三个伙伴埋伏的地方。他没来得及向伙伴诉说完斩杀玛拉·哈巴哈的经过,对方几路人马摇旗呐喊着追了上来。四勇士当即跳上各自坐骑迎了上去。铁臂勇士萨波尔手持柄长为八十一庹的巨斧,巨斧闪耀着七道火焰,冲进左翼敌军之中;勇猛的哈日·萨纳拉手握锋利的宝剑,向右翼敌军杀了过去;长脖子古日戈勒台挥舞宝刀,宝刀冒出六团火焰,截断了敌军的后路。这三位勇士凭借坐骑的疾驰英勇拼杀,一连把五六个敌军头目剁成肉浆。赤胆雄狮洪古尔手提长枪,冲进中军左捅右刺,拼力厮杀,如入无人之境来回驰骋。

玛拉·哈巴哈可汗眼见兵败如山倒,接着放出了精心喂养的几只雕。正当铁臂勇士萨波尔将左翼敌军斩尽杀绝之际,四岁的黑雕飞来,把他连人带马攫去;哈日·萨纳拉勇士将右翼兵卒斩到只剩下四五个人时,另一只黑雕俯冲而来,把他同其坐骑一起叼走了;长脖子古日戈勒台勇士阻截后路,正在狠狠追杀之际,又被另一只黑雕凌空一爪连人带马攫去。敌方将萨波尔与哈日·萨纳拉两将钉在铁车上,严刑拷打后,分别扔在西北、东北门外;而把长脖子古日戈勒台推到中门外,交给了拾柴烧火的五百个妖婆来看管。

赤胆雄狮洪古尔虽只身一人,可继续昼夜奋战,把敌军中路人马逼到白湖沿岸将要斩尽杀绝。这时,玛拉·哈巴哈可汗亲自喂养的两只雄雕俯冲下来,又把他连人带马叼走了。凶猛的玛拉·哈巴哈可汗亲自上去把洪古尔推到西南门外,钉在铁车上,施以可汗的酷刑后,每日又用三岁公驼般大小的铁条,抽打其肩部与胸脯。一日,玛拉·哈巴哈可汗又令看守人员往他身上倒上铁水,随后施展法术招来一片黑云,降下骤雨和冰雹后,厉声问:

"你顶头诺彦是谁?哪一位是你掌旗的年轻人?"

赤胆雄狮洪古尔毫无惧色地答道:

"我顶头上司是上界七方的梦幻,威震下界七方的英名盖世圣主江格尔。说起掌旗官不是别人,正是本人洪古尔。你放心吧,即使遭遇百年的灾难也不会动摇,身受六年鞭打也不会吭一声的。我就是那个你们所说的,灵魂不在躯体、举世闻名的洪古尔!"

玛拉·哈巴哈接着动用了下界罕见的严刑与地狱所没有的酷刑,可洪古尔一直没有屈服。

六

一日清晨,阿盖·萨布塔拉夫人起床后,对夫君江格尔道:

"这夜做了个很奇怪的梦。"

"做了个什么梦,说说看。"江格尔问。

"梦见赤兔马左侧拖着缰绳嘶鸣着跑来。"

江格尔听了这梦也有些奇异,便打开身边的那黄色宝盒一瞧,盒中

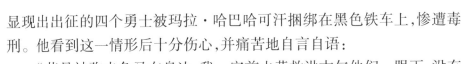

显现出出征的四个勇士被玛拉·哈巴哈可汗捆绑在黑色铁车上,惨遭毒刑。他看到这一情形后十分伤心,并痛苦地自言自语:

"若是神驹赤兔马在身边,我一定前去营救洪古尔他们。眼下,没有能驮得动我的坐骑,我只能像吃饱死畜肉的鹫卧在窝里一筹莫展了。"

坐在一旁的阿盖·萨布塔拉夫人听后进言说:

"圣主啊,这事尽伤心也没有啥用。是否请来阿拉坦策基老伯出出主意?"

"言之有理,快给我叫来老伯!"江格尔下令。

不一会儿,阿拉坦策基走进宫,得知所发生的事儿后,开了言:

"留在家里的勇士,哪个也胜任不了此重任。要想营救洪古尔他们,我觉得只有一个人。"

"谁? 快讲!"江格尔急忙追问。

"洪古尔夫人的孩子胡荪有可能除掉玛拉·哈巴哈,救出蒙难的四位勇士。"

阿盖·萨布塔拉夫人听了老伯的话,当下带上世间美男子明彦赶到洪古尔的家,向洪古尔的夫人说明了来意。夫人听后,十分为难:

"无可匹敌的英雄好汉去了都无能为力,反被一一生擒了,这么小的孩子怎么能对付得了呢!"

回想当初,胡荪出生时,一只手握着拳头般大的一块黑石,另一只手攥着一团凝结的血块。这孩子长得十分快。头一宿,只有一张公羊皮便可遮盖住他的全身;而在第二、三、四宿,所盖的公羊皮逐日递增;到了第五宿,用五张公羊皮才能勉强裹住他的身子;第七宿时,他踢开摇篮挡板,挣断褯褓绑绳,把放凉了的奶子整整喝了一桶,吞掉几只公绵羊尾巴后,大叫:

"为什么老叫我待在这摇篮里? 快给我剃头,快为我起名字吧! 赐给我坐骑、战服与武器,我要出征!"

俗话说:"男子在家中待上三个月将变成累赘,骟马在群里闲放上三年要成为群马的魔鬼。"圣主江格尔见这孩子可以出征,便召集来十二勇士、三十五个宝通,举行了盛大酒宴。

牧马人大胡子巴岱牵来有七年没生驹后，怀胎七年，下奶又七年的黄骝马生的驹子——玉灰马，赐给胡苏为坐骑。

小胡苏披挂整齐，跨上了玉灰马。父老乡亲前来送行，并予以美好的祝愿。阿拉坦策基老伯为他指明了前进的方向。

七

人们说，那下界赡部洲可汗玛拉·哈巴哈，身具四十种变术，能施展四十六样魔法。这位可汗居住在一座用生铁铸造而成、四周垒着岩石的黑城里。该城郭由三十支劲旅，分兵三路日夜把守着。

小英雄胡苏骑着玉灰马跑呀奔呀，不一日进入玛拉·哈巴哈可汗的领地。他拉住缰绳放眼一望，只见不远处烟雾弥漫，黑色狂风呼啸，枪戟林立，一片漆黑阴森。当他正思谋如何冲过它时，玛拉·哈巴哈可汗统帅右路军的将领道格信沙日勇士迎面赶来挡住了他的去路，并问道：

"敢问这位脸色发红、两眼闪光的小英雄，家住何方？要到哪里去？你顶头上司又是谁？"

胡苏坐在马背上回答：

"本人是赤胆雄狮洪古尔的儿子，名叫胡苏。眼下，为除掉玛拉·哈巴哈可汗，专程从本巴国赶来。"

道格信沙日蔑视道：

"我瞧你小子连两岁子牛犊的本事都没有，可竟说出大牤牛的狂言！"

胡苏一听这般辱骂，挥起黑鞭朝着他的头抽了一下；道格信沙日火冒三丈，也反手朝对方挥鞭打去。两人短兵相接，你拽我拉，拔出宝剑彼此砍杀，没分胜负。小胡苏趁对方由身旁驰过的当儿，一跃身揪住道格信沙日的肩膀，拉到自己鞍鞒上，将他腹部朝下，用肘部猛力捣了几下。见他鼻孔与嘴里冒出了血浆，一下子甩到沙地上。紧接着上去，又给了一剑，把他的腹部砍成两段。

随后，胡苏向右路兵卒杀去，将他们追到荒野上，继而又堵截在一条

宽阔的河岸,劈斩得只剩下了七八个残兵败将。此刻,玛拉·哈巴哈的四岁黑鹰俯冲而至,图谋攫走胡苏。胡苏见后,"嗖"的一下拔出金刚宝剑一砍,这剑不偏不歪,恰好斩断了黑鹰的脖子。小将跳下坐骑,拔掉它的羽毛,塞进了自己靴腰子。

过了一阵儿,玛拉·哈巴哈可汗左路军人马又围了上来。胡苏横骑在坐骑脊背上,心想:"这回可遇上了对手了!"他当即加鞭驰进敌阵之中,挥舞起金刚宝剑,射出一庹的火焰,呼喊着为英雄本巴而战的口号,不分左右轮番劈杀。敌军纷纷涌上来,拿箭射用剑砍。可是再好的射手与剑手都不是小胡苏的对手,他们无法招架小将一个劲的猛力砍杀,吓得个个四处逃窜。其中,保全性命的向他投降,死者的马拖着缰绳各奔东西。

玛拉·哈巴哈可汗眼见自己的兵马已溃不成军,四处败退,急忙放出了黄色与黑色两只雄鹰。这两只鹰成双飞来,收拢起翅膀,伸展利爪,正要攫胡苏的那当儿,小将拉开那张弓时具有五十个好汉力气,扣上射出后有九十个勇士气力的箭一射,两只雄鹰一起中箭,当即死于非命。

小将胡苏口里念叨着:"可恶的雏鸟竟敢招若活人!"便跳下马来,拔尽它们的羽毛塞进靴子里,当做靴垫儿。他用脚踩了踩,试了一试,不禁笑道:"额吉好像早料到会有这场事儿,有意给我缝制了这么肥大的靴子。"

随后,小英雄胡苏纵马赶到敌人盘踞的那座黑铁城。他闯进城门,将敌军兵卒一对对捆在一起,救出了钉在黑铁车上的三个勇士。胡苏把他们用车拉到野外,在他们伤口处涂上不到半日便会使伤口愈合的乌阳白药,使他们一一苏醒了过来。胡苏问:

"来时不是四个人吗,为啥少了一个。"

铁臂勇士萨波尔回答:

"那一个随着五百个妖婆赶着五千匹骡子运炭去了。"

"我去找回他来!"言罢,胡苏跨上玉灰马驰去。

胡苏让坐骑小跑着,放眼四处细望。没走多远,只见长脖子古日戈勒台骑着一匹骡子与一个妖婆叠骑在一起,并不时哼着赞美玛拉·哈巴哈可汗的七种曲调奔来,那样子好不悠闲自在哩。小英雄胡苏气愤地赶去,一把将长脖子古日戈勒台揪过来,将他腹部朝下按在鞍鞒之上,用肘部狠狠捣了几下,他口中流出了黑血;又翻过来挤压其腹部,他吐出了好些蛆虫。

胡苏如此这般清洗了长脖子古日戈勒台的肠胃后,把他带到那三个勇士的歇息之地,自己动手支起一座红帐篷,把四人叫进来道:"哎,你们暂且在这里等一等,我去弄点吃的。"他吩咐罢,跨上玉灰马狩猎去了。

小将走后,四勇士互相问道:

"哪里来了这么个小英雄?"

"他是谁家孩子?"

"他叫啥名字?"

正当他们议论之际,洪古尔骑乘的赤兔马、萨波尔坐骑栗色马与哈日·萨纳拉的红沙马、古日戈勒台所骑的铁青马相继赶到这座红帐前。不一会儿,小英雄胡苏也回来,他先将四匹坐骑牵到清凉泉水边的青青草滩放开吃青;随后,将山里猎来的鹿扒下皮子,切开肉煮熟,与四勇士饱饱吃了一顿,自己就地躺下去便睡着了。

过了一会儿,他醒来了,四勇士问他:

"我们不认识你。你家住何方? 叫啥名字?"

小英雄笑了笑道:

"我家住在富饶的本巴国,是洪福齐天的圣主江格尔手下勇士洪古尔的儿子,名叫胡苏。"

赤胆雄狮洪古尔得知是自己儿子,一时心花怒放,上去一把将胡苏搂在怀里,哭泣着问道:

"成为我黎明前的启明星,胸膛里连心肉的孩子啊! 你咋就到了这里?"

儿子答道:

"孩儿这次是奉圣主江格尔之命,前来镇伏下界赡部洲玛拉·哈巴哈可汗,救出以阿爸为首四勇士的。"

洪古尔听了儿子的话后,把他放到右膝上亲一阵儿右脸,按在左膝

上又吻了一阵儿左脸。

八

玛拉·哈巴哈可汗不但体壮力大，还身怀四十五种变术。他时而能变做一匹骒子奔跑，忽而变成草儿长在地上，时而变做雨点降下，忽而变成一只阿兰鸟飞去。可一想起叫一个小英雄斩尽三路兵马，杀掉四只雄鹰，并抢去捆钉在黑铁车上的三个囚犯，浑身不时冒出冷汗。他召集诸位勇士与宝通，就城防一事做了具体部署：

"诸位要注意，江格尔的人或白天或黑夜，说不定啥时袭来。因此，从即日起，你们不准让任何一个有生命的东西靠近咱们的城池，要比以往加倍警惕才是！"

当玛拉·哈巴哈可汗令四五十个妖婆把守好城门，连一只蚂蚁都不让接近其周围的这当儿，以赤胆雄狮洪古尔为首的五勇士向可汗黑城纵马驰来。

玛拉·哈巴哈可汗望见他们袭来，便派出哈萨尔·哈日勇士带上大批人马阻截迎战。洪古尔吩咐三个伙伴与儿子胡苏去应付涌上来的兵卒，而自己向哈萨尔·哈日勇士冲去。两人短兵相接，从各自坐骑上互相又拉又按，厮杀得难解难分；后又跳下坐骑，彼此扭在一处，你勾我绊，频频背摔，把个积水处踩成陆地，干地踏出水来，也没能分出胜负。赤胆雄狮洪古尔口中念叨着："本巴国命运之神江格尔，您的神威哪里去了！"猛力一击，哈萨尔·哈日那巨大身躯犹如横挡七十道谷口般躺在那里。洪古尔趁势一个箭步跳过去，一脚踩在对方胸口上。这时哈萨尔·哈日勇士大叫：

"对着当头的太阳，你就把我杀了吧！"

洪古尔仔细打量了一下对方，数了数他帽子里的头发与肉皮中的骨架，发现这是一位裤裆下容纳七十峰载货骆驼，脖颈下容纳八十峰载货骆驼的巨汉，是一个举世无双的英俊小伙子，便道："我不杀你。"言罢，洪古尔从哈萨尔·哈日脊背上剥下能制作四副马镫子的皮子，剃下能缝制四个火镰套的皮子放走了他。

玛拉·哈巴哈可汗得知贴身勇士已被制服,自已披挂整齐,跨上山丘般大的黄斑马奔过来,大声骂道:

"洪古尔你小子听着,趁你肉还热乎,血还温乎,我要宰了你!"

洪古尔也不示弱,厉声回击:

"你这个煮进锅里不出油,已到朽木之年仍不省悟的老东西也听好:我非叫你说出来的话咽回去不可。不把你白花花的脑袋载回故土本巴,我誓不罢休!"言罢,他冲了上去。

赤胆雄狮洪古尔趁玛拉·哈巴哈可汗刺空一枪驰过之际,勒转马头追了上去,一枪把对方连同他那匹山丘般大的黄斑马一块挑了起来甩在地上。随后,洪古尔跳下坐骑,用膝盖按住玛拉·哈巴哈的胸脯,气愤地说道:

"你小子的死期已到,有啥遗言,快讲!"

玛拉·哈巴哈躺在地上挣扎着说:

"第一,我遗憾的是没能除掉江格尔;第二,我遗憾的是没占有了他心爱的夫人阿盖·萨布塔拉;第三,我遗憾的是没能生擒了你——他的贴身勇士洪古尔。哎!命该如此,要斩要留由你。"言罢,闭上眼睛,伸展躯体躺在那里。

洪古尔道:

"俗话说:悬崖上的水向沟里流,肇祸者自食其果。我非把你这三件憾事,从你心里挖出来不可!"

洪古尔抽出金刚宝剑,用石头磨了磨,又在衣襟上镪了镪,朝着他六个骨节的脖子给了一剑,砍下了头颅。这颗头颅滚落后,躯体又慢慢蠕动起来,不一会儿竟变成了长势旺盛的一片田禾。洪古尔口念三遍咒语,把绿油油的禾苗变成一片枯黄了的草儿,用火镰打起火,烧掉了它。可是,不大一阵儿工夫,那草灰又变成阿兰鸟展翅飞去。洪古尔见后,当即变做一只雄雕追去,腾空将它攫住,落到地上后,把它撕成一块块碎肉用火烧焦,使他成为牛不闻,狐狸不吃的一堆臭尸。

这当儿,哈日·萨纳拉、萨波尔与古日戈勒台三勇士所向披靡,一路

杀去。他们将玛拉·哈巴哈可汗的七支劲旅,逼至雪山脚下,对于胆敢反抗者,一律斩杀;给愿意归顺者留下了一条生路。

九

小英雄胡苏单枪匹马赶至玛拉·哈巴哈可汗七层黑色铁制宫殿,歼灭了护城的三百个卫士,斩尽了城内巡逻的四五十个妖婆。

父亲赤胆雄狮洪古尔随后也赶来,为儿子助战。玛拉·哈巴哈可汗夫人见后,舞动那婀娜多姿的身子,唱着本巴地区所流行的十二曲美妙歌儿,双手捧着烈性阿日滋酒迎上来。"我该如何对付这位唱歌夫人?这阿日滋酒里掺进了毒又怎么办?"洪古尔思谋这些,正犹豫不决时,神驹赤兔马扭身一甩秀尾,那满碗阿日滋酒被倒洒在地上。

玛拉·哈巴哈可汗夫人果真没怀好心,她手中酒洒了后,当即流成一片。洪古尔见后恼怒异常,抽出金刚宝剑,从这妖婆头部劈了下去。当宝剑砍到她小肚时,"嘭"的一声,一个刚有五个月胎龄的男婴破腹落了地。这男婴即刻跳了起来,上去与洪古尔扭做一团,不一会儿,把洪古尔的头按住,猛力朝地上捣起来,险些要了他的命。正在这紧急关头,儿子胡苏奔来,一把揪起那男婴,在空中抢了几圈,狠狠甩在地上,上去跺了两脚,一脚踩住了他胸口。此时,男婴上气不接下气地道:

"如果在额吉腹部待足十个月,吃足额吉乳浆,我非与你小子决一雌雄不可!"说完,他瞪着双眼一命呜呼了。

随后,小英雄胡苏把男婴尸体割成碎块烧成灰,装进其胸膛之中,压在一块卧牛石之下。

至此,玛拉·哈巴哈可汗人马全军覆没。赤胆雄狮洪古尔叫来哈萨尔·哈日勇士,命令道:

"我现在封你为这块领地的可汗。你要把下界赡部洲玛拉·哈巴哈可汗原有的牲畜与家产全部送到本巴国去!"

哈萨尔·哈日勇士叩头谢了恩,并发誓:"本人愿意成为圣主江格尔的属民,日后一定按时进贡。"

赤胆雄狮洪古尔安排完这里的事后,让长脖子古日戈勒台勇士驮上玛拉·哈巴哈可汗那颗白苍苍的巨头,带上其他伙伴往故土本巴驰去。他们走出一段路程朝后一望,下界赡部洲一些属民肩并肩,放喉高唱着优美动听的歌曲,也随之迁来。

十

以赤胆雄狮洪古尔为首的一行五人,沿着诺古尔逊河逆流而上,登上冰山顶峰,他们掏出干净的绸巾擦拭双眼极目眺望,在那金光闪闪的旭日照耀之下,可爱的本巴乐土映入了眼帘;积雪点缀着故乡山峦,由远方依稀可辨。他们再仔细一瞭,似乎还有一些影子迎面奔来,不时渐渐扩展。五位勇士觉得惊奇:"这是啥东西的影子呢?"当他们纵骑驰到冰山口子一看,原来是圣主江格尔的歌手格日勒和双虎尔二人,带领五十位大臣的子弟,满载阿日滋美酒,高唱着十二支歌曲迎了上来。双方久别重逢格外亲热。他们就地畅饮一番后,一起踏上归程。

以赤胆雄狮洪古尔为首的五位勇士凯旋的这天。圣主江格尔在金碧辉煌的大殿举行盛宴款待了他们。洪古尔把玛拉·哈巴哈那颗头拎到圣主面前,禀报了本次征讨敌人的全部战况。

众人正在畅饮狂欢之际,小胡苏突然一跃而起,拔掉口中三十二颗白牙,放在嵌着玉的檀木桌子上,一下子投入额吉的怀抱里,拽出其奶头,犹如三岁幼儿般一个劲地吮吸了起来。母亲的怜悯之心油然而生,双眼流出的泪珠,像雨点般连连滴在儿子的脸颊上。

圣主江格尔眼见此情此景,十分感动,并祝福道:

"胡苏啊,你是个羽毛未丰满的雏鹰,跳动不止的一颗红心。祝你像东升的旭日,初绽的红花,茁壮成长!"

坐在圣主一旁的阿盖·萨布塔拉夫人把胡苏叫过来,抚摸着他的头,也祝福道:

"胡苏啊,你是我夜里的梦幻,是胸膛之中的连心肉。愿你像野猪崽

般出齐牙齿,三岁驼羔般长足鬃毛!"

　　从此,圣主江格尔本巴乐土没有死亡,人们永远长寿;没有贫穷,家家永远富足;没有战乱,社会永远安宁,呈现出一片幸福太平景象。

第十八章

本巴三个小英雄生擒巴达玛·乌兰

一

早先，还是个孩童的江格尔，曾跨上四岁神驹赤兔马，周游八千八百个地区，一天到了无垠荒原时，一个叫巴达玛·乌兰的家伙把他逮住，狠狠地欺负奚落了一番。眼下，江格尔已在近处大显身手，远方名震环宇的壮年时期，一想起那次的受辱，心中老大的不快。他多次想报此仇此恨，只因战事频频，未能如愿。

一日，圣主江格尔在十层九色的金碧辉煌大殿聚众举行美酒盛宴。席间，他又想起了那件被欺辱之事，把它向在座的勇士与宝通们讲述后，问大家：

"哪位前去给我收拾一下巴达玛·乌兰这家伙？"

俗话说："父亲的仇儿子报，往日的恨今天讨。"

一听圣主这般发问，已长大成人的洪古尔之子胡苏·乌兰、江格尔之子哈日·吉勒干与阿拉坦策基之子阿力亚·双虎尔三位小将当即起身道：

"我们三人愿请缨前往。"

圣主江格尔面露喜色说：

"看得出，你们三个是能够远征异邦，完成这一重任的英雄。"

三位小英雄听到圣主的赞许，十分高兴，一起步出了大殿。哈日·吉勒干手握长戟，骑上父亲江格尔的神驹赤兔马；胡荪·乌兰腰挎宝剑，跨上草黄马；阿力亚·双虎尔跳上了枣红马。十二勇士与八千名宝通一起出来送行。当三个小英雄走后，圣主江格尔目送着他们祝福道："愿你们尽快赶到目的地，成就自己的大业！"

二

人像离弦的箭，如疾飞的雄鹰，纵缰奔驰了七七四十九天，赶到宝力照图山梁。他们在这座山上翻身下了马，搭起了能容纳七十个人的宽敞红帐篷，挖好灶坑安上了锅，燃火煮开了茶；随后拾来河边的树枝弄成堆点燃，烧红了山丘般大的石块，烤熟包在兽皮里的鹿

肉。三人吃了个饱,喝了个足,把长枪抛在脑后,宝剑放在一边,弓与箭扔在一处,坐的坐躺的躺,好像是没事儿人一样,边唠嗑边歇息起来。

不一会儿,阿拉坦策基老伯骑马驰来,见到他们这种情形,严厉地说:

"你们这是在干什么?把武器胡乱丢在一旁,若是有敌人袭来咋办?"

三人认错后,一齐问道:

"阿爸,您来有事吗?"

"雏鸟初飞时大鸟要带领三次,幼儿学走路时大人要扶携三回。你们要出征了,我怎能不来给你们指点行程方向呢!"

三人听了老人的指点,十分高兴,当即跪下去给阿拉坦策基老伯叩了头。

阿拉坦策基将三个孩子一一扶了起来,并说了前去巴达玛·乌兰领地的路上要遇到三个难关,叮咛他们加倍小心,谨慎从事。

胡苏·乌兰、哈日·吉勒干与阿力亚·双虎尔送走了阿拉坦策基老人后,奔下宝力照图山梁,又赶了三个月的路程。三人勒住缰绳观察地形时,发现不远处站着一个姑娘,身上还背着一条虎皮囊。看上去这姑娘好不漂亮,在她的光辉下可以守护马群,还能穿针引线做活儿。她见有三个小勇士,便扭动苗条的身材,唱起响亮的歌曲走过来搭话:

"三个小兄弟啊,你们从远道而来,一定是又饿又渴了。我这里有些吃的与喝的,请下马享用吧。"说着,姑娘取下虎皮囊,往出掏东西。

三个小勇士想,这说不定是巴达玛·乌兰所施用的伎俩,便没去理睬她,赤兔马在先,草黄马守尾,枣红马居中向前驰去。姑娘见他们走了,就尾随着跟上来,几步奔到他们后边猛然伸出一庹长的铜嘴,一口咬住了草黄马的尾巴梢。洪古尔之子胡苏·乌兰见后,以比闪电与疾风还快的速度,"嗖"地拔出柄长十二庹的吉祥黄斑宝剑,叫一声:"喂!原来你是个魔鬼!"一连砍了她三下,最后斩死了这妖女。随后,三个人翻身下马,挖了个八十一尺的深坑,埋进了她的尸体。

三个小勇士又赶了三个月里程,突然有十道泥山梁横在眼前。他们

寻觅了很久越过泥山梁的路，没有找见。接着，阿力亚·双虎尔所乘的枣红马喝了多眼泉水，嘴中衔上一棵具有特异营养的白草奔去，不一会儿，找出一条越过泥山梁的道路跑了回来。它在前头用四只劲蹄刨着泥山上的树丛行驰，那两匹坐骑沿着枣红马踏出的路奔去，三个小英雄相继越过了这十道泥山梁。

三人先后攻克了两道难关，便放松缰绳，有说有笑任坐骑信步奔驰。当他们跨入巴达玛·乌兰领地边界时，眼前又有一堵蛇也无法钻过去的钢戟墙，挡住了去路。胡苏·乌兰的坐骑草黄马具有即使是针眼般大小的缝隙也能钻出去的本领。主人放开了缰绳，坐骑草黄马以四只钢蹄子冲开用钢戟排成的墙垣向前驰过去。跑了一会儿，四蹄被磨损了，它无法忍受，便口吐人言道：

"主人啊，主人！请勒紧缰绳慢点走吧。我的蹄子快脱落了。"

胡苏·乌兰依着坐骑的话，略微勒了勒银缰；后边的两个伙伴紧随其后赶来，不一阵儿工夫，他们冲过了这钢戟林立的铜墙铁壁。

三人马不停蹄继续奔驰。一日，他们赶到一个有顺逆多条河流入其中的海子岸边。宽阔的海子后浪推前浪，激荡的水面在旭日朝霞的照射下闪烁着粼光。三个人看到水景，心情无比兴奋，便翻身下马，就地架起锅灶，熬煮浓酽的红茶；烧红石块，烤熟用兽皮包裹着的鹿肉，解了渴，充了饥，尽情欢歌狂舞，在这里足足待了七七四十九天。这当儿，三匹坐骑喝了清凉泉水，吃了青青嫩草，个个胖得脖颈齐耳，腰腹滚圆了。

胡苏·乌兰向伙伴提议：

"人歇好了，马儿也吃肥了。我一人先去刺探一下巴达玛·乌兰宫殿的防守情况，咱们再行动怎么样？"

"可以。我俩就地等你归来。"哈日·吉勒干与阿力亚·双虎尔二人表示赞同。

胡苏·乌兰"噔噔"的快步跑至巴达玛·乌兰宫殿旁边，围绕其四周察看了一番。他发现西门外养着身上披有毛毯子的山丘般大的黑马，东门外饲养着身上披有毛毯子的峭壁般大的黑马各一匹。他先后爬到这两匹马的胸脯下面，分别掰开它们嘴唇看了口齿，摸了摸筋骨，仔细一端详,哪个也不如自己与伙伴的坐骑那样矫健。宫殿西南方,还以晶莹的白石筑起一个环形园墙,里面养着五千匹黑马。巴达玛·乌兰使这些马匹嘴不沾泥,蹄不挨地,用银槽子喂料,以金水斗子饮水。时下,它们的四蹄炼就得赛如钢铁,鬃毛硬如大鹏翅膀了。

胡苏·乌兰走到宫殿跟前,撩开门帘往里一瞧,巴达玛·乌兰可汗正与众勇士、宝通饮酒作乐呢。他佯装成一个讨吃者溜进了厨房。这时,厨师与火夫们正煮熟了八十匹没生驹的牝马肉,准备给里面的宴席端去。胡苏·乌兰瞅准最末一匹牝马肉,上去一把抢了过来,夹在腋窝里逃了出来。

胡苏·乌兰赶回驻地,与两个伙伴一边吃着抢来的肉,一边叙说着自己刺探来的情况。

次日,胡苏·乌兰又以讨吃者身份"腾腾"地跑去,径直走进了厨房。哪知一下子被火夫们认了出来,当即捉住押送给巴达玛·乌兰可汗。火夫们禀报说:

"就是这小子,昨天抢走了咱们一匹牝马的肉。"

讨吃的笑了笑驳斥道:

"有谁相信,像我这样一个小孩,腋窝里能夹走一匹牝马的肉呢?昨天,我确实进过他们厨房。当时,我倒看见火夫们与三只狗正在争抢着那牝马哩。诸位瞧瞧,今天他们又赖在我身上了。"

巴达玛·乌兰听了小孩子话,信以为真。反倒斥责一番火夫,把他叫到身边入了座,道:

"打今天起,你给我当个颂其①吧。"

小孩子犹豫了一下:

"我还有阿爸、额吉。家里很穷,我得每日都给二老送吃的。实在无法整天待在这里。"

巴达玛·乌兰道:

"这没关系。我这就给你一些吃的,快送去吧!"随后,他吩咐佣人去

---

① 在宴席上说唱祝赞词者。

拿来酒与肉。

胡苏·乌兰背上一皮壶酒和一条兽大腿辞行时,巴达玛·乌兰又问:

"你什么时回来?"

"叫阿爸、额吉吃饱喝足后,让额吉拎上奶桶等家什,阿爸背上包房毡顶,我自己背上天窗与椽木,三天之内准会迁来。"说完,胡苏·乌兰就走了。

他背来酒与肉,同两个小伙伴吃喝好,痛痛快快玩了一通。两天后,胡苏·乌兰想好下一步行动步骤,吩咐道:

"阿力亚·双虎尔,你后天一早赶到那圈有五千匹黑马的院墙里,与你的枣红马变成两只黄头狗蜂隐藏好。到正午时分,你们一起去蜇群马,它们肯定要嘶叫起来,个个往外冲。那时,你赶着这群马走就是了。"

阿力亚·双虎尔点着头,说了一声:"知道了。"

胡苏·乌兰接着说:

"哈日·吉勒干,你后天一早骑上赤兔马赶到巴达玛·乌兰宫殿后面,隐匿进那根珊瑚桩里等着。当寻欢作乐的勇士宝通们得知马群成群的跑了,他们一定会大叫着'咱们快去捉拿盗马贼!'而一起出来去追马群。这时,咱们俩进去收拾巴达玛·乌兰那家伙!"

胡苏安排就绪后,与两个伙伴睡觉了。

在第三天时,胡苏·乌兰一起身如约来到巴达玛·乌兰宫殿。巴达玛·乌兰见后,便问:

"孩子啊,你把父母迁来了吗?"

"迁来了,还在蚌巴湖畔搭起一个小屋,让二老住上了。"言罢,他以七十个人才抬得动的大红碗盛满酒,给八千名宝通挨个一碗一碗地斟了过去。众人高兴不已:"别看,他还是个好孩子哩!"说着,个个端起酒碗一饮而尽。

三

到了当日正午时分,烈日烤得人畜难挨。变做黄头狗蜂隐藏在马圈之中的阿力亚·双虎尔与坐骑枣红马飞来,向匹匹马儿蜇去。马儿一时惊动了起来,东跑西窜。阿力亚·双虎尔与枣红马恢复了原貌,他以震破卧在山沟里三岁狗熊肝胆之势大喝一声,跨上枣红马奔进马群一阵乱追乱打。这群鬃毛硬成翅膀,四蹄变为钢铁的马儿,冲破了石筑围墙,势如怒潮向外涌去。

这时,巴达玛·乌兰桌上的茶碗震得茶水四溅,他不觉一怔,问:

"外边出了啥事?咋就有这般大的响动?你们快出去瞧瞧!"

察看外面动静的人回来呈禀:

"诺彦大人,有个孽障把咱们五千匹黑马朝日出方向全赶走了。"

巴达玛·乌兰急忙命令勇士宝通们去追回来。

桑巴嘎·德勒登勇士跨上峭壁般大的貂毛马,帖木尔布斯勇士骑上大如山丘的乌骓,两人带领八千名宝通与几万个兵卒向马群驰去。大殿里只剩下巴达玛·乌兰一人,这时,作为颂其待在他身边的胡荪·乌兰,当即恢复了原貌站了起来,打开当年他爷爷大力士孟根·锡格希日克用七十只鹿皮制作的大皮囊口子,慢条斯理地道:

"圣主江格尔,令我将你装进这皮囊带回去!"

巴达玛·乌兰听他这般讲,一时慌张起来:"你是什么人?"

"本人是赤胆雄狮洪古尔的儿子,这次专程前来捉拿你小子的!"

"凭啥要捉我?"巴达玛·乌兰跳了起来。

"你忘性太大了。当赤兔马只有四岁,江格尔还是个孩童时,你曾骑坐在他胸脯之上,不是捉弄过他吗!这回,我就是来报那次仇恨的……"

巴达玛·乌兰没等他说完,上去狠狠揪住对方肩膀甩了过去。小英雄胡荪用肘部一顶地,立马又跳了起来,反扑过来就是一拳,巴达玛·乌兰仰面朝天倒在地上。小将当即扑了过去按在他身上,倒绑住他的四肢,装进那红色皮囊之中,将其口子用人筋和麝香筋扎牢,夹在腋窝里,走出了宫殿。

此刻，江格尔之子哈日·吉勒干正骑着赤兔马勒住缰绳等在门外；胡苏奔出宫殿，把装有巴达玛·乌兰的皮囊扔到赤兔马鞍座后面。哈日·吉勒干驮上皮囊就向本巴国驰去。

神驹赤兔马剪动着六拃长的耳朵，挺着如画般的身躯，像草丛里惊起的兔子，四蹄刨起泥土奔驰。哈日·吉勒干较之追赶那五千匹马奔来的阿拉坦策基之子阿力亚·双虎尔，先期一个月到达了故乡。当他赶到十层九色金殿门前时，人中鹰萨波尔与铁汉子哈日·萨纳拉两勇士迎了出来，将巴达玛·乌兰从赤兔马背上好不容易卸了下来。

依圣主江格尔之令，将巴达玛·乌兰拉出皮囊松了绑，让他坐入右翼勇士之首。

四

下来的小英雄胡苏·乌兰追去，协同阿力亚·双虎尔，拼力阻击群敌。他挥舞父亲洪古尔赐予的柄长十二度的黄斑宝剑，与迎面奔来的桑巴嘎·德勒登勇士厮杀，将对方砍了一剑；而桑巴嘎·德勒登勇士闪过剑，抱着坐骑的脖子拼命逃去；胡苏·乌兰纵骑追去，一把揪住他的臂膀拉到自己鞍鞒上，反剪他的四肢，捆紧后甩在地上。

继而，胡苏·乌兰又挥舞父亲赐予的金色宝剑，追上敌将帖木尔布斯劈头一砍，可是未能击中致命处；帖木尔布斯一时神志昏迷，胸间顿觉梗塞，双眼模糊，抱着坐骑脖子落荒而逃；胡苏追了上去，揪住他的臂膀拉了过来，捆牢四肢，朝着山丘般的大石块抛去。

巴达玛·乌兰八千名骁将见自己为首的两员大将先后送了命，无意去追寻那五千匹马，而一起向小将胡苏投降了。

阿力亚·双虎尔赶着马群奔到辽阔的沙日图湖畔，勒住缰绳扭头一望，后面追赶的敌军不见了。他让马群饮足清凉泉水，放到青青的草甸子上，自己朝故乡驰去。

当阿力亚·双虎尔赶至十层九色金殿之前，跳下枣红马时，胡苏·乌兰带领着降服的那八千名骁将,扬起漫天尘埃,也相继赶到。

出征归来的胡苏·乌兰与阿力亚·双虎尔同迎上来的勇士宝通们在宫殿前彼此相见,互相问好请安,气氛格外热闹,双方有说不出的高兴。

铁臂勇士萨波尔与铁汉子哈日·萨纳拉二人把凯旋的两个小将迎进宫来。这时,圣主江格尔正在斥责着巴达玛·乌兰:

"你可曾记得,赤兔马只有四岁,我还是个孩童的时候,见我是个孤儿,你从日落西方赶来,脚踩我的胸脯,奚落侮辱过我的事吗?"

"记得。"他低头不语。

江格尔继续道:

"如今,我国土太平,充满幸福;人们长生不老,人丁兴旺;好汉众多,英雄辈出。从他们之中出现了三位小勇士,就是他们前去生擒了你,作为战利品献给了我。"

巴达玛·乌兰拿眼朝旁边一瞟,三位小将如同猛虎雄狮站在那里,更是吓得六神无主了,他急忙说:

"我早就听说,圣主江格尔在近处展示了自己威风,在远方名扬四海,我怎敢与您为敌呀!"

同时,巴达玛·乌兰也清楚江格尔手下的勇士先后把魔王沙日·古热乎与哈日·黑那斯抓来,分别绑在十层九色金殿的左右侧,四肢上各钉了四根钉子,胸脯上压块卧牛石,使两人永世不得翻身。巴达玛·乌兰左思右想,眼下自己只有一条路,那就是投降。他双膝下跪,起誓道:

"我情愿成为您千年臣仆,向您交纳百年的贡税。"言罢,巴达玛·乌兰向圣主江格尔叩了三个头。

随后,手中持有本巴大红印的铁臂勇士萨波尔上来:

"那就送给你一个礼品吧!"说着,在巴达玛·乌兰右脸上打了个红印,打发他回去了。

从当日起,圣主江格尔在金碧辉煌的大殿举行了六十天、八十日的盛宴,众人痛饮未经调教的牝马奶酒,高歌狂欢。本巴乐园国泰民安,人们沉浸在幸福与欢乐之中。

第十九章

❀ 本巴后继有人 ❀

　　美丽的阿尔泰山屹立于宇宙中心,英名盖世的江格尔故事传颂于民间。

　　同凶恶仇敌、魔鬼厮杀终身,使本巴乐园永葆青春的乌仲·阿拉德尔可汗的孤儿江格尔已步入晚年。

　　在仲夏月的初一日,圣主江格尔下令召集来左右两翼勇士与宝通,在金碧辉煌的大殿里举行盛宴。席间,圣主江格尔启齿开了言:

　　"如今,天下太平了,人民幸福了,可我也到了晚年。我想把大印交给一个智勇兼具的孩子。召集来诸位,就是要商议一下这件事。"

　　众人听了圣主这般讲,个个不无感慨。俗话说:旺兴火中无凉处,宇宙之间没永生。英雄虽说壮志不已,可毕竟年龄不饶人。大家纷纷赞同江格尔的提议,饮酒欢乐的同时,商讨了大印交给哪个孩子的事宜。

　　就在这时,二十五岁的胡荪·乌兰镇伏了日落北方土厥国可汗道黑亚·呼德尔,势如万马奔腾,闪烁着十色彩虹赶到十层九色金殿。他进宫后,首先向圣主请安。

　　圣主江格尔见二十五岁的胡荪·乌兰跪在面前,面露喜悦之色道:

　　"我想把本巴大印就交给这个成为世间恶魔克星、七世同堂,长辈锡日克重孙,孟根·锡格希日克孙子、赤胆雄狮洪古尔之子胡荪·乌兰。诸位觉得如何?"

　　以十二勇士为首的六千名宝通，都觉得继圣主江格尔之后，由胡苏·乌兰把持大印最为合适。

　　这样，本巴国选择吉日良辰，在十层九色金碧辉煌大殿前的平地上，搭起一座宽敞大帐篷。外面挂满耀眼夺目的珠宝，里面放好若干张金银桌子，桌上摆满肥肉，碗中盛满浓茶，瓷盘里搁满糖油，举国上下居民百姓欢聚一处，畅饮以未经调教的骒马的奶汁制成的酸奶与阿日滋美酒，举行了雄狮大印交接仪式。此外，管辖北方领土的弟兄十三个可汗，个个带领卫士与兵马，如同野驴般成行成对赶来；统辖日出南方诸地的三十二位可汗率领奴仆属民，犹如天鹅般齐声歌唱比翼飞来，先后出席了这次盛宴。

　　在这次操有七种语言，世间七十位可汗及其属民欢聚一堂的盛宴上，英名盖世的圣主江格尔双手捧着那集本巴乐园万年福运与千年光辉历史为一体，由先主锡日戈传承下来的传世瑰宝——金玺递给了胡苏·乌兰。

从此,圣主江格尔及其勇士宝通们的子弟心心相印,亲密无间,过起了不交苛捐杂税,身边无战乱的太平幸福生活。人们每每想起圣主江格尔的功德,不由自主地唱起这首颂歌:

金制笼头吱吱响,

神驹赤兔不时嘶鸣,

江格尔英名传遍四方。

哟,可敬又可爱!

双颊闪耀出了红光,

珍珠耳坠左右摇晃,

阿盖夫人容颜举世无双。

哟,可敬又可爱!

绸缎制成的帐幕。

同它挂绳犹在,

本巴乐园的人们,

不分彼此共享幸福。

哟,可敬又可爱!